Dagmar Fedderke
Die Geschichte mit A.

Dagmar Fedderke
Die Geschichte mit A.

Roman

konkursbuch Literatur

CIP-Kurztitelaufnahme der
Deutschen Bibliothek
Fedderke, Dagmar:
Die Geschichte mit A., Roman/Dagmar-Fedderke
— 2. Aufl. — Tübingen: konkursbuch
Verlag Claudia Gehrke

2. Auflage 1994

Impressum

PF 1621 7400 Tübingen
Tel.0 70 71/6 65 51 Fax 0 70 71/6 35 39
Gesamtherstellung: Lander-Druck, Bad Urach
Gedruckt auf chlorfrei gebleichtem Papier
Fotografien auf Umschlag und im Buch:
Claude Alexandre

ISBN 3-88769-066-4
[redacted]

My mistakes are no worse than yours, just because I'm a woman

(Dolly Parton)

Gestern abend war ich wieder mit A. verabredet. Am Telefon hatte er mir angekündigt, daß sich *etwas verändert* haben würde. Da mein Französisch nicht perfekt ist, überlasse ich mein Verständnis oft dem Erahnen und vieles läßt sich sowieso nicht direkt übersetzen. Ich machte mich also einfach auf eine *Überraschung* gefaßt. A. liebt beides, und beides stürzt mich gleichermaßen in Panik. Nicht ganz zu unrecht.

Kurz vorher kündigt er an, was geschehen wird. Nein, nicht was geschehen wird, sondern was er machen wird und welchen Ereignissen ich ausgesetzt sein werde. Im Vorfeld horcht er mich aus nach dem, was mir „Plaisir" bereiten würde. Das tut er in Momenten, in denen ich mir so gut wie alles vorstellen kann.

A. ist Franzose, das ist in Paris gar nicht selbstverständlich, und Schriftsteller, Autor von erotischen Geschichten und Reflexionen. Bei unserem ersten Rendez-Vous hier bei mir zu Hause in meinem Mansarden-Appartement, wollte er erst einmal alles über meine Arbeit wissen, die Skulpturen, die Bilder, die Computerproduktionen. Die Pariser haben einen besonderen Aufmerksamkeitssinn, der über den deutschen Begriff von „Neugier" weit hinausgeht.

Nach dem Essen hier am Platz im Restaurant Absynth und einem nächtlichen Spaziergang ums Karree, über die Rue Danielle Casanova zum Place Vendôme und zurück durch die Rue St.-Honoré, fragte er mich vor der Haustür, ob ich ihn nicht noch auf ein Glas einladen würde. *Je ne savais pas.* Ich wußte nicht, ob ich es wollte. Nachdem er weder in der Wohnung noch beim Essen geschweigedenn während des Spaziergangs irgendeinen Annäherungsversuch unternommen hatte, wäre ich mir aber sehr schäbig vorgekommen, „nein" zu sagen. Vielleicht weiß ich immer noch nicht, ob, wann, und mit wem ich will, dachte ich. Man kann sich nicht einfach immer nur bewundern und einladen lassen ohne ein Entgegenkommen zu zeigen. Und ich wollte auf keinen Fall unhöflich sein.

In der Wohnung lehnte er aber jeglichen Alkohol ab und nahm einen Tee. Dann fing er an, mir alle Chansons vorzusingen, in denen Paris vorkommt: Montparnasse, Montrouge, Place Blanche, und ich weiß nicht mehr, welche Orte noch, alle, die ich kenne und liebe. Er bat sich ein Ding aus, das einem Mikrophon ähneln könnte. Ich Idiot habe ihn mit einem Kochlöffel abgespeist. Und dann sang er mir die schönsten Songs von Elvis Presley. Die erschütterten das Hinterhofgebäude. Ich hätte ihm wirklich den Lampenständer als Mikro geben sollen.

So sang mir A. mit dem Kochlöffel in der Hand sein *I love you*. Und natürlich wollte er es mit mir noch weiter treiben. Was hat mich zurückgehalten? *Je ne sais pas*, auch das wußte ich nicht. Vielleicht hat er mich einfach zu schwer beeindruckt. Ich zog mich mit dem „Frauenleiden" aus der Affäre, was geschwindelt war, und tat ihm gut. Das gefiel ihm zwar sehr, aber er brachte auch seine Unzufriedenheit über die Einseitigkeit des Vergnügens zum Ausdruck: Ich würde jetzt wohl in ganz Paris herumerzählen, daß A. ein Egoist sei....Als er gegangen war, zitterten mir die Knie vor Aufregung.

Einige Tage später besuchte ich ihn, um ihn von dem Makel des Egoismus zu befreien. Das war ich ihm schuldig. Er zeigte mir die Räume seines Appartements, das verdunkelte Schlafgemach zum Schluß, und es war, als ob er mich in den Raum hinein „drückte", die französische Formulierung „pousser" wäre passender. Die direkte Übersetzung „stoßen" beschreibt nicht den einfachen, aber nachdrücklichen Eintritt. „Hier bist du am Ende der Welt angelangt", sagte er, und mich schauderte es, wie vor einer persönlichen Wahrheit.

Dann lernte ich neue Vokabeln: Branler (reiben, im eindeutigsten Sinn: wichsen), sucer (das deutsche Umgangssprachwort „suckeln", die Verbindung von Saugen und Nuckeln kommt dem am nächsten), enculer (ins Hinterteil..), punir (bestrafen), jouir (das Vergnügen haben), les seins (die Brüste), la bite (der Schwanz), la salive (die Spucke), le foutre (der männliche Erguß), la capote anglaise (das Präservativ), faire la feuille de rose (die Anus-Rosette küssen). Les fesses (die Pobacken), la putin (die Nutte), la salope (die Schlampe), l'ordure (der Abfall), fouetter (peitschen), la chatte (wörtlich: die „Muschi", das weibliche Geschlecht) kannte ich schon.

Nicht, daß in dem, was wir taten, all die Vokabeln vorkamen. Aber A. fragte mich nach meinen einschlägigen Erfahrungen und meinen Vorlieben aus. Ich erzählte von meinem Besuch bei der Hamburger Prominenten-Nutte Domenika: Ihre Gehilfin schnallte mich damals an das Andreaskreuz in einem schwarzverhängten Raum, der sich im obersten Stockwerk des Bordells befand und den Namen „Oberlandesgericht" trug, allerdings nur zur Demonstration. Damals hatte ich eine seltsame Empfindung, angeschnallt vor zwei Männern und zwei Nutten: Einen Moment lang bedauerte ich, daß Frauen nicht so ohne weiteres wie Männer in einen Puff gehen können. „Tu seras attachée, rassure-toi" (du wirst gefesselt werden, da kannst du Gift drauf nehmen), war A.s Kommentar dazu. Er gab sich als Sado-Masochist zu erkennen. Und wieder schauderte es mich.

An diesem ersten Abend am Ende der Welt hat er mir die Chatte suciert, während ich auf ihm saß. „Regarde-moi" (schau mich an), forderte er. Meine Schenkel schnitten seinen Kopf vom Körper ab, und mir erschienen die Bilder vom abgehackten Haupt des Johannes auf dem Tablett für Salomé. Nachdem er mich zum Jouiren gebracht hatte, wurden Oben und Unten vertauscht. Er ejakulierte mir aufs Gesicht. „*Quelle honte*" (was für eine Schande).

Aber ich lernte noch mehr über A.s Lebensart kennen. Rief er doch bei einem „Traiteur", einem Lieferantenladen an, um Austern, Meeresschnecken, Krabben und Muscheln zu bestellen. Ein in Livré gekleideter Bote kam ins Appartement und servierte die Früchte des Meeres. A. hatte eine Tischdecke über den Antiquitäten-Holztisch gelegt, wir waren wieder angezogen, es gab Champagner. Ich fühlte mich verwöhnt wie nie zuvor und konnte in dem englischen Sessel sogar gerade sitzen...

Beim Essen begann A., Pläne für das nächste Treffen zu entwickeln: Rendez-Vous im Coupole, anschließend Galéries Laffayette am Montparnasse, um ein Korsett mit Slip und Strümpfen zu kaufen. Er wäre schüchtern, ich hätte die Wahl, und er würde an der Kasse warten.

In dieser Nacht bin ich nach Hause gefahren. Er hat das akzeptiert ohne zu murren. Trotzdem sagte er: „La prochaine fois, tu ne m'échappes pas" (das nächste Mal entkommst du mir nicht)....

Wir trafen uns also im Coupole wieder. Ich war zuerst da und wartete auf diesen Mann, der mich wie eine „Putain" einkleiden wollte. In den Galéries Lafayette fand ich eine guêpière (wörtlich Wespentaille, also Korsett) in schwarz, das war Bedingung, mit Spitzen und Stangen, schwarze Seidenstrümpfe und den Slip dazu, die Vokabel habe ich vergessen, denn es ist einer, der eigentlich nur aus Riemchen besteht. Beim Anprobieren verwandelte sich die Verkäuferin in eine angenehme und sehr persönliche Ankleidedame, die mit großem Respekt und professioneller Anerkennung meiner Formen die guêpière am Rücken einhakte und mir zeigte, wie man den String-Slip über die Ränder vom Korsett zieht.

Im Taxi nach Hause zu A. bekam seine Stimme wieder diese Dimension vom Ende der Welt: „Maintenant on s'approche du moment de la vérité" (wir nähern uns der Stunde der Wahrheit). Mein Puls raste, während sich das Taxi im Schneckentempo vom Montparnasse zur Porte de Vanves durch den Verkehr quälte.

Die paar Tage zwischen unseren Treffen hatte ich über nichts anderes als über A. nachgedacht. Das erste Erlebnis mit ihm hatte die unglaublichsten Phantasien in mir heraufbeschworen. A. war der zweite Mann gewesen, der mir gesagt hatte: „Tu es née pour l'amour." Wenn das stimmt, daß ich für die Liebe geboren bin, und ich selbst sehe es ja auch so, dann sollte ich mein Leben der Liebe widmen, weihen. Vielleicht ist meine ganze Kunst nur etwas Dazwischengeschobenes und deshalb kann ich auch kein Geld damit verdienen. Ich sollte lieber meine Sexualität aktivieren, kultivieren, anbieten. A. hatte meinen ganzen Lebensentwurf auf den Kopf gestellt. Und ich träumte bereits von der Karriere als größte Hure von Paris.

Schon im Fahrstuhl zu seinem Appartement veränderte sich A.s Gesichtsausdruck. Die Augen bekamen einen kalten Glanz. Kaum in der Wohnung, riß er mir die Kleider herunter, die guêpière wurde um, die Strümpfe angeschnallt, der Slip flog in die Ecke und ich aufs Bett. „Salope, putain, tu seras punie, je te veux soumise.." (Schlampe, Hure, du wirst bestraft, ich will dich unterworfen.)

Er zog eine Schublade auf, holte ein schwarzes Seidentuch heraus und verband mir die Augen. Meine Erregung steigerte sich bis an den Rand des Erträglichen. In das Schaudern hatte sich Angst eingemischt. Ich konnte die Ungewißheit nicht mehr ertragen, lüftete das schwarze Tuch vom rechten Auge und sah ihn, mächtige Stricke sortierend. Er bemerkte das, brauste auf und schrie mich an, das wär das Letzte, „tu te prends pour qui" (für wen hältst du dich), und drohte mir mit zusätzlicher Bestrafung. Dann warf er mich auf den Bauch, fesselte mir die Hände auf dem Rücken, rollte mich zurück, verknotete Seile um jede

Fußfessel und spannte sie quer durch den Raum so, daß die Beine gespreizt waren. Mein Herz raste. Ich bekam Angst, vor Erregung zu sterben. „Mein Herz", keuchte ich. „Ich bin nicht dein Herz, ich bin dein maître (Meister)", fauchte er entgegen. „Aber nein, nicht du, *mein* Herz, meine Gesundheit", konnte ich noch hervorbringen, und er ließ mir einen Moment, um zum Atem zurück zu finden.

Dann kündigte er an, daß er mich schlagen würde, „je te donne des baffes" (ich geb dir Ohrfeigen), und wenn sie zu heftig würden, dürfte ich nicht „aufhören" sagen, es gäbe nur ein Wort, das ihn anhalten könnte: „pitié" (Erbarmen). Er gab mir welche, die waren nicht von schlechten Eltern. Ich sah Sterne und bei der letzten dachte ich, mein Unterkiefer hätte sich aus den Angeln gehoben. Was für Momente. Welche Gefühle liegen der Unterwerfung zu Grunde? *Je ne sais pas.* Der Körper spielt die Hauptrolle, das ist angenehm. Aber in Blitzesschnelle jagt Angst vor Zerstörung ins Blut, wie eine Injektion. Gleichzeitigkeit der extremen Empfindungen: Genuß und Schmerz überlagern sich wie Folien beim Trickfilm. Ja, da läuft ein Film ab.

Dann hat er meine fesses mit dem martinet (kleine Lederpeitsche) bearbeitet. Er kündigte fünf Streiche an und fragte, ob ich ein Stück Holz zum Draufbeißen haben wollte, denn ich dürfte nicht schreien. Ich wollte keins. Erregung und Schmerz erzeugen Schweiß, Erschöpfung, Stärke. Wie weit die Sinne gehen können: Schmerz, Zärtlichkeit, ein Gefühl von Befreiung, Ausbreitung im Nichts, erholsam. Gleichzeitigkeit der Temperaturen: Eskimo und Feuerland, die R's vom französischen Rokoko und von der deutschen Romantik, eine blaue Blume auf dem weißen Hinterteil der sodomierten Soumise.

A. hatte mich noch nicht sodomiert. Aber er zerrte mich zum Flur und würgte meinen Kopf an den Türspion. Am Treppenansatz ist ein Gitter, in dem der

Fahrstuhl auf- und abgeht. Warum gibt es kein Wort zur Beschreibung einer Stimme, die bedrohlichen Druck ausübt? Vielleicht am ehesten „posaunen". Das ist aber zu laut. Welches Instrument ist eindringlicher, nicht schrill und nicht dumpf, einfach nur unterdrückend? „Der Himmel ist verhangen, die Erde voll Schnee, und ich bin gefangen tief unten im See..." Wie heiß das werden kann. An das Gitter wollte er mich fesseln, für 5 Minuten. Mich in meinem Nuttenkostüm am Treppenabsatz ausstellen und dem Zufall überlassen, ob jemand vorbeikommt. Nachdem er meinen Körper zum Glühen gebracht hatte, entzündete er damit meine Phantasie. Endlich kam mein „pitié !!!!"

Ich schätze A. wegen seiner klaren Instruktionen. *Er* legt die Abmachungen fest, aber ich kann mich darauf verlassen, daß er sie einhält. Nach den Szenen meiner Unterwerfung gibt es Erlösung in Zärtlichkeit. Wie leicht es ihm fällt, mir, meinem Körper nahe zu sein und mir gut zu tun. Er stürzt mich in Gefahr und rettet mich, tröstet mich. Er tröstet mich sogar nach dem „Donner-und Doria" des Orgasmus: „C'est fini, mon amour, calme-toi, c'est fini." (Es ist vorbei, meine Liebe, beruhige dich, es ist vorbei.)

Danach gingen wir Essen. Ich packte viel Make-up auf die geschlagenen Wangen. Mein Rock erschien mir zu kurz, er konnte die Tatsache der am Korsett befestigten Strümpfe nicht verdecken. Aber in seiner Gegenwart war mir all das ganz egal (quelle honte, was für eine Schande). Beim Essen leitete er mit vollendeter Höflichkeit eine sehr persönliche Frage ein, die zu beantworten er mir offen ließ: In meinem Wesen sei etwas „très touchant" (etwas sehr Rührendes, aber das ist schlecht übersetzt, die neue Wortschöpfung aus der Psychoanalyse: *anrührend*, paßt besser), ob es in meinem Leben ein „schwerwiegendes Ereignis" gegeben hätte. Einen Moment lang versuchte ich auf Erinnerungen zurückzugreifen, aber in seiner Gesellschaft ist mir meine eigene Geschichte unzugänglich. Ich habe keine wichtige Geschichte, keine Erfahrung, keine Tradition. Trotzdem, oder deswegen, erlebe ich alles als „schwerwiegend". Meine Antwort war sehr ehrlich: Mein Leben besteht aus nichts anderem.

In dieser Nacht unternahm ich keinen Versuch, ihm zu entkommen. Er erklärte mir noch, daß er zwar bevorzugt zu dominieren, aber selbst auch ab und zu gern dominiert würde. Auf diese Weise bekäme ich die Möglichkeit, mich zu rächen. Aber wie kann ich ihn dominieren, wenn er mir so überlegen erscheint? Er braucht etwas von mir, das ich ihm nicht geben kann. Er wird sich langweilen und dann ist alles aus...Noch ist es nicht soweit, aber er ist schneller als ich.

Abtauchen in das Dunkel des Inneren. Ins Unaussprechliche. In das „Leiden am Leben", je nutzloser, desto kostbarer. A. verführt, A. raisoniert, A. kommt nah und bleibt distanziert. Er sagte, ich sollte vor meinem Besuch ankündigen, daß ich mir den Slip im Fahrstuhl ausziehen würde. Das hab ich getan. Ich zog den Slip aber nicht im sondern vor dem Fahrstuhl aus, weil ich das Gefühl hatte, durch drei Türspione von Fremden dabei beobachtet zu werden. A. hatte mir zwar angekündigt, er wolle an diesem Abend nicht so hart mit mir umgehen, man müsse das abwechseln, aber mein Anruf muß ihn ins Gegenteil umgestimmt haben. Diesmal verlangte er meine Anwesenheit beim Pinkeln, aber nicht nur das, er wollte über mein Gesicht pinkeln. Und ich Schändliche, ich wollte einfach und großzügig sein.

Am Ende der Welt hob ich meinen Slip auf und herrschte A. an: „Sag mir, was das ist! Und weißt du, was ich damit mache, ich werfe ihn dort in die Ecke, und du, du wirst ihn mir wiederholen. Kriech hin, auf allen Vieren und bring mir den salle Slip, aber im Mund." So flink hat er den Befehl ausgeführt, daß ich gar nicht aufhören konnte: „Willst du jetzt deine Belohnung, nimm sie!" Er kniete vor mir, ihn kräftig zu ohrfeigen fiel mir leichter als gedacht, „und leck mir die Füße." Danach wußte ich nicht weiter, aber er übernahm die Aktion. Wie ein Sonnenanbeter, immer noch kniend, meine Chatte abküssend, konnte er sich vor Begeisterung nicht beruhigen: „Elle m'a dominé, elle m'a dominé..." (Sie hat mich dominiert.) Quelle honte!

A. hatte mir von seinem Freund G.C. erzählt, der einen Endlos-Kinofilm mit Portraits von berühmten Leuten macht. Vor 10 Jahren hat er damit angefangen und wird den Film bis zur Jahrhundertwende fortführen. Jeder hat 3 Minuten und 20 Sek. zur Selbstdarstellung in Farbe aber ohne Ton. A. löcherte mich schon die ganze Zeit mit diesem „Cinématon", mir war aber nichts eingefallen. Beim Cinématon bleibt die Kamera in einer einzigen Einstellung. Was soll man da machen, da man nicht reden kann. Es gibt ein Buch mit Abbildungen der ersten 1000 cinématonnés und mehrere Artikel darüber. (Einen von A. in einer Schweizer Filmzeitschrift.) „Wer das Cinématon ablehnt, ist in Paris untendurch", sagte A., und ich muß zugeben, daß die Gesellschaft von Künstlern, Philosophen, Mitgliedern der Akadémie Française, Prominenten wie Joseph Losey, Horst Tappert, Volker Schlöndorf, Margarete von Trotta, Frédéric Mitterand, der den literarischen Diwan im französischen Fernsehen macht, Jack Lang und der neuen Premierministerin nicht die schlechteste ist.

Ich fand eine Idee. Aber A. auch, und aus meiner Situation der „soumise" (der Unterworfenen), fügte ich mich seinen Vorstellungen: Ich würde zunächst frontal mit dem Gesicht in der Bildeinstellung sein, die Augen mit dem schwarzen Seidentuch verbunden. A., selbst nicht im Bild, wollte mir die Hände heben und fesseln, dann sollte ich vom Stuhl aufstehen und anstelle des Gesichts die „fesses" (mein Hinterteil) ins Bild bringen, die er dann mit dem Martinet peitschen wollte. Anzug: Guêpière, Stringslip und Strümpfe, versteht sich. (Überhaupt habe ich vergessen, die Schuhe zu erwähnen. Schwarze Schuhe mit „talons aiguille", mit hohen, spitzen Absätzen gehören dazu, und die ziehe ich auch im Bett nicht aus. Die kamen natürlich nicht ins Bild, bestimmen aber die ganze Haltung). A. hat wirklich ein großes Herz. Er machte den Vorschlag, dies Cinématon unter einem Pseudonym zu machen. „Gutes Kind hat viele Namen", aber ein Pseudonym zu finden, in einer Situation, in der das Denken sich verabschieden muß... Schließlich fand ich eins.

Wir erwarteten G.C. und tranken Champagner. G.C. kam, einen Arm im Gips. Die Wand wurde vom Bild befreit, A. hat überall Bilder an den Wänden. Vor der statischen Kamera wurden die Sitzposition auf dem Stuhl und die Standposition auf den 3 Bänden der Weltgeschichte ausprobiert. Ich war noch ganz normal angezogen. Aber der Ausschnitt mußte ja stimmen. A. war fast noch aufgeregter als ich, während der einarmige G.C. in aller Seelenruhe genüßlich vor sich hin süffelte.

Ich wußte nur, daß ich nach dem Fesseln der Hände vom Stuhl aufstehen, mich umdrehen und auf die Bücher steigen mußte. Das konnte nicht zu schwierig sein... Ein neuer „Moment der Wahrheit" näherte sich: Ich mußte mich der Kleider entledigen, nur mit dem „Kostüm" bekleidet auf dem Stuhl im grellen Scheinwerferlicht platznehmen. A. verband mir die Augen, wie verabredet. Die Kamera ging los. A. begann damit, mich zu würgen. Darauf war ich nicht vorbereitet. Aber es tat mir gut. Dann nahm er meine Hände zusammen, hob sie hoch ins Bild und fesselte sie. Ich war so im Spiel, daß ich mich zu früh vom Stuhl erhob, das war eigenmächtig, falsch, A. schrie mich an, der Film hat ja keinen Ton. Mein Übergang vom Sitzen zum Aufstehen und Umdrehen wird also etwas Ungeschicktes haben. Aber das Cinématon ist dokumentarisch, da kann nichts verbessert werden. Gegen die Wand gelehnt, durfte ich zunächst zweimal Streicheln über die „fesses" in Empfang nehmen, gefolgt vom Herunterreißen des String-slips und, ich muß schon sagen, dann kamen sehr heftige Peitschenhiebe, die Spuren konnte ich mir später im Spiegel ansehen.

Die Rolle meines Lebens war aber noch nicht zuende. G.C. und A. hatten mir Mut gemacht: Sie röhrten im Jargon des Literaten-Clubs „Les Ronchons" (die Grantler), „Elle est boooooonne", und „ce n'est pas pour les pédés, ça...", sie ist guuuuut, das ist nichts für Schlappschwänze (pédé ist zwar wörtlich übersetzt: Schwuler, hat aber gleichzeitig diesen übergreifenden Wortsinn.) Nach dem Cinématon zog ich mich wieder an. Aber A. wollte nicht locker lassen, ob ich denn auch die „honte" (Schande) richtig empfunden hätte: In aller Welt würde jetzt mein gepeitschtes Hinterteil zu sehen sein, auf der Breitwand. Besonders in Argentinien, da würde das Publikum rasen.... Warum ausgerechnet in Argentinien, wußte er auch nicht. Ich mußte lachen und sagte, „De toute façon, moi, je n'ai rien vu" (ich selbst habe jedenfalls gar nichts gesehen..). Na ja, und dann haben sie mich ermuntert, auch mit unverbundenen Augen im „Kostüm" zu erscheinen. Ich hab das gemacht. Kam an den Tisch und sie schrien einstimmig „elle est booonne", und das wär nun wirklich nicht für die „pédés".

A. wollte es dahin treiben, G.C. mit ins Bett zu ziehen. Und ich, *je ne savais pas*, ich wußte mal wieder nicht, was ich wollte. G.C. hat gekniffen. Eskimo und Feuerland, soll mich das kränken, oder soll ich erleichtert sein? Die „größte Hure von Paris" müßte sich eigentlich darüber im Klaren sein...

Für das nächste Treffen hatte A. wieder eine Überraschung angekündigt. Ich kam also in seinem Appartement an, es gab einen Whisky von den Islands, dann Aufbruch, ich dachte, ins Restaurant. „Nein, erst geht es woandershin", sagte er: „In eine Peep-Show. Wir bestellen dort eine Domina, und sie wird dir befehlen. Du wirst mich vor ihr sucieren, und ich werde in deinen Mund ejakulieren, nicht aufs Gesicht, damit du anschließend im Restaurant keine Spuren auf der Haut hast."

A. war mittags in verschiedene Sex-Shops gegangen um sich zu erkundigen, ob er eine Frau mitbringen könnte und hatte schließlich einen Laden ausfindig gemacht. Es ist unglaublich, er eröffnete mir diese Neuigkeit an der Bushaltestelle. Sie tröpfelte mir langsam ins Bewußtsein. Habe ich Lust dazu, habe ich Angst davor, *je ne sais pas*. Habe ich Geld dabei, für ein Taxi, um schlimmstenfalls entkommen zu können?

An der Station La Gaîte stiegen wir aus. Eine schmale Rotlichtstraße mit einem Sex-Shop am anderen, versetzt mit kleinen Restaurants, tat sich auf. Mich überkam diese sonderbare Wahrnehmung, die ich immer vor Prüfungen habe: Das Gefühl, rückwärts zu gehen, während mir die Welt trotzdem unaufhaltsam wie in Zeitlupe entgegenrückt. Alle Sex-Shops hatten Glittervorhänge als Eingang. A. wußte plötzlich nicht mehr genau, welcher es war, es war ein silberner. Hinter dem Vorhang eröffnete sich zunächst ein ganz normaler Laden für einschlägige Videokassetten. Ein bißchen High-Tech, ein Tresen wie für einen Diskjockey in der Mitte, dort, statt der Musikbox-Plattenliste, Fotos von Frauen mit Beschreibungen ihres Angebots.

Es gab nur eine Domina. Und die war seit dem Mittag ausgetauscht. Ich sollte wählen. Ich wählte sie. A. wählte von der Menue-Liste der Möglichkeiten und zahlte für ein Séparée. Der Mann hinter dem Tresen war ein Schwarzer. Er sah mich ganz neutral an, aber ich vermutete doch ein Erstaunen dahinter, vielleicht, weil im ganzen Laden nur männliche Einzelwesen nach Pornovideos stöberten. Erst drückte er einen Knopf, dann nahm er sein Schlüsselbund, stand auf und ging uns voran zu einer Kabinentür. Er öffnete noch eine andere Kabine mit einem anderen Schlüssel, um einen Hocker herauszuholen. Wir waren ungewöhnlicherweise zu zweit, und das sollte der 2. Hocker für unsere Bequemlichkeit sein. Was für eine umsichtige Bedienung!

In der Kabine war es sehr eng. Wir standen, die Tür im Rücken, einen halben Meter vor einer Lichtschranke, die uns wie eine unsichtbare Fensterscheibe von der Bühne des Geschehens trennte. Wann immer ein Ellenbogen oder auch nur ein Haar über den halben Meter hinausging, schnarrte ein elektrischer Alarm los. Das Einsatzsignal für die Feuerwehr des ersten Arrondissements von Paris klingt dagegen wie die Zauberflöte. Die Bühne bestand aus einer Glasscheibe, die etwa einen Meter über dem Boden angebracht war, so daß man darunterkriechen konnte, wenn man wollte...und hatte einen kurze Schräge nach oben, direkt vor der Lichtschranke. Die Wand gegenüber war ein Spiegel. Da standen wir uns also selbst gegenüber und warteten auf die Domina, die aus dem Spiegel heraustrat.

Sie war jünger als ich, kräftig gebaut und hatte einen riesigen, umrandet-geschminkten Mund. Ich kam mir vor wie ein kleines Kind im Kaspertheater: Ich staunte Bauklötzer. Nuttenhaut hat eine besondere Qualität. Sie ist wie Stoff, wie eine Kleidung. Darüber gab es noch eine rote Spitzenkorsage, schwarze Netzstrümpfe und rote Schuhe mit hohen, spitzen Absätzen. Das Korsett war unterhalb der Titten zu Ende, die einem üppig entgegenstanden. Ich sah der Nutte in die Augen, ich bewunderte sie zutiefst, und ich glaube, daß sie das bemerkt hat. Und ich glaube auch, daß sie zunächst Angst gehabt hat vor dem Gegenüber einer „bürgerlichen" Frau. Das Problem war also blitzschnell aus der Welt. Jetzt wurde verhandelt. A.

erklärte kurz und knapp, was er sich vorstellte: Sie sollte mich beleidigen und mir befehlen, ihn zu „sucieren", ganz einfach. Sie machte es sich bequem, legte sich auf ihren Glasboden, spreizte die Beine, stemmte die Schuhe gegen die Schräge, und gab den Blick frei auf ihre Löcher, die sich wirklich sehen lassen konnten.

Dann herrschte sie mich an; „Mets-toi à poil, salope" (poil heißt eigentlich Fell, Haut der Tiere, gut daß ich die Redewendung bereits kannte und den Befehl verstehen konnte: Ausziehen, Schlampe!) Dann folgte „à genoux" (auf die Knie) und „suce-le!" A. hatte sich gleich beim Eintreten die Hose geöffnet und während der Verhandlungen schon ständig an sich herumgefummelt. Er hatte erklärt, daß ich eine große Begabung fürs Sucieren hätte. Ich war A. sehr dankbar dafür, daß er mich vor der Nutte lobte und folgte ihren Befehlen.

Im Spiegel beobachtete ich mich, während ich mich bis auf mein Korsett auszog, es war wie ihres, nur schwarz und ging bis über die Titten. Ich warf noch einen Blick zwischen ihre Schenkel, dann tauchte ich ab auf die Knie. Zum Sucieren mußte ich der Nutte den Rücken kehren. Bevor ich mich ans Werk machen konnte, empfing ich noch einige gut gezielte baffes (Ohrfeigen). A.s Hände würgten meinen Hals und rissen meinen Kopf an seinen Unterleib. Er stülpte mich über sein Glied, das mir bis in die Kehle drang. „Elle suce bien", sagte sie, „elle suce à fond" (Sie macht es gut, bis ganz hinten.)

Während ich mein Bestes tat, fragte A. die Nutte darüber aus, was sie alles machen würde. „Ich mache alles", sagte sie. – „Auch von hinten?" – „ Klar". „Und läßt du auf dich pinkeln?" – „Klar, aber das kostet extra."– „Und trinkst du Pisse?" – „Nein, das tue ich nicht", sagte sie. Das beruhigte mich sehr. Und ich fragte mich, ob sie jetzt für ihn untendurch sei. Im Nachherein glaube ich, daß es ihm ein Vergnügen war, ihr die eigene Grenze klargemacht zu haben. Die

Domina war dadurch irgendwie in die Ecke gestellt, er dominierte. Warum hat sie ehrlich geantwortet? Sie hätte doch „klar" sagen und einen unerschwinglichen Preis nennen können. Was war das überhaupt für eine Domina, die mir, ihrem Opfer, nur harmlose Anweisungen gab, zwei, drei Sätze, die selbst mir leicht über die Lippen gekommen wären.

Dann stellte sie Fragen. „Und ihr, was macht ihr so, gehst du mit deiner Frau zu Partouzen (wörtlich: Orgien, sinngemäß: Gruppensexgelagen)?" – „Klar." Aber das stimmte nicht. Immerhin war es mir gelungen, die Vokabel zu entziffern. Zunächst hatte ich immer „bar douce" (zärtliche Bar) verstanden, und dann „par tous" (alles zusammen), bis ich endlich herausfand, wie sich das Wort schreibt und im Lexikon nachschlagen konnte. Mein erahntes Verstehen hatte mich nicht irregeleitet... Bis jetzt war es A. noch nicht gelungen, mich zu einer Partouze zu überreden. Der Gedanke daran löste bei mir jedesmal Totalpanik aus.

Aber das hier, das ging. Ob es mich erregt hat? *Je ne sais pas.* Nachdem es A. gekommen war, ich mich wieder angezogen hatte (wobei ich noch ein Kleidungsstück vergaß, weil ich doch ziemlich durcheinander war), verabschiedete man sich höflich. Die Nutte lud uns gutgelaunt ein, bald wiederzukommen. Ich teilte ihre gute Laune, ich hatte es hinter mir. A.s gute Laune stellte sich erst im Restaurant wieder ein, denn nach einem Orgasmus ist man zunächst befriedigt, und das ist keine Laune. Vielleicht hätte er gern die Worte gehört, mit denen er mich im umgekehrten Fall stets zu trösten versucht: „Calme-toi, c'est fini, mon amour, c'est fini..." (beruhige dich, es ist vorbei, meine Liebe, es ist vorbei.)

A. hat eine 16-jährige Tochter mit seiner geschiedenen Frau. Die wohnt ab und zu bei ihm. Das nächste Treffen konnte also nicht in seiner Wohnung sein.

Er reservierte ein Zimmer im Hotel „TIM'S" am Montmartre, direkt neben dem „Bateau-lavoir", dem legendären Zentrum der Künstler, die unser Jahrhundert geprägt haben. Er holte mich ab, wir gingen zur Mêtro „Madeleine" und stiegen in „Abesses" aus, die Station liegt so tief unter dem Berg „Mont"-Martre, daß man besser den Fahrstuhl nimmt, um an die Erdoberfläche zu gelangen. Wir gingen zum Hotel. An der Rezeption fühlte ich mich etwas schief angeguckt, mit meiner läppischen Handtasche und den dünnen Strümpfen. A. hatte überhaupt kein Gepäck bei sich, die Zahnbürste trug er in der Jackentasche. Aber er hatte reserviert, und wir erhielten den Schlüssel. Das Zimmer war in der 6. Etage, und wieder nahmen wir den Fahrstuhl. Die Überraschung war diesmal der Blick über die Dächer von Paris, bis hin zu den Hügeln des Militärgeländes außerhalb. Vielleicht stimmt es nicht, aber ich konnte mich des Eindrucks nicht erwehren, an der höchsten Stelle von Paris zu sein. Am offenen Fenster lehnte A. sich von hinten gegen mich. „Lernst du nun schöne Sachen durch mich kennen oder nicht", fragte er doppeldeutig. Andächtig vor dem Blick über die Dächer meiner geliebten Stadt, umfangen von der Nähe seines energischen Körpers, seufzte ich. Der Atem kam aus meinem Versteck, tief unten im See, nahm einen und noch einen Fahrstuhl, die Treppen vom Montmartre und noch einen Fahrstuhl und noch einen, bis zu meinen Augen, meiner Haut, meiner Sprache: „Aber ja, mein „Meister".

Wir aßen außergewöhnlich gut in einem Geheimtip-Restaurant ohne Touristen. A. hatte es stilvoll ausgesucht: „La Pomponette" bedeutet nichts anderes als „Sucieren". Nach dem Essen liebte mich mein „Meister" im Hotelzimmer auf seine Weise. Um mir gut zu tun, gab er sich alle Mühe, mich zu bestrafen. Ohrfeigen, Schläge aufs Hinterteil, Fußtritte, Stöße, weil ich es gewagt hatte, ihn anzusehen. Er enculierte mich (penetrierte meine „Rückseite"). Ich mußte vor

Schmerzen schreien, mit kaltem Schweiß auf der Stirn, das war wirklich hart. Ich lag am Boden und durfte nicht darum betteln, ins Bett zu kommen. „Viens dans mes bras" (komm in meine Arme), befahl er schließlich. Und ich fand Erholung, Zärtlichkeit und unglaublich dichte Nähe. Damals stellte ich mir keine Fragen.

Das Frühstück nahmen wir sehr früh morgens am Place du Tertre, dem Platz der Porträtisten, die wohl alle noch schliefen, noch nie habe ich den Platz so leer gesehen. Im Lokal waren wir die ersten Gäste. Man konnte wieder über ganz Paris blicken.

Meine Beine fühlten sich gut an. Wenn ich mit A. zusammen bin, trage ich immer das Korsett und Strümpfe. Meine Röcke sind sehr kurz, und ich habe immer die Befürchtung, daß man das Ende der Strümpfe sehen kann, unter dem Rock verbotenerweise nackte Haut aufblitzt. Wenn meine Beine sich aber gut anfühlen, dann ist es mir ein Vergnügen, sie wie ein heimliches Versprechen zur Schau zu tragen. Da ich auch während der Nächte mit A. Strümpfe und Schuhe im Bett anbehalte, anbehalten muß, sind die Strümpfe am Morgen immer etwas ausgeleiert und bilden Falten an den Fesseln, die Ränder zum Befestigen rutschen an den Schenkeln herunter, und machen meinen Gang zu einem, der bei jedem Schritt verrät: Je suis une putain, une enculée... (ich bin eine Nutte, eine, mit der man es von hinten treibt)...Und wenn ich mir die Frage stelle, ob mir das gefällt, so lautet die Antwort nicht *„je ne sais pas"*.

Wegen der Tochter fanden die darauffolgenden zwei Treffen in meinem Appartement statt. Da es hier keine Taue und kein martinet (Peitsche) gibt, wurde ich mit baffes versorgt und Gürtelhieben aufs Hinterteil. Dabei fauchte A. mich tüchtig an, seine Stimme, die Worte und die Hiebe hallten durch den Hinterhof. In Deutschland hätte ich mich gefragt, ob ich umziehen muß...Jetzt wissen alle Nachbarn Bescheid. Mein

Hinterteil dokumentierte noch tagelang den exakten Abdruck der Gürtelschnalle. Außer mir selbst bewunderte das keiner.

A. liebt, wie schon erwähnt, Überraschungen und Veränderungen. Aber die Folter liebt er nicht und will meinen Körper mit seinen Strafen wegen der Ästhetik nicht deformieren. Die Schnallenabdrücke waren gar nicht sein Fall.

Er hatte zwar erklärt, daß er lieber dominiert als dominiert zu werden, aber offensichtlich geriet er in Verlegenheit, sich stets neue „punitions" (Bestrafungen) für mich einfallen zu lassen. Eines abends packte er meinen Hals im Würgegriff und stieß mich vor sich her zu meinen Kleidern: „Habille-toi, maintenant on y va à une partouze" (los, zieh' dich an, wir gehen jetzt zu einer Orgie.) Aus welchem Grund auch immer, in mir hatte sich eine wachsende Abwehr dagegen aufgebaut. Warum? *Je ne sais pas.* Wie hysterisch vor Angst versteifte ich die Knie und stemmte meinen Rücken mit aller Kraft gegen seinen Vorwärtsdruck. Ich will nicht, ich will nicht. „Comment? La soumise, qui se révolte? Tu te prends pour qui?" (wie, die Unterworfene lehnt sich auf, für wen hältst du dich?)... Dann folgte der Vorwurf. Zum ersten Mal würde ich Nein sagen, obwohl es jetzt wirklich mal an mir wäre, ihm ein Vergnügen zu bereiten, wo er meinem mit seinen Bestrafungen doch ständig nachkommen würde. Denn er meint: „Tout ça, c'est pour ton bien " (das ist alles nur zu deinem Besten.) Und ich wäre in Wirklichkeit die Starke, die bestimmt, was er mit mir macht. Und überhaupt sei er noch mit keiner anderen soweit gegangen wie mit mir. Aber ich müßte ihm auch entgegenkommen. Diesmal konnte ich es nicht.

Jetzt kam ich in den Streß, fühlte mich unter Druck gesetzt. Dabei war mir klar, was er wollte, was er brauchte: Beschimpfungen beim Akt, überhaupt reden, die Erregung mit den einschlägigen Vokabeln steigern. Etwa so: „Espèce d'ordure, donne-moi ton foutre, si non, je vais te tromper, me donner aux nègres avec de grosses bites pour qu'ils m'éjaculent sur le visage, trois à la fois, rassure-toi. C'est ça, ce que tu veux, non? Et alors, salaud, sers-moi ton foutre ou ta putain va se soumettre aux autres. J'en serais bien obligée, et tu le sais..." (Das ist schwierig zu übersetzen, weil die deutsche Sprache Beschimpfungen und unanständige Worte eher mit Gewalt als mit Erotik verbindet. Ich versuch's: Miststück, gib's mir, wenn nicht, betrüg ich dich, werd' ich mich Farbigen mit dicken Schwänzen hingeben, gleich dreien auf einmal, damit sie sich über meinem Gesicht entladen, das kannst du mir glauben. Sag, ist es das, was du willst? Los, du Verdorbener, zeig's deiner Nutte, oder sie wird sich anderen unterwerfen, müßte es geradezu tun, und du weißt es...)

Meine Güte, das zeigt doch immerhin, daß ich weiß, was er will. Und doch kann ich es nicht sagen. Die phantastische Vorstellung, jemals zur größten Nutte von Paris aufsteigen zu können, ging den Weg aller meiner bisherigen Karriereträume: Sie brach elendig in sich zusammen, ich fühlte mich unzulänglich, A.s Begierden entsprechen zu können und in Wahrheit dem Laster nicht gewachsen zu sein. Von der Angst eingeschüchtert, A. könnte die Lust nach mir verlieren, vergaß ich vor Aufregung die französischen Vokabeln, die er für sein Vergnügen brauchte, auf denen aber die Abmachungen basierten. Das war schon mal richtig gefährlich. Er würgte mich und drängte „dis-le" (sag es!) und ich konnte mich nicht an die Worte erinnern, die er zu hören verlangte. Er hätte mich fast umgebracht. Als ich „pitié" (Erbarmen) keuchte, schrie er mir entgegen: „Das gilt nicht mehr..."

A. hat mir einmal gesagt, daß ich zu spät um „pitié" bitten, flehen würde. Eines Tages „müßte" er mich umbringen, meinetwegen, um mir gut zu tun. Nur, wohin mit meinem Kadaver, der würde ihn ins Gefängnis bringen, und dazu hat ja wohl niemand Lust... Zu Hause, in meinen verzweifelten Überlegungen, wie ich ihn dominieren könnte, dachte ich mir aus, zu *fordern*, daß er mich umbringt. Er sollte mich im schönsten Moment erwürgen. Meine Bedingung sollte sein, daß er meine Leiche in die Seine werfen muß, in Stücken oder wie auch immer, jedenfalls so, daß er nicht von der Polizei verhaftet werden kann. Wenn ihm das gelingt, bekommt er mein ganzes Vermögen zur Belohnung. Das ist zwar nicht viel, aber eins kommt zum andern. Diese Nachlaßregelung wäre sicherlich ein interessanter Fall für unseren Freund und Rechtsgelehrten J.K. in Hamburg... Das fällt mir jetzt beim Schreiben ein, ich muß darüber schmunzeln, und das vertuscht ein wenig die Ernsthaftigkeit meiner Verzweiflung, die ich vielleicht meiner deutschen Herkunft zuschreiben muß. Nehmen ohne zu geben ist nicht korrekt und erzeugt Schulden. Ein anständiger Mensch aber ist korrekt bis zum Schluß. Alles oder nichts, dazwischen klafft Verdammnis, Ächtung der Versager.

Warum sollte A. mich umbringen wollen. Seine Leidenschaft ist viel zu intellektuell. Alles kommt aus dem Kopf, sagt er. Und ich dachte immer, mein größter Fehler sei, das Denken nicht abschalten zu können.

Ich bin kein Spezialist im Denken, aber mein Hirn hat die Möglichkeit zu observieren, reflektieren, analysieren. Zum Philosophieren reicht es nicht, dafür habe ich zu wenig Systematik und zuviel Phantasie. Ängste vor den Schwänzen, den grosses bites, vor den Chattes, der Häßlichkeit, oder nicht? Hat mich der Pornofilm mit dem Milcheinlauf ins Hinterteil und dem anschließenden Besprengen der geilen Gesichter nicht erregt? Doch. Aber hätte ich das selbst gern getan? *Je ne sais pas.*

A. unterstellt mir, daß ich ein Geheimnis habe, er will, daß ich ihm alles gestehe. Er hat recht, ich habe ein Geheimnis. Aber das ist mir selbst ein Rätsel. Wie gern würde ich es lösen und mich aus dem Märchenalptraum befreien: „Der Himmel ist verhangen, die Erde voll Schnee, und ich bin gefangen tief unten im See."

Gestern abend, nach dem Essen im Restaurant Antarctic, wieder in der Rue de la Gaîte, suchten wir nach unserer Domina. Im Porno-Peep-Show-Laden erklärte uns der schwarze „Disk-Jockey", daß sie wegen des Mêtro-Streiks nicht gekommen sei.

Um mir selbst ein wenig zu schmeicheln, will ich von diesem Tag des Mêtro-Streiks erzählen. Ich hatte A. angerufen: Wie sollte ich ohne U-Bahn pünktlich herauskommen können, zur Porte de Vanves. Eine ganze Woche lang hatten wir uns nicht treffen können. Und wenn es mich mehr als eine halbe Stunde kosten würde, ein Taxi zu erobern und obendrein wegen des desolaten Verkehrs nochmal Zeit und Geld, ich wollte zu A. Hatte er doch am Telefon gesagt „Je commence à avoir faim.." (Ich krieg langsam Hunger.)

Auf dem Weg zum Hôtel du Louvre, wo sich ein zuverlässiger Taxenstand befindet, an dem selbst hartnäckig lange Schlangen irgendwann abgebaut sind, hielt ich in weiser Voraussicht bereits Ausschau. An jedes leere Taxi, das vorbeikam, stürzten mehrere Leute, klopften an die Scheibe, aufs Dach, „Vous êtes libre?" (Sind Sie frei?). Alle leeren Taxen waren aber telefonisch bestellte. Trotzdem versuchte ich es bei einem dritten, kurz vor dem Palais Royale. Der Fahrer sagte: „Montez, mais dépêchez-vous" (steigen Sie ein, aber beeilen Sie sich). Er hatte bereits zweimal Fahrgäste abgelehnt, aber ich war ihm ins Auge gefallen, „Vous m'avez tappé dans l'œil, je me disais justement: regarde-moi cette petite jolie dame" (und ich sagte gerade zu mir, schau dir diese hübsche kleine Dame an). Die beiden anderen Aspiranten hatte er stehenlassen, weil er in ihnen klassische Busfahrer erkannt hatte. Und an so einem Streiktag wollte er seiner traditionellen

Taxen-Kundschaft treu bleiben. Was für eine Überlegung! In mir sah er also eine Taxenstammkundin und wollte mich gern fahren. Aber zur Porte de Vanves, das wäre doch am Ende der Welt, was eine Frau wie ich wohl dort zu suchen hätte...„Geschäfte", war meine Antwort, „ich habe dort einen Kunden, der mir eine Skulptur abkaufen will."

Und so kam es, daß ich sogar vor der Zeit zur Stelle war bei A., am Ende der Welt. Quelle honte, was für eine Schande! A. nahm mich sehr liebevoll in die Arme. „Et si je n'étais pas dure avec toi aujourd'hui, si je ne te punissais pas.." (Und wenn ich heute mal nicht streng mit dir wäre, dich nicht bestrafen würde?) Ah, wie recht wäre mir das... Aber A. nagelte mich gleich fest: „Comment, tu as changé d'avis juste comme ça?" (wie, du hast deine Meinung geändert, einfach mal so)... Um nicht unglaubwürdig zu erscheinen, blieb mir gar nichts anderes übrig, als ihn um tüchtige baffes (Ohrfeigen) anzubetteln, die er mir auch prompt verabreichte. Dann durfte ich A.s bite sucieren, und er sodomierte mich: während er es mit mir von hinten trieb, was mir immer sehr weh tut, schrie er mich an, „salope, qu'est-ce que tu es, dis-le, dis-le.." (Schlampe, sag, was du bist, sag es) – „je suis une enculée" (eine, die es sich von hinten besorgen läßt) keuchte ich, und legte sehr erregt Hand an mich selbst. „Aber nicht doch", schimpfte er los, „wir wollen das Vergnügen aufsparen für heute abend..."

Es gab ja, wie gesagt, keine Mêtro an diesem Tag. Auf dem Fußweg in die Rue de la Gaîte zeigte A. mir neugebaute Wohnsiedlungen, vorbildliche und mißlungene Beispiele der experimentellen Pariser Architektur. Außerdem gingen wir in „die" portugiesische Kirche von Paris hinein. Sie hatte große Ähnlichkeit mit einer Markthalle, denn die tragenden Säulen waren nicht aus gotischem Sandstein sondern Eiffelturmeisenträger mit Schweißnieten, darüber ein Glasdach. In jeder Heiligen-Nische ein hilflos naives

Kunstwerk aus unserer Zeit. Die Portugiesen scheinen ein erstaunliches Verhältnis zu Religion, Tradition und Kunst zu haben, dachte ich. Die unglaubliche Großzügigkeit dieser Stadt kommt daher, daß sie dem Fremden nicht mit Mißtrauen begegnet. Jeder, jede Nation, jeder Einzelne, kann hier sein, wie er ist, selbst so, wie er glaubt, zu sein. Dieses Vertrauen in die Gutmütigkeit, die Harmlosigkeit des Fremden und die unerschöpfliche Neugier darauf ist überwältigend, und sicherlich einmalig auf der ganzen Welt.

Wieviel Schwierigkeiten bereitet es mir, der vorsichtigen Deutschen, diesem Vertrauen zu trauen, das mir tagtäglich in den winzigsten Details begegnet und mich zurückführt in die verlorene Kindlichkeit, in eine Geborgenheit, die ich fast nicht mehr annehmen kann.

Das Verhältnis zu A. ist ein gutes Beispiel dafür. Sein Dominieren, seine Schläge, seine Beleidigungen betten meine Erniedrigung liebevoll in ein wohlgeordnetes, geschütztes Universum ein. Mein Kampf, mein Existenzkampf, mein deutscher Hitler-Kampf (wer leben will, der kämpfe also), ist hier ohne Boden. Es gibt keinen Grund für Härte. Hier ist Kultur. Wenn es überhaupt etwas gibt, was schwierig ist, so sicher nicht die Härte sondern die Raffinesse, die Bildung, das Wissen. Um in Deutschland etwas zu werden, muß man „groß und stark" sein, mit deutlichen Worten: Gewalttätig. Hier ist „Klein" eine Qualität. Die Engländer haben einen guten Spruch dafür: „Good parfume is sold in small bottles" (gutes Parfüm wird in kleinen Flaschen gehandelt). Die Essenz, das Konzentrat ist wertvoll, und nicht die gewaltige Ausdehnung des VIEL.

Doch zurück in die Rue de la Gaîte. Wir suchten verschiedene Sex-Shops nach einer neuen Domina ab. Wir fanden eine, durften sie aber nicht zu zweit besuchen. Also weiter. Schließlich landeten wir in einem ziemlich chaotischen Laden, in dem von High Tech keine Spur war. Eine Domina? Das könnte am ehesten die XXX. Da sie auf den Fotos hübsch anzusehen war, wählte ich sie aus, A. zahlte für das Séparée und man schloß uns eine Kabine auf, die noch enger war als die vom ersten Mal. Sie ging irgendwie über Eck, die Bühne war nicht aus Glas sondern aus billigem tiefrosa Teppichboden. Es gab wieder so ein offenes Fenster zur Bühne hin, dies hier hatte aber keine Lichtschranke.

Dann erschien aus dem Spiegel ein sehr hübsches, sehr junges Ding, barfüßig, in ein pastellfarbenes, bettlakenähnliches Stück Stoff eingewickelt. A. verhandelte mit ihr. Und sie machte den Vorschlag, mich nicht nur zu beleidigen sondern richtig zu schlagen, das würde aber mehr kosten. Im übrigen hätte sie noch eine Freundin, eine Lesbe, die könnte auch noch mitmachen. A. hat aber den absoluten Horror vor Lesben. Gut, dann eben nicht. Aber echte Schläge, und das in einer größeren Kabine, das sagte ihm was. Sie handelten, er zahlte 1.000 frs. drauf, direkt an sie, die ihm damit 500 frs. erlassen hatte.

Wir wanderten durch ein Wunderland von engen, verfilzten Gängen, in deren Ecken Batterien von diversen Putzmitteln aufgereiht standen. Die neue Kabine, die uns als „grande salle" (großer Saal) angepriesen worden war, maß vielleicht einen halben Quadratmeter mehr. Die Tür, durch die man eintritt, läßt sich von innen verriegeln wie eine Klotür. „La fille" (das Mädchen) kam wieder aus dem Spiegel. Sie enthüllte einen gleichmäßig gebräunten, schön gebauten Körper mit jungen, großen, wohl nicht gespritzten Titten, die von vorbildlichen Brustwarzen gekrönt waren. In ihrer kurzgeschnittenen Haarfrisur, mit Gel nach hinten gekämmt, glänzten rötliche Henna-Streifen im brünetten Grundton.

Nachdem sie ihre Vorder- und Hinteransicht vorgestellt hatte, ging's zur Sache. Ich mußte mich ausziehen. Und da fing es schon an: Das schöne Nuttenkind machte mir Komplimente: Wie fine ich sei und wie sexy. A. manipulierte bereits an sich herum und befahl, daß sie mich nun endlich ohrfeigen sollte. Sie trat dicht an das nicht vorhandene Fenster ohne Alarmschranke und langte mir eine. Ich schloß die Augen und fühlte meine Wange in einer kleinen, schwitzigen, unbeholfenen Hand. A. monierte: „Das ist nicht heftig genug, begreif doch, sie ist eine soumise (eine Unterworfene), sie braucht das, ich werd dir zeigen, wie sie es liebt", und versetzte mir einen Schlag von seinen besten. „Und jetzt, spuck ihr ins Gesicht!"

Sie wich zurück: „Oh, nein, ich kann nicht, sie ist zu nett, ich kann mich nicht konzentrieren." In meinem Wahn begriff ich die Situation schlagartig: Sie gab sich Mühe, war aber keine richtige Domina. Also bettelte ich A. an, mir selbst auf die geschlagenen Wangen zu spucken (crache-moi dessus), und er tat es. Daraufhin faßte sie neuen Mut und haute kräftiger zu. Ihre Hilflosigkeit animierte mich, mehr ins Spiel einzugreifen. Ich dachte, es fällt ihr vielleicht leichter, mein Hinterteil zu malträtieren und drehte mich um, was bei ihr wieder Komplimente auslöste und großen Respekt vor dem riesigen blauen Fleck, der in Wirklichkeit nicht von einer Domination herrührte, sondern von einem schmerzhaften Sturz übers Computerkabel auf den Steinfußboden bei mir zu Hause.

A. lag bereits gut im Rennen mit seiner Manipulation, und ich bat ihn darum, seinen foutre (seinen Erguß) über meinem Gesicht zu entladen. Keuchend gab er seine Befehle: Auf die Knie, salope, und „ouvre ta bouche" (mach den Mund auf). Während ich gehorchte, brach unsere „Domina" in Begeisterungsschreie aus: Wie toll ich sei, wie toll er sei, wie toll wir es zusammen treiben würden. A. schrie beim Orgasmus, ich delirierte unter der Spermadusche...

Zum Abschluß zeigte uns die nette Nutte noch einmal ihre schönsten Stellen. Vielleicht war sie die einzige, die zu kurz gekommen war in diesem Wahn. Sie posierte auf dem Rücken liegend, spreizte die Beine und zeigte ihre winzige Klitoris: Ein rosa Pünktchen, das wippen konnte. „Es sagt Ihnen bonjour" kommentierte sie und schob oder besser zog die Schamlippen auseinander. Ich staunte sehr, es gab an jeder Seite eine braune Hautperle. Völlig symmetrisch angelegt wie die Griffe einer Rolltür. Und mit 2 Fingern der selben Hand zog sie die Flügel an diesen Knäufen auseinander. Waren das natürliche Warzen oder künstlich angelegte Verdichtungen, um so einen sehr beeindruckenden „Türaufeffekt" anbieten zu können? A. hatte dazu keine Idee.

Die kindlich nette nackte Nutte schaute mir zum Abschied in die Augen: „Du hast grüne Augen", sagte sie. Ihre waren honig-gelb. Vielleicht bekam ich ein wenig Lust auf sie.., wegen ihrer Harmlosigkeit.

Wiederangelangt am Ende der Welt, gab es eine „branlette á deux", A. und ich besorgten es uns gleichzeitig, und es kam uns zur selben Sekunde. Dabei lagen wir uns in den Armen. Das war sehr schön.

A. – mon amour.

Vielleicht hatte ich den Tiefpunkt meiner Hemmungen überwunden. Jedenfalls war die Begrüßung beim daraufolgenden Treffen sehr heiß. Er drängte mich gleich im Flur gegen die Schrankwand. Es gibt doch nichts Schöneres, als unter dem Druck der Männlichkeit schwach zu werden, auf die Knie zu sinken und das „Indiz" zu küssen.

Diesmal nahm er mich in der „levrette"-Stellung. Anschließend sucierte er mich, aber so, daß ich fast bewußtlos wurde. Dann servierte er ein feines Essen und kündigte den Besuch einer Orgie an.

La partouze – mein Alptraum. Hatte ich mir nicht am Abend vorher zu Hause, in den Spiegel schauend vorgenommen, ihm selbst den Besuch einer Partouze vorzuschlagen, was immer das bedeuten sollte? Warum zierte ich mich also so sehr in diesem neuen Augenblick der Wahrheit. A. rief seinen Freund an: „Ich hab hier eine, die sich nicht fremden Männern anbieten lassen will, gib mir einen Rat.." Der Freund war nicht da. Hier geht ja alles über Anrufbeantworter.

Ich wußte schon, daß ich an diesem Abend mitgehen würde zur Partouze, trotz meiner Ziererei. A. spielte mir die schönsten Chansons aus den 30er Jahren vor. Dann, gegen Mitternacht nahmen wir ein Taxi zur Porte Maillot.

Der Ort war als Hotel verkleidet, man sah eigentlich gleich, daß da etwas Spezielles ablaufen würde, die Tür ging nicht auf, man mußte klingeln, und es erschien ein kleiner Schwuler, um sie nur denen zu öffnen, die wußten, worum es geht.

Dieser Mensch nahm die Jacken in Verwahrung, machte darauf aufmerksam, daß dort, bei ihm, alles in Sicherheit sei: Geld und Papiere, und führte uns dann zum Fahrstuhl für die nächste Etappe: Ein schummriges Dekor von Bar und Aufenthaltsraum tat sich auf. Die Getränke im Angebot waren ohne Alkohol. Eine Facettenkugel an der Decke warf im 50er-Jahre-Stil Lichtstücke aufs Geschehen. A. fieberte, ob ich nicht auf das nächste Stockwerk neugierig sei.

Dort, wo man sich auszieht, war es ziemlich dunkel. Und es war noch nicht viel los. Es gab verschiedene Räume mit Lagern, alle hatten offene Türen zu Badezimmern. An den Decken über den Liegen und an allen Wänden gab es Spiegel.

Ich kniete nieder um A. zu sucieren, dabei waren wir noch angezogen. Ein glatzköpfiger häßlicher Alter suchte meine Titten. Aber A. verstand sofort: Der nicht. Wir verließen das Gemach, zogen uns aus, das heißt, A. zog sich nackt aus, ich behielt mein übliches „Kostüm", die guêpière, die Strümpfe, die Schuhe und die Spitzenhandschuh an, und wir legten uns zu einem Paar, oder das Paar legte sich zu uns...ich weiß es nicht mehr so genau.

A. wollte von mir suciert werden. Dann widmete er sich der Chatte meiner nackten Nachbarin, die sich derweil große Mühe mit dem grosse bite ihres Begleiters gab und außerdem noch nach meinen Titten greifen konnte, während ich plötzlich eine neue Bedienung zwischen den Beinen spürte. Der Spiegel an der Decke erwies sich als nützlich. Immerhin konnte ich erkennen, daß es sich um einen Mann in blauem Bademantel handelte, der da seinen dunkelhaarigen Schopf zwischen meinen Schenkeln vergrub. Quelle honte! Als die Nachbarin nicht mehr konnte, bot A. mich ihrem noch hochgradig erregten, stummen Partner an: „Sehen Sie, da ist noch ein Mund, der Sie erwartet", und für eine Weile landete sein Teil bei mir. Doch dann war ich plötzlich allein mit meinem Suceur, dessen Gesicht ich nicht kannte. Er sagte mir leise Worte in Atempausen, alles, was man gern hört: Ich liebe dich, du bist schön, du bist eine Köstlichkeit. Dann kam A. zurück, woher auch immer, und übernahm die Regie. Es wäre Zeit, mich penetrieren zu lassen. Der blaue Bademantel hob den Kopf, völlig verschwitzt und verklärt sah er richtig liebenswert nett aus. Wie auch immer er das zustande gebracht hat, das capote anglaise (Präservativ) war bereits an oder besser übergezogen. Aber A.s Gegenwart schüchterte ihn ein, sein großes Glied wurde schwach, und er sagte, vielleicht ist es besser, wenn ich sie (das sollte ich sein) Ihnen (das sollte A. sein) überlasse. Aber keinesfalls, schrie A. und streckte mir seinen Schwanz in den Mund. Ich fand den blauen Bademantel rührend und streichelte seinen Kopf, seinen Arm, mehr Bewegungsfreiheit hatte ich nicht.

Da A. mich schon vor dem Besuch der Partouze kräftig suciert hatte, machte mir die Penetration meines blauen Bademantels (die dann doch noch zustande kam) mehr Vergnügen als seine orale Betätigung zwischen meinen Beinen.

Und dann war er plötzlich verschwunden, ich hatte immer noch A.s Glied im Mund, bemerkte aber im Spiegel, daß sich ein neues Mädchen zu uns setzte, was A. gleich zu dem Vorschlag animierte, daß ich sie sucieren sollte. Sie lehnte ab. A. hörte nicht auf, meine „Spezialität" anzupreisen, ich könnte das gut und wäre ganz versessen danach, bei Männern und Frauen gleichermaßen. Sie verschwand und kam mit einem Typen zurück.

„Hier ist eine, die es gern mit dem Mund macht", hörte ich sie sagen. Sehen konnte ich nicht viel, weiß der Himmel, in welcher Stellung ich mich gerade befand, ich fühlte nur einen neuen Bademantel, der sich im Spiegel als rot auswies. Er stand eine Weile vor mir. Ich erinnere mich auch an eine merkwürdig weiße Haarfrisur, irgendwo da oben, Rotlicht macht blond vielleicht zu weiß, denn ein „Alter" war das nicht, der sein zum Platzen gespanntes Glied zwischen meinen Lippen landete. Welch ungewöhnliche Ausmaße. Und ich erinnere mich genau an seine Überraschung darüber, daß ich nicht nur an der Spitze herumzüngeln wollte. Ich bin zwar ein harmloses Wesen mit frommem Schauer davor, eigene Gelüste zum Ausdruck zu bringen, aber sicher ist, daß mir ein großer Schwanz vertrauter ist als ein kleiner, egal, ob ich den als bedrohlich empfinde oder nicht, damit kenne ich mich aus. Der rote Bademantel mit den weißen Haaren ließ es sich wohlergehen. Das fällt den Männern sowieso offensichtlich leichter als den Frauen. Aber das war ein wirklich Süchtiger, er packte meine Taille ums Korsett und legte mich zurück auf den Rücken, suciert hatte ich ihn im Sitzen, am Rand des Lagers, A. hatte mich an den Haaren herangezogen..

Als ich nun da lag, forderte er mich auf, meine Chatte zu zeigen. Nach den Peep-Show-Besuchen mit A. weiß ich, wie das geht: Nur in der Selbstverständlichkeit ist es ohne Grausen. A. hat mich gleich zu Anfang als Exhibitionistin klassifiziert. Er hat recht. Und ich repetierte, was ich bei den Nutten gelernt hatte: Ich spreizte die Beine schamlos und zog mit zwei Fingern einer Hand den Vorhang auf, und beobachtete das auch noch im Spiegel. A. überwachte das Geschehen und sagte mir später, daß der rote Bademantel dabei meiner „Erfahrungen" gewahr wurde und ganz begeistert war. Quelle honte (was für eine Schande.)

Keine andere Frau hatte ein Korsett an, die jüngeren waren nackt, die älteren oben ohne und unten mit Strapsen.

Aber ich will nicht ausweichen. Der rote Bademantel mit dem enormen Geschlechtsteil fand sein capote anglaise (Präservativ) nicht, er war somnambulisch auf mich fixiert. Wo war es nur, wo war die Jacke, die Tasche, der Automat?

Mich zog die Pause in die Höhe, ich wankte zum Schweppes-Glas und zündete mir eine Zigarette an. Die neue Nackte, die nur zuschauen wollte, kommentierte: „Die ist völlig fertig, die kann schon gar nicht mehr", während A. mir Anweisungen gab: Ich sollte jetzt „Nein" sagen, weil der sich so ungeschickt mit dem Präservativ anstellte. Außerdem wäre es Zeit, nach Hause zu gehen.

Ich weiß nicht mehr, wie es geschah, aber es war die Nackte, die plötzlich das Präservativ gefunden hatte – oder hergab – , wer weiß, denn A. bekam plötzlich die Erlaubnis, sich zwischen ihren Schenkeln einzugraben.

Ich stand im Raum, bereit zum „Nein" sagen und zum Gehen. Da lehnte mich der rote Bademantel gegen die Wand und sich gegen mich. Sein Glied wucherte wie Efeu zwischen den Mauerritzen an meinem gepreßten, bedrängten, wunderbar in den Schatten gestellten Körper empor. A. hatte mir eingebläut, daß es drei Dinge gibt, die bei Orgien strikt verboten sind. Penetrieren ohne Präservativ stand an erster Stelle. Das andere hatte ich vergessen und war nicht sicher, ob Küssen auf den Mund dazu gehörte.

Dieser Mann wollte nicht aufhören, mich zu küssen und mir Dinge zuzuwispern, die ich nicht verstand. Aber etwas verstand ich doch: Ob ich oft zu

Orgien gehen würde, ob ich oft lieben würde und wo. Ich sagte zu allem Ja und Überall. Er wollte mich wiedersehen, wir verabredeten ein Treffen im Drugstore an den Champs-Elyssées. Und weil A. immer noch an der Chatte der nackten Voyeuse zugange war, ließ ich mich doch noch herumkriegen in die Levrette-Stellung (die „Windhündin"-Stellung, bei der man auf allen Vieren zwar von hinten aber doch von vorne genommen wird). Er landete sein enormes Glied wohlgezielt, in dem er die beiden Hälften meiner „Rolltür" zum Eingang wegen seiner Ausmaße auseinanderzog. Es dauerte nicht lange, und ich muß gestehen, das war eine der aufregendsten Penetrationen meines Lebens.

A. und die Voyeurin waren auch zum Schluß gekommen. Nach dem Sucieren, das A. immer sehr aufregt, hatte er seinen „foutre" über ihrem Busen entladen. Sie lief ins Bad, um den foutre abzuwaschen. A. bot einen ramponierten Anblick.

Die ganze Szene hatte sich vor den Augen eines völlig angezogenen Engländerpaares abgespielt, die beiden lehnten etwas angetüttelt vor dem Wandspiegel an der Anrichte und nahmen „backs to the wall - glas in the hand" (Rücken zur Wand, Glas in der Hand) die typische Londoner Party-Haltung ein. Sie kicherte erregt beim Übersetzen der unanständigen Pariser Lautmalereien, ohne die das Vergnügen, „le plaisir", hier undenkbar ist.

Schon wieder halb angezogen, warf mir der Enorme nochmal einen wahrlich begehrenden Blick zu, und in meinem Körper wallte ein Nachbrummen auf... Seine nackte Voyeurin fragte nach meinem Namen, ich sagte einen falschen, und dann wollte sie wissen, wo ich mein wunderbares Korsett gekauft hätte. Wir verabschiedeten uns.

Im Fahrstuhl wollte A. wissen, was der Enorme mir zugeflüstert hatte, als er mich an die Wand preßte. Ich schwindelte ihn an, ich hätte nichts verstanden, von der Verabredung verriet ich nichts. Dem Ritual der Etagen folgend glitten wir hinab bis auf die Erde, fanden ein Taxi, umrundeten Paris und landeten glücklich und reichlich erschöpft wieder am Ende der Welt.

Ich liebte A. für diesen Abend. Er sagte mir später, daß ich dort „Erfolg" gehabt hätte, ich sah es auch so. Aber A. war auch auf seine Kosten gekommen.

Bei unserem nächsten Treffen erzählte ich ihm doch alles von dem Rendez-Vous-Vorschlag des roten Bademantels und wurde schwer dafür bestraft. Gefesselt, geschlagen und zur Belohnung suciert. Aber ich bekam Schwierigkeiten, mich loszulassen. Vielleicht nehme ich meine Bestrafungen, meine Rolle der Unterwerfung so ernst, daß ich mein Vergnügen opfere. Das wäre nicht gut. Wo bleibt *mein* Egoismus, *je ne sais pas*. Bin ich so sehr enttäuscht vom Leben, hindert mich die Erziehung, will ich gar nicht auftauchen aus meiner Gefangenschaft (..tief unten im See...) und weiterhin das Wichtigste für mich behalten? Und wenn es tatsächlich nur die Alternative „Unterwerfung oder Herrschaft" gibt? Vielleicht übe ich Macht aus, und will das nur nicht wahrhaben. Macht und Unschuld gehen nicht zusammen, oder gerade???

A. lud mich ein, zusammen mit seinem Freund und Psychiater J.-M. das bereits etwas betagte Maler-Ehepaar M. und E. auf dem Land zu besuchen. Ich raus, ans Ende der Welt, und während wir noch auf seinen Freund warteten, kündigte A. an: M. hat einen Weinkeller, ich werde das Seil und die schwarze Augenbinde mitnehmen und dich dort fesseln und quälen....

Dann kam J.-M. mit dem Auto. Er sah sehr nett aus, hatte ein ruhiges, angenehm leises Wesen und sehr schöne helle Augen. Wir fuhren hinaus zu dem kleinen Ort an der Seine. Ich saß hinten und freute mich auf die Landpartie. Die Natur sah sehr schön aus an diesem sonnigen Juni-Tag. Wir durchquerten den wunderschönen Forêt de Fontainebleau. Ich war seit Monaten nicht mehr aus Paris herausgekommen und konnte mich an dem reichen Grün des Waldes gar nicht sattsehen. Die Vorstellung, in einem kühlen Weinkeller fertiggemacht zu werden, konnte mich diesmal nicht erschrecken, nein, ich freute mich darauf.

Im Ort angekommen, öffnete uns der Maler M. das hohe Eisentor zum Garten, der von einer dicken Steinmauer eingefaßt war. Wir gingen in ein zauberhaft verwunschenes Haus, in dem alles vergilbt war und durcheinanderging. Viele Bilder an den Wänden, Objekte auf allen Ablagen, staubige Fotos und Erinnerungsstücke, viele alte Bücher in eingebauten Borden, vor dem Kamin ein ramponierter Elektroheizkörper. Neben der leinenbezogenen Sitzecke der Eßtisch mit Holzbänken, kein Fernseher.

Die etwas abgeblätterte Schönheit der Dame-Malerin des Hauses E. hüllte sich in das gedämpfte Temperament einer Person, die zu „ihrer Zeit" nichts vermissen mußte. Und dann gab es noch Chippy, eine ebenfalls nicht mehr ganz junge, aber lebhaft redende Argentinierin mit sehr schönen, tiefschwarzen Haaren und Augen, die eine sehr erstaunliche, angenehme Stimme hatte und mir gegenüber besonders aufmerksam und freundlich war.

A. trug ein Jeanshemd mit aufgestickten Indianerköpfen an den Stellen der Brusttaschen. Er zeigte seine Socken im Westernstil und zog auch noch die Hosen runter, um die Konsequenz seiner „Ausstattung", mit Cowboys bedruckte Boxershorts zur allgemeinen Bewunderung zu unterstreichen. A. war hier offensichtlich ein geliebter, gern und häufig gesehener Gast. J.-M. dagegen war auch zum ersten Mal eingeladen, A. hatte ihn angeschleppt, damit er ein Bild kauft. Ich war die Fremde, die von dem schlohweißhaarigen Maler M. als angenehmer optischer Leckerbissen willkommen geheißen wurde. Seine

Frau E. muß einmal sehr verliebt in A. gewesen sein, trotzdem trat sie mir freundlich entgegen, meine Schüchternheit beruhigte sie.

Es gab ein etwas hilfloses Durcheinandergewusel, bevor sich alles auf den Leinensitzen um eine Flasche Tequila herumgeordnet hatte. An den ziemlich kranken roten Flecken im Gesicht des Malers M. konnte man unschwer die Spuren des Alkohols erkennen. Er war groß und schlank, trug ein schönes aber völlig abgewetztes Jackett und hatte große, ebenmäßige Vorderzähne in einem freundlich-sinnlichen Mund, aber an beiden Seiten gab es keine Zähne mehr. Außerdem konnte ich beobachten, daß der Psychiater J.-M., wie alle Ärzte der Welt, auch ganz gern schluckte.

Dann ging es zu Tisch. Immer ein Mann, eine Frau, ein Mann. Neben mir der Maler M., mir gegenüber A., neben A. Chippy, neben M. seine Frau, der gegenüber, neben Chippy, J.-M....Essen und Trinken, Lachen und Singen, ländlich. Der Genuß lag nicht auf den Tellern, dort lag nur etwas um die Phantasie zum Wohlergehen anzuregen, und alle machten mit. Chippy sprach mit mir und auch der Maler M., der mich erstaunlicherweise als Dänin identifizierte. Chippy sagte verschmitzt, ich sei die am meisten eingeladene Person bei Tisch, was immer das bedeuten sollte...

Eins war gut. J.-M., der Mediziner, rauchte genausoviel wie ich. A. raucht nicht, aber nach dem Essen nimmt er gern eine Zigarre. Es gab aber keine. „Warte ein Weilchen, dann kommt X., der hat mit Sicherheit welche, und sein Sohn ist ein Whisky-Freak" tönte der Maler M.. Und so geschah es. X war ein Mann vom Typ Wildschwein, bärtig, von ausladender Körperlichkeit, die zu energisch war um als fett bezeichnet werden zu können. Sein Sohn, großäugig und hübsch, glubschte A. an: „Ist er das wirklich, der große berühmte A., sitze ich tatsächlich mit ihm an einem Tisch?" A. schmeichelte das natürlich, aber er spielte sich nicht unangenehm auf, nein. Jetzt gab es Zigarren und die besten Whiskys der Welt.

Und dann gab A. den Anwesenden bekannt, wie entsetzt er über meinen Aufzug gewesen sei, heute morgen, als ich zu ihm kam: Mit Strumpfhosen und Hosenrock, wo ich doch sonst nur Strümpfe tragen würde. Das Wildschwein X hatte sich schon die ganze Zeit über gewisser Blicke nicht enthalten können. Er hakte nach, „trägst du die Strümpfe mit Hüfthalter oder mit dem Selbstkleberand?" Am liebsten hätte ich gesagt: mit Korsett...Chippy kam mir als erste zu Hilfe: „Sie hat sich fürs Land angezogen", und die Dame des Hauses, Malerin E. zeigte, daß sie auch einen Hosenrock trug, stellte sich in den Raum und hob die Beine wie eine Can-Can-Tänzerin. In Wirklichkeit fände sie Hosenröcke auch nicht gut, aber man könnte sich frei darin bewegen. Dankbar stimmte ich zu. Das Wildschwein X taxierte weiter den Glanz meiner Beinkleider, ich hätte Freund G.L. zitieren sollen, der meine schwarz bezogenen Beine einmal mit Ofenrohren verglichen hat.

Dann wollte der Maler M. dem berühmten Schriftsteller A., dem potentiellen Käufer J.-M. und mir, der dekorativen dänischen Zugabe, seinen Weinkeller zeigen, während die Damen Chippy und E. den Eßtisch abräumten, nachdem das Wildschwein mit seinem Sohn so schnell verschwunden wie sie aufgetaucht waren.

Wir stiegen zu viert hinab in einen feuchten Keller. A. bedrängte mich, er zog den schwarzen Seidenschal aus der Tasche und wollte mir die Augen verbinden. Ich wußte ja, daß er einen Strick zum Fesseln eingepackt hatte. Ich wußte, daß er mich im Keller fesseln wollte. Aber wie wenig hatte ich A. begriffen!!! Natürlich lag sein Vergnügen nicht darin, mich allein im düsteren feuchten Keller fertig zu machen, nein, er brauchte Zuschauer für die Szene. Ich hatte das immer noch nicht erfaßt und zierte mich. Er fragte, ob ich es lieber auf dem Dachboden hätte. Ja, denn ich ging immer noch davon aus, daß die beiden anderen nicht mitkommen würden. Wir stiegen hoch auf den

Grenier, dort lagen Autoteile, Matratzen, Kisten, alles mögliche. Und die beiden anderen stiegen uns nach. Ich hatte schon Lust darauf, mich fesseln und peitschen zu lassen an diesen fürchterlichen Orten, aber doch nicht vor den Augen der Fremden...

A., der Verführer, kriegte mich rum. Ich ließ mir die Augen verbinden. Er stieß mich, und im völligen Dunkel mußte ich küssen. Ich küßte zweimal, erst einen schmalen, eher schüchternen aber darum nicht weniger begierigen Mund. Es gab keine andere Berührung. Der zweite Kuß war lasziver, weicher und zugleich verlangender. Ich wußte sofort, das ist der Maler M..! A. wollte, daß ich jetzt die beiden Männer sucieren sollte. Ich wimmerte. Bei einer Orgie, wo man dafür zahlt, daß alles anonym ist, ok. Das ist etwas anderes. Aber hier, hausgemacht, nein. Irgendetwas haben sie mir in den Mund gesteckt, eine Wurzel vielleicht. Ich sagte, nein, das ist zu kalt. Und A. schmiß mich irgendwohin, auf den Boden, auf eine Matratze, riß meinen Minihosenrock herunter, und ich erhielt Schläge aufs Hinterteil. Die einen waren zaghaft, die anderen skulptural und die letzten heftig. Die heftigen kamen von A. und stachelten die anderen an, auch kräftiger zuzuhauen.

A. ist in Wirklichkeit kein Genießer sondern ein Manischer, also dauerte das alles nicht allzulange. Er löste den schwarzen Schal von meinem Gesicht, ich mußte den beiden Männern in die Augen sehen. Zusammen mit dem Maler M. stieg ich die schmale Leiter vom Grenier hinunter. Dabei flüsterte er mir liebenswürdigerweise zu, daß er es sehr mutig von mir gefunden hätte, mir dort oben auf dem Dachboden von drei Männern das Hinterteil bearbeiten zu lassen. Und so kehrten wir zurück in den Salon zu den beiden Damen, als wenn nichts gewesen wäre.

Maler M. beherrschte die Übung perfekt. Bei mir war ich nicht so sicher, hatte ich doch das Gefühl, viel zu sehr durchblutet zu sein, also einen roten Kopf zu haben. Etwas später, wie von ungefähr, kehrten auch J-.M. und A. gemächlich plaudernd zur Gesellschaft zurück..

Und Chippy griff zu Gitarre. Sie sang wunderschöne argentinische Lieder. Ihre Stimme war sehr viel besser als ihre Gitarrenkünste. Diese Einlage war gut dafür, die allgemeine Erschöpfung nach dem Essen, dem Wein, den Whiskys (und dem Grenier) aufzufangen. Sie war traurig und von hoher Qualität. Maler M. schloß die Augen, niemand hätte etwas Erstaunliches daran gefunden, wenn er selig eingeschlafen wäre außer der Ehefrau E, die aufgebracht darüber kicherte, ihr machte das etwas aus, ihr war das peinlich, und sie verriet damit gleichzeitig das ganze Problem...

Nach der Besichtigung beider Ateliers, ich möchte nichts über die Kunst schreiben, machten wir einen Spaziergang, der an der Seine anfing und dann durch den Wald ging. Am unglaublich schönen, hügeligen Ufer der Seine saß ich zwischen J.-M. und Chippy, daneben räkelte sich die Malerin E. auf einem Holzhaufen, gegenüber auf der Bank saßen Freund A. und Maler M. Ein Schiff kündigte sich mit Motorengeräusch an, und ich lief ans Ufer. A. und M. von der Bank kamen hinterher. A. riß mir die Jacke auf: „Da sind ihre hübschen Brüste", sagte er, „du kannst sie küssen." M. antwortete, „Ein Maler liebt zu sehen"...und dann küßte A. meine linke und M. meine rechte Titte. Im selben Moment kam außer dem Schiff auch die übrige Gesellschaft hinzu. Alle haben alles gesehen...(quelle honte)

Zurück ging es durch den Wald. A. flüsterte mir zu: „Da du es auf dem Dachboden nicht wolltest, wirst du auf der Rückfahrt im Wald fertiggemacht, nur daß du es weißt." Und er schrie laut ins Geschehen: „J.-M., meine Freundin möchte dir etwas gestehen!"

Den ganzen Weg durch den Wald ging ich neben dem Psychiater, der den Pater spielte, ich sollte meine Sünden gestehen und konnte es nicht. A. und sein fürchterliches Spiel....Das einzige, was ich herausbrachte, war: „Es ist stärker als ich, mein Pater." Er drängte danach, Details zu erlauschen. Vielleicht stand er unter dem gleichen Druck wie ich. Was für ein Spiel. Wie sehr verdamme ich meine Schüchternheit, mein Mißtrauen, meine Gehemmtheit. Was für ein schönes Gespräch. Ab und zu hob ich den Kopf und sah ihm forschend in die Augen, die ich beim Küssen auf dem Dachboden wegen der Augenbinde nicht gesehen hatte. Ich spürte ihn aber noch, seinen behutsamen und zugleich begierigen Mund. So schön das Grün der Wälder und Hügel am Wege auch sein mochte, ich sah nichts davon, ich wollte in diesem Spiel nichts verspielen.... Wie gerne hätte ich das einmal im Deutschen erlebt. Zum Schluß, als das Spiel schon zu Ende war, sagte er: „Aber du wolltest mir doch eine Frage stellen..." Ich verneinte.

Zurückgekehrt in das schöne Haus, gab es noch ein Bier und dann ging es im Auto zurück nach Paris, wieder durch den schönen Wald.

Irgendwo hielt J-.M. „Jetzt bist du dran", eiferte A. Ich wurde in den Wald hineingezerrt und hinter einer Tanne machten sich A. und J.-M. über mich her. Mein Hosenrock, die Strumpfhosen, der Slip, alles fiel ins Laub. Mit verbundenen Augen sucierte ich, wurde penetriert, geschlagen, von vorne bis hinten gedemütigt, erregt, befriedigt. J.-M.s Frage nach meiner Frage hatte sich erübrigt, da alles geschehen war.

Nach meinem Wunsch? *Je ne sais pas.* Doch, es hat mir gefallen, aber niemals im Leben hätte ich einen solchen Wunsch formulieren, geschweige denn aussprechen können, und wer weiß noch in französisch. Außerdem scheint es zum Spiel zu gehören, daß ich mich immerzu ziere und geniere, was mir nicht schwerfällt, da A. das Geschehen immer so aufbauscht und mir zu verstehen gibt, daß ich wirklich etwas ganz fürchterlich Verwerfliches tue, etwas, das mir im Blut steckt, was ich aber selbst nicht fordern kann. Ich bin darauf angewiesen, daß A. mir befiehlt, und er tut das gerne. Das weiß ich.

Was ich nicht wissen konnte, war, daß der feinsinnige Psychiater, mein Beichtvater vom Nachmittag, der mir gesagt hatte, ich brauche einen Engel, um gerettet zu werden, einen Engel, weil der den körperlichen Sex nicht kennt, und als ich aufstöhnte: „Wo soll ich den Engel finden, mein Pater", schelmisch auf sich selbst gezeigt hatte, daß der genauso erregt war wie A. und ich. Meine Güte, sie liebten mich und straften meine nackten bleichen fesses im Forêt de Fontainebleau um die Wette, bis sie nicht mehr bleich sein konnten. Die Schläge vom Dachboden und das jetzt hinterher hatten sie zum Glühen gebracht. A., der Regisseur, liebt keine Längen, alle Szenen sind kurz und heftig, dann ändert sich die Ebene. (C'est fini, mon amour, c'est fini...)

Auf dem Weg zurück zum Auto wurde mir plötzlich klar, daß ich meine Handtasche bei den Malern vergessen hatte. Quelle honte.. Die beiden wollten es erst nicht glauben. Wir mußten zurückfahren, denn in der Tasche war mein Hausschlüssel, mein ein und alles. J.-M. war außer sich, wieso ich nach dem Geschehen im Wald ausgerechnet an so etwas Banales wie eine Handtasche denken könnte...Nun, die Erklärung lag auf der Hand: Ich hatte an meine Identität gedacht.

Wir fuhren zurück, aber oh Schreck, unsere Gastgeber vom Nachmittag waren ausgeflogen, das Gartentor verschlossen, das Auto verschwunden. Der Wirt vom Café gegenüber hatte sie wegfahren sehen. Wohin, wann würden sie zurücksein? Wir tranken Pastis und warteten. Natürlich wurde ich jetzt erst recht beschimpft. Sie unterstellten mir Absicht, Rache für die Behandlung im Wald, (ah, die bösen Buben), alles mögliche. Mir war die Situation wirklich peinlich. J.-M. hatte abends in Paris eine Verabredung... Wir warteten und warteten, vergeblich. Wenn doch nur mein Hausschlüssel nicht in der Tasche gewesen wäre.. Ich überlegte schon, am nächsten Morgen von A. aus Paris mit dem Zug hinaus zu meinem Ex-Mari (Ex-Ehemann) B. aufs Land zu fahren, um dort den 2. Schlüssel zu holen. Für dieses Gedankengebäude wurde ich ausgelacht.

Der Abend brach herein, es wurde kalt, fing an zu nieseln, irgendetwas mußte geschehen. J.-M. bekannte plötzlich, früher Alpinist gewesen zu sein, er könnte über die Mauer in den Garten klettern und, vorausgesetzt, daß die innere Haustür nicht abgeschlossen sei, in den Salon eindringen und meine Tasche herausholen. Der Psychiater bereitete sich vor, einen klassischen Einbruch zu vollziehen. Er kraxelte über die Mauer und dann dauerte und dauerte es endlos lange, mich zog es ans hohe Eisentor. War es ihm gelungen, ins Haus einzudringen, konnte er meine Tasche tatsächlich am beschriebenen Ort finden? Da erschien er und reichte sie durch das Gitter. Dann hangelte er sich selbst zurück über die Mauer in die Freiheit. Alle Leute auf dem Dorfplatz waren Zeugen des Vorgangs, aber niemand maß ihm Bedeutung bei. Niemand alarmierte die Polizei.

Ich hielt meine Tasche im Arm. A. sagte, daß ich J.-M. jetzt etwas schuldig sei. Ich sollte im Auto vorne auf dem Beifahrersitz platznehmen und J.-M., sobald er es wünschte, auf dem Heimweg sucieren. Ich folgte gehorsam. Während der Fahrt riß mir A. vom Rücksitz aus den Hosenrock auf, die so sehr gehaßte Strumpfhose und den Slip herunter. J.-M., in der einen Hand das Steuerrad, faßte mir mit der anderen zwischen die Beine. „Et en plus, elle mouille!" schrie er (und zu allem Überfluß ist sie feucht!) „Unglaublich", donnerte A. noch lauter, „diese Schlampe, dieses Miststück", und machte ebenfalls einen Kontrollgriff zwischen meine Schenkel. Gleichzeitig schlug er mich ins Gesicht. Ob ich mich nicht schämen würde. Aber ja, ich schämte mich. Ich schämte mich für das Vergnügen, für meinen unanständigen Genuß, für meine Erregung. J.-M. wollte nicht suciert werden auf dieser Heimfahrt.

Endlich angelangt in Paris bei A., an meinem Ende der Welt, tranken wir alle drei einen letzten Whisky. A. wollte J.-M. einladen, mit uns zusammen im „Mandarin", dem Chinalokal gegenüber, Essen zu gehen. Aber J.-M. hatte ja noch eine Verabredung. Wir verließen das Haus. Im Toreingang senkte er mir einen wunderschönen Blick in die Augen und flüsterte: „Schämst du dich wirklich für das, was im Wald passiert ist?" Ich erwiderte seinen Blick und antwortete leise, „aber nein, es war köstlich". Und dann klappten zwei Augenpaare zu wie ein Buch.

Natürlich will A. nicht, daß ich J.-M. jemals wiedersehe. In der Nacht, nach dem Essen, schlug er mich aufs bereits schmerzende Hinterteil, langte mir Ohrfeigen ins ramponierte Gesicht und löschte den Brand auf den erhitzten Wangen mit seinem „foutre", seinem Erguß, der sich begleitet von wildem Geschrei in ungewöhnlicher Menge entlud, nachdem ich es mir diesmal selbst besorgen durfte mit seinem Daumen „drin". Dann durfte ich die Stöckelschuhe zum Schlafen ausziehen, er fragte noch, was mir lieber sei, daß er mich oder ich ihn von hinten einhuschle („enboîter" heißt das Wort), gab zwei Schnarcher von sich und war weg. In den nächsten Tagen konnte ich mich an den schönsten Farben auf meinen bleichen fesses erfreuen.

Manchmal möchte ich meine Freundin, ma copine K., in dieses Leben „hinter dem Spiegel" mithineinziehen. Sie ist attraktiv, intelligent, schön und hatte immer schon einen Freund hier in Paris, den sie jedes Wochenende sah, als ich noch keine Rendez-Vous mit Verehrern hatte. Ja, ich beneidete sie, weil sie wenigstens einmal die Woche zu einem Geliebten gehen konnte. Aber sie war gleichzeitig immer genauso verliebt wie enttäuscht, nicht über mangelnden Sex sondern über mangelnde Liebesbeweise ihres Freundes im Alltag der Beziehung, so daß ich dann auch wieder froh war, frei von solchen Problemen zu sein, und ich liebte meine Ungebundenheit, die es mir oft ermöglicht hat, ihren Liebeskummer ein wenig zu trösten.

Seitdem ich A. kenne, hat sich unsere Frauenfreundschaft nicht gerade getrübt, aber doch verändert. Die Beziehungen zu allen meinen Freunden haben sich verändert, seitdem ich mich „freiwillig" schlagen lasse, meine Plaisir an der Unterwerfung zulasse und begriffen habe, daß meine Erregung sich daraus ernährt, fremde Begierden zu erwecken und, so gut ich kann, zu erfüllen. Zum Spaß, nein eigentlich aus tiefster Überzeugung, habe ich mein Künstlerselbstverständnis immer so formuliert: Meine Aufgabe als Künstler ist, Phantasien zu erwecken. Und ich habe seit langem begriffen, daß dafür die gesamte Persönlichkeit gefordert ist, das hört nicht an den Rändern der Bilder auf.... Was für eine edle Aufgabe. Das Zwielicht ist meine Welt, da bin ich zu Hause und fühle mich wohl, was alle meine diffusen Malereien bezeugen können.

A. hat mich gut erkannt. Er hat mich so selbstverständlich hinübergeleitet in die Wirklichkeit des „Bereichs des Möglichen", der immer schon Thema meiner Kunst war. Aber diese heimliche Heimat lag in der stillen Unantastbarkeit der Vorstellung. Und jetzt lebe ich selbst in diesem Bereich, ganz real, ich, die immer Angst vor der Realität gehabt hat. Daher kommt auch meine ganze Erregung. Während meines Kunststudiums in den 60/70er Jahren sang die Gruppe Pink Floyd „Do what you like", und ein Hippie kommentierte die verlockende Aufforderung „Do what you like, but do it" trocken und weise mit dem Satz: „Dann bin ich morgen im Irrenhaus." Und ich beließ meine Sehnsüchte in den Verliesen des Kleinhirns...in der Gefangenschaft, tief unten im See. Aus diesem Versteck heraus konnte ich tatsächlich die Phantasie der „Anderen" anregen, ich hatte den direkten Draht zu allen cerebralen Geheimverstecken der Welt.

Ich möchte A. auf den Knien dafür danken, daß er mir die Brücke gebaut hat, die Brücke, die Treppe, den Regenbogen, vielleicht war es ein Korkenzieher, der mir den Weg nach außen ermöglicht hat. Meine ersten Schritte sind entsprechend ungelenkig. Meine Füße stehen auf hohen Absätzen, und es tut gut, sich ab und zu auf den Knien erholen zu können, sich ins Gesicht schlagen zu lassen, rechts und links und links und rechts, bis man oben und unten durcheinander bringt. Da ist sie, die Brücke, der Steg zwischen Vorstellung und Wirklichkeit, und die kühlende Spucke auf den erhitzten Wangen ist das Geländer, an dem man sich festhalten kann, das ist die Tröstung auf dem dornigen Weg.

Neulich hat A. mich gedrängt, einen anonymen Anruf auf das Band eines Freundes zu sprechen. Den Wortlaut gab er vor: „Guten Abend, ich bin eine Nutte auf der Suche nach den starken Empfindungen." Er hat recht, ich bin nicht auf der Suche nach der verlorenen Zeit sondern „à la recherche des sensations fortes." Und ich wunderte mich selbst über die Ruhe in meiner Stimme, die Gefaßtheit, mit der ich diese Worte aufsagen konnte. Kein Wunder, denn das ist die Wahrheit. Trotzdem, ich weiß, daß ich nicht übertreiben darf. Ich will nicht übertreiben, ich will nichts verwechseln. Obwohl ich mich so gern dazu verführen lasse. Ich will mich zügeln und lieber das Bild, ein typisch männliches, im Auge behalten und den Grundsatz beherzigen: „L'horreur du bonheur," – das kalte Grausen von dem Glücklichsein.

Glücklichsein ist Blödsinn, nicht erstrebenswert, „Le Plaisir", das Vergnügen, ist nicht lustig sondern ernst, sehr ernst, so ernst wie die Lawinen und Gletscherspalten in den Bergfelsen, wüst wie die Hitze der Wüsten und die Kälte der Pole, Lebenslust und Todesangst. Das gehört nicht in die Feuilletons. Todeslust und Lebensangst, deutsch gedachtes Entweder/oder, nein, das ist es nicht. Es ist beides. Religion ist immer noch ein bißchen mehr als Kitsch und alles dazwischen ist Ideologie: Mittelmäßiges kommt immer gut an.

Liebe Copine K., ich habe versucht, dich einzubeziehen in das Gefüge des Plaisirs mit A. Ich war bereit, meinen besten Liebhaber mit dir zu teilen, wenn du bereit gewesen wärest, deine Sehnsucht nach der großen, reinen Liebe ein bißchen anders zu sehen... Nein, das wäre nicht dein Genre, hast du geantwortet.

Verstehen mich die alten Freunde nicht mehr? Wie enttäuscht war ich von dem letzten Besuch eines Geliebten aus Hamburg. Ich schrieb mir alles von der Seele, schickte den Brief aber nie ab:

Lieber Freund !

Etwas unbeholfen stolpere ich in dieses Schreiben, ich habe mich noch nie über einen Mann bei ihm selbst beklagt. Die Worte tröpfeln wie Öl in den Essig, da muß ich rühren und rühren, um eine cremige Satz-Emulsion zustande zu kriegen. Ich habe aber eine wichtige Information mitzuteilen, auch wenn die Form einer weniger gelungenen Vinaigrette gleichen muß.

Als wir bei deinem letzten Besuch in Paris in der rue St. Denis dort saßen, wo damals der Clown die Nummer mit dem 50-frs.-Schein abgezogen hat, hatte ich allen Mut zusammengenommen, noch dreimal geschluckt und dann gesagt: „Und nun möchte ich um einen detaillierten Bericht über dein Hamburger Liebesleben bitten.." Ich hatte mir diesen Satz wohl überlegt. Was sollte ich machen, wie anders sollte ich hinter das Geheimnis kommen, warum du dich bei der Ankunft in meiner Mansarde nicht auf mich sondern auf den Computer gestürzt hast, obwohl wir uns so lange nicht gesehen hatten. Ein bißchen kenne ich dich mittlerweile auch und weiß, daß du zwar in gewisser Weise schüchtern bist, dich aber niemals willenlos einer zufälligen Konstellation fügst. Es geschieht nichts, was du nicht so und auch nicht anders willst. Für mich waren das untrügliche Anzeichen für dein erloschenes Interesse an mir.

Doch zurück in die rue St. Denis, wo meine Pistole deine Brust verfehlte. Dein Blick hatte sich in unbekannter Ferne fixiert, und deine Antwort speiste mich mit einer allabendlichen Rotweinflasche vor dem Fernseher ab. Merkwürdigerweise glaubte ich dir das, aber das war gleichzeitig ein unverrückbarer Abschlußpunkt für dieses hochinteressante Thema.

Ich hatte gehofft, daß du mir die Frage zurückgeben würdest: „Werte Freundin, ich bitte dich jetzt um einen detaillierten Bericht über dein Pariser Liebesleben." Wie sehr wärest du mir damit entgegengekommen. Wie sehr brannte ich darauf, obwohl ich zugleich Angst davor hatte, dir von meinem ersten Pariser Geliebten zu erzählen, wo du doch meine einschlägige Veranlagung gut kennst, und ich immerhin 2 Jahre lang niemanden geliebt habe als dich, den es über diese erhebliche Zeitspanne hin nur insgesamt 5 oder 6 mal hergezogen hat. Sex-mal...? Wie sehr habe ich dich, meinen „Sex-Touristen", in Ehren gehalten.

Nun gut, ich will nicht in den Stil bestimmter Frauen verfallen, die stets darüber klagen, Mann streiche ihnen nicht jeden Morgen eine Liebeserklärung aufs Butterbrot, wo ich doch weiß, daß du Butter nicht abkannst. Nein, Butter habe ich nie erwartet. Es gibt da trotzdem einen Widerspruch zwischen der Erwartung und dem Horror vor dem Glück.

Nun langt's aber allmählich. Und wenn ich schon in der Lage war, Gerüstangst in Giebelhöhe zu überwinden, werde ich auch herausbringen, daß mein Pariser, immerhin ist es ein Pariser und kein Araber, der mich mit einem Kamel verwechselt, ...ich kann den Satz nicht zuende führen.....

Die Liebesarchitektur von Paris unterscheidet sich schon gewaltig – enorm – von der deutschen. Mein Pariser ist ein Sado. Er schlägt mich. Er schlägt mich erotisch-ästhetisch, er hält nichts von Folter, er will meinen Körper nicht zerstören, er will mich nur bestrafen für meine Lasterhaftigkeit. Das ist doch ganz in Ordnung, findest du nicht? Das frage ich dich, und ich fürchte, daß es dir völlig egal ist. Du bist nicht der Typ, der um eine Frau kämpft. Warum auch. Und wenn für dich nun alles vorbei ist, abgeheftet unter Verschiedenes, warum sollte ich um dich kämpfen? Da du mich offensichtlich bereits entlassen hast, bevor meine Rolle zuende war. Aber vielleicht ist das alles Quatsch, und du hast zumindestens noch deine professionelle, enthüllungsjournalistische Neugier für den Ausgang meines Schicksals, wo du schon dein eigenes nicht zu leben wagst.

Selbst wenn ich denn einst in der Hölle lande, wirst du mir nicht aus der Haut gefahren sein...Während du, du Ungläubiger, ja unbedingt in den Himmel kommen willst, von wo aus du deinen unschuldigen Negern wohlmeinend zunicken und mich in Ruhe und Frieden verachten kannst, während ich bis in alle Ewigkeit dazu verdammt sein werde, mich an den verschiedenen Schichten meiner Haut ganz allein zu vergnügen.

Und weißt du, was ich tue? Ich scheiß auf deinen Himmel.

Also, bis dann

Eine sehr sonderbare Geschichte ereignete sich am Ende der Welt:

A. hatte mich darauf vorbereitet, daß eine professionelle Domina, ein Call-Girl, mit ihrem USA-Stammgast zu Besuch kommen würde. Sie sollte mich schlagen und peitschen, mir also eine „éducation anglaise" erteilen. A. wollte sie dann sucieren während der Amerikaner mich mit seiner „grosse bite" penetrieren sollte. Quelle honte.

Wir trafen uns im Select am Montparnasse gegenüber vom Coupole und gingen von dort aus ins „Caméléon" zum Essen. Das war wieder so ein vorzüglich verstecktes Pariser Geheimtip-Restaurant. Dort, bei Tisch, gab es wieder so einen Moment, in dem er sich entfernte und mich von ganz weither ansah. Sein Blick ist dann fast starr, unerreichbar, still, ohne Regung. Da kann ich mit den Augen aus Unsicherheit miezen und mauzen, es gelingt mir nicht, die Starre zu durchbrechen, die Entfernung zu überwinden. Ich fragte nach, „woran denkst du?" Er antwortete mit einer Gegenfrage: Ob ich religiös sei. Es war genau so wie damals, als er vermutete, daß ich einmal ein erschütterndes Erlebnis gehabt haben müßte, wegen meines „anrührenden Wesens". Und ich überlegte diesmal eine Antwort, die ihm nicht ausweichen sollte. Freund M., Psychiater in HH., unterstellt mir tiefe Religiosität. Ich hatte mich diesem Gedanken immer verweigert, denn ich bin zwar evangelisch erzogen, aber aus der christlichen Kirche ausgetreten. Mir fehlte in einer bestimmten Lebensphase ein Frauenvorbild in der Bibel. Heute halte ich das sowieso alles für Quatsch und verstehe M.s Einschätzung: Im weitgefaßten Sinn bin ich religiös. Ich „glaube" und habe Vertrauen in „Etwas", das ich nicht weiter zu beschreiben oder zu erkunden versuche, „Danken" liegt mir mehr als „Bitten". Und so antwortete ich auch. Weiß der Himmel, was A. in solchen Momenten in mir sieht...

Er bestand jedenfalls darauf, daß ich vor dem Verlassen des Lokals noch einmal aufs Klo gehen müßte, wo ein Stich zum Thema „Wie Madame Spargel ißt", ein Porno-Comic in Form einer Gravure aus dem 19. Jahrhundert hing. (Er weiß, daß ich an einer Geschichtensammlung zum Thema „Pissing in Paris" arbeite). Dann fuhren wir zurück zu A., der Amerikaner sollte erst um Mitternacht in Paris ankommen.

Er rief aber schon um 11 an, ungeduldig, wo wir denn bleiben würden. Er hatte gedacht, das Treffen sei in seinem Hotel. Die Planung war nicht korrekt gelaufen. Das Call-Girl war nicht da, weder hier noch dort. Aber A. hatte feste Vorstellungen. Die Abmachung war, daß die beiden ans Ende der Welt kommen sollten, und ohne das Call-Girl konnte er sich nichts vorstellen. Ohne sie wäre ich ungestraft in den Genuß eines „grosse bite" gekommen, und er hätte keine Nutte sucieren können. Also, wenn die Domina sich schon verweigerte, sollte der Amerikaner wenigstens mit einer anderen Nutte ans Ende der Welt kommen oder gar nicht.

So wurde über eineinhalb Stunden hin-und hertelefoniert. Die Domina hatte ihre Tage, der Amerikaner versuchte noch, eine andere ausfindig zu machen, ohne Erfolg, und das aufregende Szenarium kam nicht zustande.

Zum Trost schlug mich A. dann tüchtig ins Gesicht und kühlte mir die Wangen, indem er sie bespuckte, und ich nahm die Wohltat dankbar entgegen.

Ich hätte das alles gleich aufschreiben sollen. Im Nachherein hört es sich viel selbstverständlicher an als es war. Eine richtige Professionelle, die mich fesseln und peitschen sollte. War mir diese Vorstellung angenehm? Hatte ich etwa eine Vorfreude darauf und auf den fremden amerikanischen „grosse bite", hätte es mich angeregt, gleichzeitig beobachten zu können, daß A. die Nutte suciert? *Je ne sais pas.* Sie hatte erklärt, daß er selbst zum „Pompieren" ein Präservativ tragen müßte. Und wäre, so verriet er mir, eine Person, die unter Krebs leidet. Ich sollte mich also auf eine Domina mit schlechtsitzender Perücke gefaßt machen. Ich war auf alles vorbereitet und wußte nicht, ob ich nun erleichtert oder enttäuscht sein sollte.

In dieser Nacht fragte mich A., was mich am meisten aufregen würde, und ich gestand es ihm: Die Vorstellung, an fremde Männer gegen Geld vermietet zu werden, geht mir nicht mehr aus den Sinnen. „Du bist wirklich eine Nutte", sagte A. voller Anerkennung. Er würde mir Männer besorgen, nicht irgendwelche, darauf könnte ich mich verlassen. Aber dann wäre das Halbe/Halbe. Für 1000 frs. sucieren, bzw. pompieren, das gäbe dann 500 für ihn und 500 für mich. Ein wahrhaft faszinierender Gedanke... Das müßte ich allerdings 9 mal im Monat machen, um wenigstens meine Miete heraus zu haben. Wo ist die Grenze zwischen Spiel und Ernst? Werde ich wer weiß in so einem Peep-Show-Glaskasten enden in der Rue de la Gaîte, oder noch schlimmer, mit Perücke an der Straßenecke, von allen guten Geistern verlassen, auch von A., der zielstrebig den Etappen des männlichen Erfolges im Beruf nach oben und bei der Auswahl seiner Verehrerinnen altersmäßig nach unten folgt? Was soll ich tun, ich bat ihn um einen Rat. „Vas jusqu'au bout", sagte er: Geh bis ans Ende...

Aber es ist noch nicht ganz soweit. Ich glaube, A. hat mein Geständnis vergessen. Auch hat er mich bislang nicht zum Teufel bekehren wollen, was ich manchmal zu Anfang in dem schwarzverhängten Schlafgemach befürchtete. Er hat im Augenblick soviel Erfolg, wie im Schneeballsystem kommt eins zum anderen, daß ich an das Wilhelm Hauff-Märchen vom „Kalten Herz" denken muß. Da hat der Kohlen-Munck-Peter seine Seele verkauft, damit die Geschäfte gut gehen und seine Taschen immer voll Gold sind... Aber so schrecklich ist A. gar nicht, und ich kann mich immer gelöster verhalten und mehr sprechen, und das ist unglaublich wichtig.

Danach folgte wieder ein Abend, an dem seine Tochter bei ihm logieren mußte. Ich lud ihn ein, bei mir zu übernachten, obwohl mir am nächsten Tag, gleich morgens, Besuch aus Hamburg ins Haus stand, der zwar nicht bei mir sondern im Hotel übernachten würde, aber vom Flughafen erstmal zu mir kommen wollte.

Für mich bedeutete das großen Aufwand. Staubsaugen und Aufräumen mußte ich sowieso, aber für die Nacht mit A. mußte ich die Matratzen des Gästebetts und die des Klappsofas zu einem Lager am Boden umformen, das Gestell des Gästebetts im Schrank verstauen und alle Zutaten wie Kopfkissen, Laken und Zudecken frisch beziehen. Am nächsten Morgen, so hatte ich es mühsam errechnet, blieb mir eine Stunde Zeit, alles zurückzuordnen. Aber was soll's, was tut man nicht alles für das Plaisir und aus tiefer Dankbarkeit.

A. und ich trafen uns an den Champs-Elysées und gingen ins Kino. Danach in irgendeine Seitenstraße, um in einem Bistrot Wein und Lachs zu naschen. Vor dem Besuch einer Partouze (Orgie) soll man nicht soviel essen und trinken. Denn er hatte angekündigt, daß er mich wieder in das Etablissement an der Porte Maillot einladen wollte. Diesmal hatte ich keine Angst davor. Es war ein Freitagabend. A. meinte, die Partouze wäre sicher sehr gut besucht, und ich könnte mich schon darauf freuen, ringsum „grosses bites" zu sucieren.

Es ist ja immer so, das zweite Mal wird nie wie das erste sein. Wir saßen in dem Bistrot à Vin, und so mutig und zuversichtlich ich gewesen war, je näher der Zeitpunkt kam, umso nervöser wurde ich. Da geschah etwas sehr Angenehmes: Im Lokal saß am Nebentisch eine Amerikanerin mit zwei erwachsenen oder fast erwachsenen Teenager-Töchtern, einem noch kindlichen Sohn und einem kleinen Hund. Der leckte meine Füße, als ich noch nicht wußte, daß da ein Hund war. Die Amerikanerin sprach mich an, in Englisch. Es war sehr merkwürdig, sie machte mir Komplimente: Über meine Ohrringe, über meine kleinen fingerlosen

Spitzenhandschuh und insgesamt wäre ihre Truppe sich darüber einig, daß ich eine attraktive Person sei, und sie wollte das nur mal aussprechen, und selbst ihr Hund hätte mir die Füße lecken wollen... dabei warf sie A. begehrliche Blicke zu. Mir tat das gut, baute plötzlich eingetretene Hemmungen vor der Partouze ab und mein Selbstbewußtsein auf.

Dann war es soweit, wir konnten den rotlichtigen Eingang des Hauses zu Fuß erreichen, auf der selben Straßenseite kam uns ein Paar entgegen. A. vermutete zu Recht, daß die beiden das gleiche Ziel anstrebten wie wir. Bei den Partouzen sind nur Paare zugelassen. An der Rezeption war Andrang. Als man uns aufmachte, war das Paar vor uns noch nicht abgefertigt, hatte noch nicht Mäntel mit Wertsachen abgegeben und noch nicht bezahlt. Wir warteten, dann bekam das Paar von der Straße Einlaß, mit anderen Worten, man stand Schlange. Was für Blickabtausche. Dieser Mann, der da jetzt ganz bürgerlich neben seiner Frau steht, gleich werde ich vielleicht sein Glied im Mund haben...

In der ersten Fahrstuhletappe, dort wo man einen Drink nimmt, Sitzgelegenheiten um die Tanzfläche gruppiert sind, schummrig durchblitzt von den Lichtern der kreisenden Mosaik-Spiegel-Kugel an der Decke, war es diesmal richtig voll. A. und ich machten einen Erkundungsgang durchs nächste Stockwerk, wo sich die „Lager" befinden. Dort war noch gar nichts los. Das Wochenendpublikum zögerte also im Vorfeld. Wir gingen aber nicht wieder runter und zogen die restlichen Kleider aus: A. war nackt und ich behielt die „guêpière", dünne Strümpfe und hochhackige Schuhe an, wie beim letzten Mal. Unser Abgang „zur Sache" hatte anscheinend das Eis gebrochen.

Die anderen Paare häuften sich dazu, zunächst blieben sie in der Tür stehen und schauten zu. Doch dann machte sich das eine Paar vom Eingang über uns her, und das nachgefolgte auch. Der so ausgesehen hatte wie ein Oberlehrer, hatte den stärksten Schwanz, der eher Hübsche einen langweiligen, ein dritter älterer Mann brachte sein zunächst klötig abgeschlafftes und dann doch sehr ansehnliches Glied ins Spiel. Neben mir hörte ich A. suckelnd Komplimente machen: was für eine „belle chatte"...Es ging alles drunter und drüber. Unverständliches raunt ins Ohr, die Hand wird blind ergriffen und zwischen Beine geführt, zwischen denen eine Tampon-Kordel hängt während man mit geschlossenen Augen organisch weiche Gummibäume zu stattlich geometrischen Architekturen hochpumpt, mit dem Mund, ohne Sprache.

An diesem Abend hat mich niemand penetriert, ich wurde nur von vorne bis hinten abgeleckt. Einmal zwischendurch gingen A. und ich mit unserem favourit couple downstairs, um unter der Glitzerkugel noch mal einen Drink zu nehmen und zu reden. Sie, die mit der belle chatte (der schönen Möse), war Tschechin, er, der erregte Langweilige, war Franzose, hobby-malender Geologe. Alle hatten sich diese zur Verfügung stehenden Mini-Bademäntel übergeworfen. Die Tschechin sagte immerzu, daß sie A. und mich schon am Eingang so toll gefunden hätte, sie war zum erstenmal auf einer Partouze und bestand darauf, daß ich in meinem Korsett mit Abstand die schönste sei.. Ob man es glaubt oder nicht, sie hatte mich sogar suciert, oben, auf einem der Lager, und nun drängte sie mich ständig zu einem Kommentar über ihren Begleiter, wollte mich mit ihrem Mann verkuppeln, dem hübschen Geologen, mit dem ich noch eine Weile allein an der Bar verbrachte, nachdem A. und die Tschechin schon wieder ins Stockwerk mit den Lagern verschwunden waren. Es war sehr merkwürdig, meine Gegenwart, meine Nähe erregte ihn („ça chauffe"), dort an der Bar, aber oben auf einem der Lager, da zog er sich zurück ins einsame Vergnügen.

Es gab aber noch andere Männer, die mit den veränderten Gesichtsausdrücken wisperten, kommst du zurück? Ja, ich war der Star dieser Partouze, aber das hat mir nichts gebracht außer dem Schmeicheln meiner Eitelkeit. Vielleicht klappt es beim dritten Mal??? Es ist aber noch was anderes. Die Künstlerin, die Frau in mir, hat ihren Ehrgeiz, den Männern, den Menschen gutzutun. Meine ganze Arbeit, meine Kunst, alles zielt daraufhin, ein Gegenüber zu bleiben. Verzicht, désir, alles ist gleichzeitig. Und wenn ich an A.s Rat „Vas jusqu'au bout" denke, dann frage ich mich, wo ist das Ende, was ist das Ende...

Schließlich nahm A. mich beiseite, wir müßten jetzt dringend abhauen, die Tschechin sei ihm auf den Fersen, sie hätte in ihm die Begegnung ihres Lebens gefunden, egal wie, wo und wann, sie wollte ihn lieben bis ins Unendliche. Er bekam „la trouille", Verfolgungswahn, bat mich, mir schnell die leichten Klamotten überzuziehen, ohne den beiden Aufwiedersehn zu sagen. Aber in dem verdammten Rotlicht fand ich Vorder- und Hinterseite meiner Hosen nicht, er war in Totalpanik, ob er „Unten" auf mich warten könnte...Natürlich.

Einige Arme, Beine, Schwänze und Münder streckten sich mir noch entgegen. Und so wenig durcheinander ist man ja auch nicht...

A., der alte Hase, wird mich sicherlich erstmal nicht mehr dahin einladen. Eine Partouze kostet pro Nacht ca. 800,— frs pro Person. „Was soll man da", fragte er, „wenn man dort eigentlich keine wirklich lasterhaften Leute trifft. Niemand schreit los vor Lust, es gibt keine richtigen Experimente", und er hätte mich und sich immer als „supérieur", „was Besseres" empfunden....

Als die Tschechin sagte, ich sei die Schönste von der Partouze, hatte der bereits hochgenervte A. geantwortet, „elle n'est pas trop mal," (sie ist nicht allzu übel.) Oh nein, er wird mir niemals sagen, daß ich irgendwie schön bin. Nein. Ich bin auch nicht schön, will lernen, es auch gar nicht sein zu wollen. Ich will das andere Ideal, das von „hinter dem Spiegel".

In dieser Nacht kam er also mit zu mir wegen der Tochter. Auf dem zusammengebastelten Lager kamen wir uns sehr nahe nach dem gemeinsamen Abenteuer. Er war immer noch in Panik wegen der Tschechin und fühlte sich vielleicht ein wenig gerettet, in Sicherheit, oder nochmals heil davon gekommen. „Tu veux que je t'emboîte?" (Soll ich dich einkuscheln?) fragte er noch, umschlang zufrieden meinen Rücken von hinten, und so schliefen wir ein.

Am nächsten Morgen wachte ich wie immer als erste auf, und diesmal hatte ich die Panik, weil ich den Besuch aus Deutschland erwartete und das Matratzenlager vorher zurückräumen wollte. Aber A. kam und kam nicht zu sich. Schließlich kniete ich mich hin aufs Lager, und er befahl mir, ihm zu befehlen, sich aufzuraffen. Ich rollte ihn auf den Bauch, um ihm einige Schläge aufs Hinterteil verpassen zu können. In dieser Lage fühlte er sich aber sehr wohl, und ich dachte schon, den krieg ich nie aus dem Bett...Deshalb zog ich ihn an den Haaren.

Schließlich hat das gesamte Timing geklappt. A. war weg, das Flugzeug aus Deutschland hatte Verspätung, und ich fand genug Zeit, um mich ins Dekor der Normalität zurückzuordnen.

Über den Besuch aus Deutschland will ich jetzt nichts berichten. Jedenfalls dauerte es genau eine Woche und einen Tag, bis ich A. wiedersehen konnte. Ich fuhr zu ihm, er empfing mich in Boxershorts, und am Ende der Welt ging es gleich zur Sache. Er schlug mich heftig, und ich mußte zu meinem Entsetzen einen Knutschfleck an seinem Hals entdecken. Überhaupt hatte ich den Eindruck, als läge diese Woche plus ein Tag wie etwas nicht Aufzuholendes zwischen uns. Hat er eine neue „putain" gefunden und findet mich jetzt banal? Mein deutscher Besucher hatte es mir ja auch besorgt, besser? „Who is me".. wer bin ich, was will ich, was tut mir gut? *Je ne sais pas*. In meiner ganzen Vorfreude auf A. war ich so über-excitiert, überaufgeregt, und nach seinen Bestrafungen, die mir gerecht aber nicht ehrlich genug erschienen, also nur routinemäßig, fühlte ich mich von einer unbekannten Traurigkeit erfaßt, erschüttert, so als wäre alles bereits zu Ende und, also wirklich, ich bin jemand, der nie weint, außer besoffen zweimal im Jahr aus Sentimentalität allein zu Hause, aber dort, am Ende der Welt, nachdem er mich halbherzig geschlagen hatte, da verfiel ich ins Schluchzen, den Kopf in seinem Arm, halb auf den Rippen. Und dann fühlte ich, wie seine Muskulatur wackelte. Er lachte, lautlos. Das kannte ich schon, sein lautloses Lachen. Um so schlimmer für mich.

Jedenfalls wurde mir klar, daß ich darunter leiden würde, wenn er kein Interesse mehr an mir hätte. Ich mag seine Mischung aus Intellektualität und Besessenheit im Sex, jede Frau ist für ihn ein willkommenes Lustobjekt. Und wiedermal reihe ich mich ein in diese Schlange. Wenn mir ein Mann gefällt, und das war auch schon in Deutschland so, dann bin ich auch bereit, hinzunehmen, wie der mit Frauen umgeht. Ich finde mich damit ab, eine von vielen zu sein und erwarte nicht, daß ein Geliebter die traditionellen Aufgaben des „Ehemannes" erfüllt, z.B. finanzielle Sicherheit bietet und körperliche Begeisterungstreue für eine gutes Stück Zukunft bereithält. Ich mag es lieber, wenn man sich ein wenig fremd bleibt, deshalb weiß ich auch gar nicht, warum ich in A.s Armen plötzlich geweint habe. Meine einzige Erklärung dafür lautet so: Lachen und Weinen sind Erschütterungen und entstehen aus dem selben Grund wie die Liebe. Und ich denke, dort, in diesem Erdbebengebiet soll man die Liebe belassen. Und niemals Leben und Überleben, was ja langfristig kalkuliert werden muß, mit den „délices", (den Köstlichkeiten), der Liebe verwechseln.

Natürlich macht es mich traurig, daß mich niemand auffängt. Gleichzeitig habe ich aber überhaupt keine Lust, meine eigene, wenn auch wackelige Welt aufzugeben, um mich in irgendeiner Wiege schaukeln, kraulen und verwöhnen zu lassen. Ich habe keine Sehnsucht danach, mich ins Kinderbett zu legen. Meine Unterwerfung ist freiwillig, Leiden und Sehnsucht sind nicht dazu da, von jemandem anderen erfüllt zu werden. Sie sind der ureigenste Motor für meine eigene Lebensschaukel. Und deshalb liebe ich die Äußerung von A.: „Vas jusqu'au bout", denn ich kann selbst erkennen und mehr oder minder blind danach suchen. Im Meer von all dem, was ich nicht weiß, da versteckt sich irgendwo das, was ich suche.

Überall sehe ich nur Frauen, die die Unabhängigkeit nicht wirklich lieben. Irgendwann bin ich vielleicht selbst dran, meine Unabhängigkeit zu verdammen, wer weiß.

A. ist nicht im herkömmlichen Sinne „schön". Ich kann mich daran erinnern, daß ich der Copine K. sagte:„Er fasziniert mich, aber er ist leider häßlich." Als ich ihr ein Foto zeigte, widersprach sie mir nachdrücklich: „Der sieht doch sehr nett aus."

Mittlerweile sehe ich alles anders. Ich sehe einen Kopf, ein Vorder- und ein Rückenteil. Als ehemalige Bildhauerin. Am aufregendsten ist die Rückenansicht. Da gibt es einen kugelrunden Kopf mit Haaren, die den Hals verschlingen, aber vielleicht gibt es gar keinen. Von hinten gesehen kugelt sich der Kopf mittig zwischen dem, was ich als Sculpteur liebe, was mich fertig macht, weil es mir so sehr gefällt: Das Zusammenspiel von breiten, rund abfallenden Schultern mit einem proportional angepaßten, länglichen Rücken mit Ausbeulungen (wie die Pollenrucksäcke bei den Insekten) dort, wo eine Frau die Taille hat. Da ist nichts Drahtiges, der Rücken rundet sich wie der

Panzer eines Käfers auf ein Paar zarter Po-Backen zu, aus denen zwei immerfort gespreizte Beine herauswachsen, die in Füßen enden, deren Zehen (das sieht man wiederum nur von vorne), lang und feingliedrig sind wie Finger an den Händen: Sie können sich spreizen, sich falten, übereinander kreuzen und in bewundernswerter Weise knacken.

Ein Bildhauer, ein Sculpteur, sieht nicht nur die Silhouette, nein, er sieht die Masse. All meine Plastiken waren Frauen-Figuren. Hier habe ich nun einen männlichen Körper gefunden, der eine Plastik wert wäre. A.s nackter Körper von hinten ist für mich der erste männliche Körper, der mir skulpturwürdig erscheint.

Komisch, wie sich für das künstlerische Auge (oder vielleicht für alle Augen) Schönheit in Langeweile und schließlich in Unschönheit verwandeln kann, während Häßlichkeit oder ästhetische Fehler sich zu einer einmalig ästhetischen Totale zusammensetzen können.

A. wollte mich unbedingt seinem Freund und Schriftsteller M.A. vorstellen. Er beschrieb ihn mir so: Mitglied des Literatenclubs „Les Ronchons" (die Grantler), etwas älter, Spezialist für den deutschen Nachkriegsfilm (dickes Buch darüber geschrieben), an dessen Stimme man zu erkennen meint, daß er stockschwul sei. A. ist ein guter Stimmenimitator und hatte mir den Singsang von M.A. andauernd nachgemacht und mir die Aufzeichnungen seines Anrufbeantworters zur Bestätigung vorgespielt.

Vor der Cinémathèque de Paris, Palais de Chaillot, neben dem Trocadero, warteten wir auf ihn. A. hatte mich gebeten, trotz der großen Hitze am Nachmittag mein Korsett und Strümpfe anzuziehen. Er wollte unbedingt, daß M.A. unter meiner „normalen" Kleidung das Geheimnis meiner Verwerflichkeit erkennen sollte. Hatte M.A. ihn doch gewarnt: „Was, du hast eine deutsche Freundin, weißt du denn nicht, daß die deutschen Frauen ihre Männer schlagen?" Das war natürlich ganz nach A.s Geschmack. Und ich wollte ihm allzu gern entgegenkommen.

Schließlich bog M.A. um die Ecke. Ein alter Mann war das nicht, nein, wirklich nicht. Da kam ein dreiundfünfzigjähriger Schulbub um die Ecke, fein und frischgewaschen zurechtgemacht wie für einen Kindergeburtstag, Haare schwarz gefärbt und brav gescheitelt nach hinten gekämmt über einen Bilderbuch-Hinterkopf. Helles, frischgebügeltes Hemd, feinsäuberlich in Bügelfalten-Hosen gesteckt, schmale Schultern, edles Profil, Angst vor mir, der Deutschen, gab er mir mutig die Hand, nahm die meine in den kleinen Spitzenhandschuhen sehr zurückziehend zur Kenntnis, und schenkte mir ein wohlerzogenes Lächeln, welches seine in merkwürdigem Abstand wohlig rund sortierten Zähne zeigte, seine schwarzen Augen waren milde gestimmt. Ich dachte an die unterschiedlichen Bedeutungen des Händedrucks. Seiner war kein Druck, meiner war bestimmt nicht fest, kam mir aber schon viel zu stark vor. Hier in Paris begegnet man Körperlichkeiten, die so anders sind. In Deutschland würde man sie direkt als deformiert bezeichnen, hier haben sie Eleganz. Ich fühlte mich, das kommt öfter vor, als KZ-Wächterin. Diese Vision ist für mich immer das Schlimmste. Aber ich bin keine, und wenn ich in der Hitlerzeit gelebt hätte, wäre ich auch keine gewesen. Ich habe endlich begriffen, daß ich wahrscheinlich eher selbst im KZ gelandet wäre als eine KZ-Wächterin zu sein.

Zusätzlich zu seiner schmalen frischeingekleideten Kindergeburtstagserscheinung im Alter von 53 Jahren und den rund auseinanderstehenden Zähnen hatte M.A. auch noch einen Kropf und hielt ein Täschchen in der Hand. (Freund G.L. würde darüber lästern: Der hat sein Schuhputzzeug dabei...) Aber er konnte ein wunderbares Deutsch und wußte wirklich alles über die deutschen Schauspieler, über Film, und hatte eine Eleganz im Verhalten, eine Höflichkeit mir, der Deutschen gegenüber, nein, er verurteilte mich nicht.

Wir sahen also zu dritt den Film an. Ich saß in der Mitte. Es war schon so nett von A., mich zwischen den beiden zu plazieren. Er zupfte die ganze Zeit an meinem Rock herum und, wenn es im Film gerade mal sehr leise war, zog an einem Straps, der dann geräuschvoll auf die Haut zurückknallte. Quelle honte. Ob das seinen Freund beeindruckt hat, weiß ich nicht.

Danach schleppten wir uns durch die Hitze in ein Café. A. und ich tranken einen kühlen Weißwein, M.A. einen Café. M.A. konnte wirklich viel Deutsch. Alles aus den Film-Titeln gesammelt. Und er prononcierte sehr genau Worte wie „Grausam, Schatz, Schmerz, Horst Buchholz". A. wollte dann auch mit seinen Brocken Deutsch brillieren und schrie: „Aufmachen, Gestapo, Jawoll."

Währenddessen machten meine Beine am Place Trocadéro ihre eigene Arbeit. Da war ein Mann, der vor dem Café auf und ab ging. Es gab einen kurzen Blickkontakt, nicht etwa zwischen meinen Augen und den seinen, nein, er erfaßte meine Beine in den Strümpfen an den Strapsen vom Korsett. Er kehrte ein, setzte sich an den Nebentisch und sein Blick blieb an meinen Beinen kleben, bis er es wagte, mir in die Augen zu sehen. Quel désir (was für ein Verlangen). Gut, daß ich in Begleitung war. Trotzdem war ich mir nicht sicher, ob A. nicht doch etwas von diesem geheimnisvollen Vorgang bemerkt hatte: Legte er doch plötzlich den Arm um mich.

A., – er kennt die Attraktionen meines Körpers. Deshalb lobt er sie nicht sondern liebt sie. Liebt er sie? Macht er sie vielleicht runter, damit ich mir nur nichts einbilde?

Wir gingen alle drei in die Mêtro, jeder in seine Linie. A. verabschiedete sich in Eile, M.A. mit vorzüglicher Höflichkeit, wie soll man das beschreiben...Und ich fragte mich einen Moment lang, ob ich zurück in das Café gehen sollte, mich neben den Mann setzen, der ja immerhin wegen meiner Beine eingekehrt war, aber ich traute mich nicht und fuhr nach Hause.

Daß mir dann ein Mann aus der Mêtro bis in den Hausflur folgte, um mir auf der Treppe Komplimente über die Strümpfe und schönen Augen zu machen und nach meinem „Preis" zu fragen, ah, das hat meine Seele entzückt. Ebenso wie sein Klopfen und Klingeln an der Tür und meine Reaktion darauf: Ich keifte los: „..Si c'est encore vous, abandonnez!." (Wenn Sie das immer noch sind, geben Sie auf!) Und er gehorchte. Vielleicht bin ich mehr Domina als ich denke.

M.A. wollte mit A. und mir in einem griechischen Restaurant essen. Er wohnt sehr merkwürdigerweise in der selben Straße, Porte Maillot, in der sich das „Dix Bis" befindet, das verdeckte Orgien-Hotel. M.A. wohnt dort direkt gegenüber zusammen mit seiner alten Mutter.

Der Gedanke, dort, in der selben Straße mit dem „pédé" (in diesem Fall als Kosewort benutzt) M.A. Essen zu gehen und danach in seine Wohnung gegenüber dem „Dix Bis", wo wir bereits zweimal eingekehrt waren, erregte A. mächtig. Im Restaurant konnte er nicht aufhören, den armen M.A. mit der Frage zu malträtieren, was er mit mir machen würde, auf einer einsamen Insel. Der war an diesem Abend richtig elegant angezogen, nicht, überhaupt nicht wie zum Kindergeburtstag, und konterte galant: Auf der einsamen Insel würde er mir Gedichte machen: „La poésie". A. donnerte mit der Faust auf den Tisch: „Sei froh, daß du nicht mit mir auf der einsamen Insel sein mußt, ich würde dir meinen Schwanz unter die Nase halten, und wenn du den nicht sucierst, ich bin nicht sicher, ob ich dich nicht umbringen würde..."

Nach dem Essen beim Griechen gingen wir vorbei am „Dix Bis", dem Partouze-Hotel, und A. triezte den armen M.A. aufs Neue: „Willst du nicht mit ihr hineingehen, ich zahl' euch den Eintritt!" Aber M.A. war wieder nicht in Verlegenheit zu bringen. Er setzte einfach dagegen, daß es dort „désagréable" (unangenehm) sei, nichts für mich, ich sei doch (und das sagte er in deutsch) „aus gutem Hause.." Aber A. gab nicht auf. Woher er denn wüßte, was sich dort abspielt, und er sollte doch mal sagen, wie das wäre. M.A. antwortete oberflächlich: „Il y'a un buffet et alors des chambres, mais c'est désagréable..." (es gibt etwas zu Essen und dann lauter Lager, aber das ist alles unangenehm). Ich erinnerte mich an einen Tisch mit kaltem Büffet, vor lauter Aufregung hatte ich aber nie davon gegessen. A. kniff mich in die Seite und zwinkerte mir mit diebischem Vergnügen zu. M.A. wechselte das Thema. Oder wechselte er es gar nicht? Jedenfalls sagte er plötzlich zu mir: „Vous avez un très joli corps" (Sie haben eine sehr schöne Figur). A. blieb die Spucke weg.

Jedenfalls kamen wir dann in M.A.s Heim an. Die alte Mutter war ins Nebenzimmer verbannt. Wir betraten ein Eßzimmer mit schweren, holzgeschnitzten Möbeln, die alle aus der Vergangenheit in Marokko oder Algerien, jedenfalls aus Nord-Afrika stammten. An der einen Seite dieses Raumes mit schönen Bildern (meist sehr gekonnten, das heißt, *alten* Blumen-Aquarellen) an den Wänden, befand sich sein Couch-Bett. Der ärmste M.A. besaß also gar kein eigenes Zimmer. Er erzählte dann auch, daß er nur nachts schreiben könnte, nachts, wenn die alte Mutter endlich eingeschlafen ist. Auf der Anrichte standen zwei Telefone. „Es gibt nur eine Nummer", sagte er, aber der eine Apparat sei für die fast taube alte Mutter auf ganz laut eingestellt.

Dann bekamen wir einen Cocktail und M.A. zeigte uns alte Fotos, auf denen er schöner als Pierre Cardin aussah. Ein Mensch, Mann oder Frau, nein, ein schöner Hund, das wäre sein Traum...Zum Abschied gab mir M.A. ein Exemplar seines Buches und schrieb als Widmung hinein „...à une parisienne du cœur..." (an eine Pariserin des Herzens). Er hätte nichts Schöneres schreiben können.

Wiedermal saß ich A. gegenüber an seinem antiken Holztisch im englischen Sessel am Ende der Welt. A. blätterte das Pariscop auf der Suche nach einschlägigen Annoncen durch.

„Würde es dir Freude machen, in ein Lokal zu gehen, wo lauter einzelne Männer ihre Hosen öffnen und sich wichsen", fragte er mich. Würde es mir Freude machen, mich erregen? *Je ne sais pas.* Aber das darf ich nicht laut sagen. Was ist das überhaupt für ein Leben, in dem ich immer weniger weiß, was ich will. Immerhin habe ich gelernt, daß alles (bis jetzt) gut ausgegangen ist. Also sagte ich „Ja", und A. griff zum Telefon, um sich näher zu erkundigen. Man informierte ihn über die Gepflogenheiten des Betriebs: Paare und einzelne Männer wären zugelassen, und es gäbe einen Hostessen-Service, die Getränkepreise wären zwischen 60 und 80 frs.

Wir machten uns auf den Weg. Das besagte Lokal befand sich in einer Seitenstraße der rue de la Gaîté. Drinnen war es stockduster mit einem Minimum an Rotlicht, wie im Dix Bis, dem Partouze-Etablissement an der Porte Maillot. Man gewöhnt sich an alles...

Am Eingang gab es eine Bar mit einem Mädchen im Schlauchkleid auf dem Hocker. Wir wurden an einen Tisch am Ende des Lokals geleitet und bestellten etwas zu trinken. Alles, was ich wollte, gab es nicht, keinen Campari, keinen Weißwein, aber einen Gin-Tonic, und der hatte sich gewaschen. An der Wand hing eine Schrift: Bar Féminin.

Außer uns saßen noch zwei Mädchen an der Wand, die uns überhaupt nicht ansahen. Sie wirkten unbeteiligt und melancholisch in sich versunken, auch untereinander hatten sie sich nichts zu sagen. Doch plötzlich erhob sich die eine und kam an unseren Tisch. Sie stellte sich vor: „Ich heiße Marceline und begrüße Sie in unserer Bar, darf ich mich zu Ihnen setzen?" Natürlich durfte sie. A. bot ihr einen Drink an, und sie bestellte einen Cocktail, der ebenso abenteuerlich aussah wie ihre schwarze Frisur mit der an die Stirn geklebten Riesen-Tolle. Sie nahm neben mir Platz und während sie mich nach meinem Namen fragte, schenkte sie mir einen Schlafzimmerblick, der noch mehr versprach als die berühmte Doppelcouch...A. antwortete für mich. Seit dem lasterhaften Cinématon nennt er mich in der Welt des Zwielichts bei meinem Pseudonym-Namen. Die Vorstellung, daß ich ein Doppelleben führe, amüsiert ihn. Wenn der Ärmste wüßte, daß ich zwei Doppelleben führe, eins in Paris und eins in Hamburg...Niemand kennt meine Geheimnisse, dafür verdächtigen mich alle, zu Recht, nicht wahr...? Und wenn ich behaupte, die einsamste Frau der Welt zu sein, denken alle, ich scherze. Aber es ist so.

Marceline weihte uns in die Gepflogenheiten des Betriebs ein: Die Hostessen wie sie betreuen Paare oder einzelne Männer und nehmen sie mit in ein Séparé im Keller. Einzelne Männer müssen dafür eine Flasche Champagner spendieren, die 1.400 frs kostet. Paare brauchen nichts zu spendieren. Bei Paaren würden sich die Hostessen dort im Keller nur um die Frauen kümmern. A. fragte nach: „Und was geschieht, wenn zwei Paare nach unten gehen?" – „Nein, das gibt es nicht, Partnertausch ist nicht das Thema dieses Etablissements", war die Antwort. „Mit den Männern machen Sie also gar nichts, Sie lassen sich nicht die Chatte sucieren und sucieren auch nicht den Schwanz?" – „Oh, nein, die Hostessen bearbeiten nur die Frauen". – „Und was machen die Männer?" – „Die können es sich ja dabei selbst besorgen oder die Frau von hinten nehmen, oder sich zwischen ihren Titten betätigen, während die Hostesse die Vorderseite bedient, oder wie auch immer..."

Wieder senkte sie einen verheißungsvollen Blick in meine Augen. „Du bist schüchtern", sagte sie. A. half mir aus der Verlegenheit. Er deutete an, was sich hinter meinem Schweigen alles verbergen würde, die Lust an Fesselung und Bestrafung, aber das beeindruckte sie weniger. Das sei der klassische Fall, ziemlich üblich. Und um weiter zu gehen, „eins drauf" zu setzen, erzählte sie, daß viele Kunden des Lokals Transvestiten wären. In ihrem tief ausgeschnittenen Oberteil konnte man große weiche Brüste erkennen und A. machte ihr ein Kompliment: Das sei doch etwas anderes als die Brüste der Transvestiten. Da war sie aber einverstanden! Die Brüste der Transvestiten, die seien so hart wie Holz, und um diese Worte zu bekräftigen, schlug sie mit den Fingerknöcheln auf den Tisch, mehrmals.

Währenddessen beobachtete ich die andere Hostesse, die immer noch auf ihrem Platz an der Wand saß und ins Leere schaute. Sie hatte die nackten Beine übereinandergeschlagen, der Rock war kurz. Sie saß vorgebeugt und stützte sich auf die Arme, die sie über der Brust verschränkt und auf den Schoß gestützt hatte. Der Oberkörper fing an, vor- und zurückzupendeln wie bei Kindern mit Hospitalismus-Diagnose. Ihr Alter entsprach dem der Frauen, die nie über 28 kommen, weil sie, noch nicht einmal 40, bereits steinalt sind. Selten habe ich eine anwesende Person so abwesend gesehen, höchstens in der Drogenszene. Der Laden war immer noch leer.

A. bestellte die Rechnung. Er sagte zu unserer Hostesse, daß wir jetzt Essen gehen wollten und dann, wenn ich es so entscheiden würde, wiederkämen. Die Rechnung bot eine Überraschung. Der Cocktail von Marceline kostete 350 frs. A. erinnerte an das Telefonat. Hatte man ihm doch die Getränkepreise zwischen

60 und 80 frs. angegeben. „Ja, die gelten für die Kundschaft, nicht aber für das Personal..." Für den kurzen Ausflug in die „Bar Féminin" mußte der gute A. plötzlich über 500 frs hinlegen.

Wir verließen diesen depressiven Ort, um in der rue de la Gaîté im Restaurant Antarctic einzukehren. „Weißt du, mon amour", sagte A., „das ist ein Schuppen für Typen, die sich an der Lesbenliebe hochziehen können, finster, finster." Er wollte Austern bestellen, aber es gab keine, weil wir im August sind, einem Monat ohne „r". Selbst das Aquarium, neben dem ich so gern sitze, war leer, keine übereinander krabbelnden Hummer...nichts. Aber geräucherten Lachs konnte man kriegen in der rue de la Gaîté, im Antartic, wo sie uns schon kennen, les pédés de la boutique, weil wir da immer einkehren, ins glaciale Neonlicht nach dem Zwielicht... A., mon amour, je ne serai jamais capable de te montrer comment je t'aime..." (A. mein Geliebter, niemals werde ich in der Lage sein, dir zu zeigen, wieviel du mir bedeutest. Im Deutschen würde ich nie sagen, „wie sehr ich dich liebe...")

Dann mußte ich nach Deutschland reisen, weil meine Mutter siebzigsten Geburtstag hatte. Warum baut sich in mir jedesmal so ein Grausen vor meinem Heimatland auf, daß ich vor der Reise dermaßen in Panik gerate, *je ne sais pas*.

Diesmal fuhr ich mit dem Nachtzug. In Hamburg wohnte ich bei meinem Geliebten Heinrich Herz. Glücklicherweise hatte ich den bösen Brief nach seinem letzten Besuch hier bei mir in Paris nicht abgeschickt, denn er konnte sich an diesen Besuch überhaupt nicht mehr erinnern. Es stellte sich heraus, daß er sogar einen Arzt aufgesucht hatte, weil er unter tiefster Depression stand. Umso erstaunlicher war seine gute Laune, seine so nie erlebte Zuwendung, seine fröhlich-freie Geilheit auf mich, die ich noch ganz von A. erfüllt war. Das hat mich richtig durcheinander gebracht. Zweimal täglich jouieren, wem würde das nicht gefallen? Meine innere Stimme sang immerzu: „Dites-moi, ma mère, dites-moi, ma mère, pourquoi....dadi dadi da da da," ...liebe Mutter, sag mir, liebe Mutter, warum gehen die Soldaten zu Fuß in den Krieg und die Generäle zu Pferde... La douce France... zärtliches Frankreich...

Nach einer Woche war ich wieder in Paris. Nicht zu Fuß, nicht zu Pferde, nein, by train. Und ich versuchte, zu A. zurückzufinden. Eine Woche. Man denkt, das ist nicht lange und nicht viel, aber das ist falsch. Eine Woche, die man nicht zusammen war, ist richtig schwer wieder einzuholen. Jeder war woanders, mußte weiterleben. Jeder dachte an den anderen und verforschte sich dabei vielleicht in der Mischung aus Wünschen, Erklärungen, Sehnsüchten. Bei mir wiegt das schwer, es könnte sein, daß ein deutsches Kilo schwerer ist als ein französisches.

Im Moment fällt mir alles schwer.

Es fiel mir auch sehr schwer, mit A. wiedereinmal aufs Land zu fahren. Diesmal nicht zu dem Malerehepaar bei Fontainebleau sondern in die Picardie zu P., den ich schon kannte, von einem Dinner chez Baxter, dem Modefotografen, der in einem heruntergekommenen Bohème-Ambiente haust. Bei einem seiner Dinners habe ich A. kennengelernt. „Baxter" ist ein Pseudonym. Er behauptet, schottischer Abstammung zu sein. „Das ist der merkwürdigste Schotte, dem ich jemals begegnet bin", kommentierte A. grinsend, „hat er doch seinen Militärdienst in Israel zu Pferde absolviert!"

A. und ich trafen uns am Gare du Nord, meinem Deutschland-Bahnhof. Er hatte ein erster Klasse-Ticket für zwei, trug meinen Wochenend-Koffer, und ich mußte nichts anderes tun, als die Fahrkarte zu kompostieren, das heißt, sie in den Ablocherautomaten einzuführen und automatisch knipsen zu lassen. Seltsame Welt.

In irgendeinem Ort kamen wir an und wurden am Bahnhof von P. mit dem Auto abgeholt. Im Kofferraum wurde das Weekend-Gepäck verstaut, dann fuhr man vorbei an Schlössern und Schloßruinen, wie das in Frankreich so üblich ist. Ich saß hinten. A. und P. unterhielten sich gut, P. hatte ich gar nicht so hübsch in Erinnerung.

A. hatte mich schon auf P.'s. großes Anwesen vorbereitet. Aber auf das, (das war wirklich nicht „pour les pédés, ça"), war ich nicht gefaßt: Das erste Haus, das ich sah, war weinbewachsen, aber das war nicht das Haus, es war nur die Ecke zu einem anderen Gebäude, von dem aus man mir einen kurzen Blick auf den Park gab mit Tennis-Platz und so einer von Napoléon eingeführten, mächtigen Libanonzeder, und dann kam erst das schöne, große Wohnhaus, nach einem kiesbestreuten Innenhof mit Gewächshaus, versteht sich. Es war ein großes Rechteck mit 3 Geschossen und regelmäßigen riesigen Fenstern mit Fensterläden und schmiedeeisernen Niedriggittern davor. Die Räume waren unglaublich hoch, überall Holztäfelungen. Der Flur und die Küche im Erdgeschoß waren schön gefliest, ansonsten gab's Parkett. Im ersten Stock kam erst das Bügelzimmer, dann immer ein Gästezimmer mit Zugang zu einem Bad, daran das nächste Bad mit dem nächsten Gästezimmer und so weiter und so fort.

P. hatte sich gerade scheiden lassen. Auf den Fluren lag noch überall Spielzeug von seinem kleinen Sohn herum, traurig.

A. zog sich um. Bermudas, T-shirt und Leinenschuhe. Ich hatte nichts zum Umziehen mitgebracht, über dem obligatorischen Korsett mit Strümpfen trug ich einen waschseidenen Rock und ein helles Seiden-Trägerhemd, die hochhackigen Wildlederschuhe mit

Zehenloch und Fesselriemchen. P. trug eine leichte, lange Khaki-Hose und ein T-Shirt, seine Freundin entdeckte ich auf einer Liege in einem mit Hecken vom Park abgetrennten Gartenstück, oben ohne.

Wir gingen in das riesig langgestreckte Nebengebäude, das früher eine Gerberei gewesen war. Hier gab es der Länge nach Bücherborde, von oben bis unten voll mit antiquarischen Notenbüchern. P. hat in Paris eine Musikbuchhandlung. Außer den Büchern lagen hier auch seine „Waffen". Die wurden hervorgeholt. An der Steinmauer, die das Anwesen hier von der übrigen Welt trennte, hatte P. eine Pappzielscheibe angebracht. Erst schossen wir mit der Pistole. Sie war ziemlich lang für eine Pistole und hatte einen Holzgriff. Ich schoß schlecht, A. besonders gut. Dann wurde das erste Gewehr, auch wieder mit Holzschaft (oder wie das heißt) ausprobiert. P. erklärte den Rückstoß und zeigte seine blauen Flecken im Schulterbereich des linken Oberarms. Dieses Gewehr mußte nach jedem Schuß neu geladen werden. Das zweite Gewehr sah sehr ähnlich aus, hatte aber ein Zielfernrohr und bekam Kassetten mit 8 oder 9 Schuß eingeführt. Die Zielscheibe wurde etwas weiter weg auf den Treppenstufen des dritten Nebengebäudes plaziert. „Es zieht nach links" erklärte P., man müsse sich damit einschießen. Die Schüsse knallten so laut, daß ich mir die Ohren zuhielt. Dann hängte P. ein altes Notenbuch über die Wäscheleine. „Es hat keinen Wert", sagte er, und schoß mitten hinein. Das Buch bekam ein riesig ausgefleddertes Loch in der Mitte und drum herum tausend kleine Löcher wie Punkte. Der Schuß muß von einem „Schrotgewehr mit Streuung" gekommen sein. Mit diesem Gewehr wurde auch auf richtige Tauben geschossen. Überhaupt schien das Schießen in diesem Ort in der Picardie Mode zu sein, denn als ich einmal in den Park ging, hörte ich es auf dem Nachbaranwesen genauso knallen.

Dann saßen wir im kiesbestreuten Hof am Tisch, tranken und lästerten, bis endlich gegen Abend R. mit seiner Freundin anlandete. Ich kannte R. auch von einem Dinner bei Baxter, angeblich hatte ich ihm schöne Augen gemacht, ich konnte mich nicht daran erinnern. Aber R. war ausgesprochen verlegen mir gegenüber. P. und A. lehnten seine Freundin ab. Die wäre nichts für ihn, die wollte ihn nur heiraten, man müßte die beiden auseinanderbringen... Ich, die Fremde, hatte nichts gegen sie, nein, ich fühlte mich sogar ein wenig solidarisch. Manchmal haben Frauen doch einen schweren Stand...

A. stand plötzlich auf und ging in die Küche. Von dort aus rief er mir zu „komm doch mal her", und machte mir Augen, die nach oben auf den ersten Stock deuteten, dorthin, wo unser Zimmer lag. Alle schauten mich an. Ich erhob mich, streifte den Rock glatt, der im Sitzen immer so hochrutscht, daß man die Strümpfe sieht, und folgte A.. Allen Anwesenden war klar, daß er es jetzt mit mir treiben wollte.

Oben, in unserem großzügigen Zimmer mit eigenem Bad warf er mich aufs Bett und sucierte mich. Die Fensterläden waren geschlossen, die Hitze, die schöne Umgebung, die Stille und Dunkelheit an diesem heißen Augustnachmittag auf dem Land, in der Picardie, irgendwo in der Frankreich-Fremde, konnte ich jouieren wie selten in meinem ganzen Leben. Ja, das gehört in den Ordner „Sternstunden".

Danach zog sich A. fürs Abendessen um. Ich richtete mein Make-Up. A. machte mir ein Kompliment für meinen Teint. Kein Wunder, daß meine sonst eher angespannten Gesichtszüge gelöst waren, wohldurchblutet, vielleicht sogar dampften.

Das Abendessen gestaltete sich sehr typisch französisch. Der Ablauf ähnelt sich überall, sei es auf Ämtern, im Kaufhaus, im Café: Man wartet, harrt aus. Erst kommen die Gläser, aber nicht das Getränk. Dann kommt die Flasche, man sieht sie wenigstens schon, aber sie wird nicht geöffnet. Dann wird sie geöffnet, aber es wird nicht eingeschenkt, denn jetzt werden die Teller verteilt, ebenso umständlich wie das Besteck. Jemand beklagt sich über die Form der Gläser, solche Gläser für Champagner? Unmöglich. Also werden die Gläser ausgewechselt. Endlich gibt es einen Schluck. Brot wird geschnitten, man schaut in den Backofen, wie geht es der Lammkeule? Schließlich landet die Salatschüssel auf dem Tisch. Die erste Flasche Champagner ist bei sechs Leuten sofort leer. Der Gastgeber geht in den Keller, keiner kann anfangen mit dem Essen. Dann steht die neue Flasche da. Sie ist zu. Jetzt legt der Gastgeber das Gemüse aufs Feuer und kontrolliert nochmal den Braten. Dann setzt er sich, und die Salatschüssel geht rum. Inzwischen haben alle einen Heißhunger. Man ißt Salat, aber die Gläser sind leer. Endlich sagt einer der Gäste was: Die zweite Flasche wird geöffnet. Man tut einen zweiten durstigen Schluck. Der eine mag im gemischten Salat dies nicht, der andere das nicht...es wird gelästert. Was wird man nach dem Champagner trinken, roten, weißen Wein, wieder ab in den Keller... was macht der Braten? Was macht das Gemüse, wer macht die neue Flasche auf. All das steigert die Gier nach Essen und Trinken ins Unendliche. Kein Wunder, daß alles Brot bereits aufgenagt ist, die Salatschüssel komplett ausgeschleckt. Die neue Flasche bleibt zu, der Braten wird warmgehalten, man wartet, denn das Gemüse ist noch nicht soweit...

Dann kommt der Braten auf den Tisch. Wer zerteilt ihn? Im Mund läuft das Wasser zusammen, einmal rum um den Tisch bekommt jeder eine Scheibe Fleisch. Inzwischen ist das Gemüse fertig, es gibt jetzt nicht nur den Fleischverteiler (in Vorlage) sondern auch den Gemüseverteiler. Bis jeder alles auf dem Teller hat, ist die Speise fast kalt, und immer noch fehlt der Wein und das Brot. Aber beides kommt. Die Augen fallen ins Essen auf dem Teller, und plötzlich wird man sich klar darüber, daß man in Wirklichkeit schon gar keinen Hunger mehr hat. Der erste Salat, den man vielleicht gar nicht mochte, das Brot, da hat man zu gierig zugelangt. Trotzdem ist der lauwarme Braten gut, aber man muß sich schon quälen, ihn noch herunterzukriegen. Plötzlich fließt der Wein nahtlos. Danach ist die Käseplatte schon zuviel. Den Himbeeren und Walderdbeeren mit Sahne kann man zu allem Überfluß schließlich nicht widerstehen. Jetzt hinkt der Wein wieder, es dauert eine gute Weile, bis man den Mini-Kaffee hinunterstürzen kann, eine dicke Zigarre bekommt und dazu einen Whisky. Puh.

Völlig erschöpft verteilt sich die Gesellschaft. A. und ich landeten in der Bibliothek auf der Ledercouch. Die „jungen Leute" liefen noch andauernd hin und her durch den Flur, an der Bibliothek vorbei, (alle Türen waren offen in diesem Haus), um sich in einem anderen Raum zu fetziger Musik Haschisch reinzuziehen.

A. und ich gingen bald ins Bett, nachdem wir mit dem auf- und ab-wandernden Freund R. noch einige schlüpfrige Bemerkungen gemacht hatten. Die Spannung zwischen R. und mir hatte sich abgebaut, weil ich seiner Freundin nicht feindlich gegenübergetreten war.

Der nächste Tag verlief ähnlich. A. und ich wachen immer sehr früh auf und gingen im Dorf frühstücken, in einem Tabak-Café, in dem es um halb neun schon keine Croissants mehr gab. In meiner „Stadtkleidung" war ich natürlich die Sensation, obwohl ich mir mit dem kurzen Rock wirklich Mühe gab. Die Einheimischen tranken den Mini-Kaffee, schwarz, und gleich darauf den ersten Wein.

Erst gegen mittag kamen die anderen Freunde im Haus in die Gänge. Mit der Freundin von P., dem Gastgeber, machte ich einen Spaziergang durch das Dorf, den Geburtsort von Racine. Davor hatte es eine halbe Stunde gegeben, in der A. einfach weg war. Später fragte ich ihn, ob er die Hübsche suciert hätte, ziemlich verlegen verneinte er, und mußte gleichzeitig eingestehen, daß er sie auch bei Baxter kennengelernt und „damals" (aber „damals" kannten wir uns schon) verführt hatte. Einer Frau wie mir macht doch keiner was vor....

Am Nachmittag sucierte A. mich wieder, wieder so himmlisch, daß ich es nie im Leben vergessen werde.

Er sagte noch, „diese Leute hier in der Picardie, die sind nicht so lasterhaft wie das Malerehepaar bei Fontainebleau." Entsprechend ist auch die Geschichte nicht so aufregend. Für mich war dieser Ausflug zwar ungemein anstrengend, was die Fremdheit, all das französisch-Reden und das französische Ritual betrifft, aber all die Schönheit der Umgebung und die Zuneigung von A., die ich in ungeahnter Weise annehmen konnte, was soll ich sagen, es war einfach wunderbar.

Schließlich hätten wir am Sonntag abend fast noch den Zug zurück nach Paris verpaßt. Wenn man in Frankreich die Fahrkarten nicht am Schalter sondern im Reisebüro kauft, bekommt man nur *eine* Karte, egal, ob man allein, zu zweit oder zu mehreren reisen will. Bei der Ankunft am Gare du Nord hatte das Folgen. Mit der einen Fahrkarte mußten wir zu zweit durch diese Metallsperre mit den Rohren, die einem schon als Einzelnem immer auf das Hinterteil hauen. Mein am Rücken durchgeknöpftes Kleid blieb dort hängen. Die Nähte krachten, so daß ich einen Augenblick lang glaubte, das ganze Kleid wäre hin, aber ich büßte nur den untersten Knopf ein. Glücklicherweise trug ich für die Heimfahrt keine Strümpfe sondern Strumpfhosen...

Wir nahmen ein Taxi und A. setzte mich bei mir zu Hause ab. So schön das Wochenende gewesen war, so froh war ich, endlich wieder allein zu sein. Ah, wenn ich die Tür hinter mir doppelt verriegelt habe, setze ich mich an meine Bar in der Küche, trinke soviel

Wein wie ich will, lasse all die Ereignisse Revue passieren und versuche, eine Architektur, eine Ordnung, eine Gestalt darin zu finden, in der ich einen Standpunkt haben kann, festen Boden unter den Füßen. Wenigstens für eine Nacht, dort, an meiner Bar, in meinem Versteck, meiner Heimat, meiner Kommandozentrale suche ich nach Erholung oder besser Wiedergeburt.

Was muß ich morgen machen? Gibt es vielleicht mal einen Tag, der nur einfach so gelebt werden kann, ohne daß ich etwas „bewältigen" muß? Nein. Es gibt keine Ruhe, es geht weiter und weiter und weiter.

Kaum hatte ich Atem holen können, lag ein dritter Besuch im Dix Bis, dem Partouze-Etablissement an. Diesmal, wieder nach einem Kinobesuch, nahmen wir die Mêtro zur Porte Maillot. Dort an der Ecke gibt es glitzernde Bistrots. In irgendeinem wollten wir noch eine Kleinigkeit essen. Aber alle waren dermaßen voll, daß man keinen Platz kriegen konnte. Es fing nicht gut an. Wir landeten in einer schäbigen Bar und aßen primitiven Salat. A. stöhnte auf, er fühlte sich um Jahre zurückgeworfen, in die Zeit, als er noch kein Geld hatte.

Im Dix Bis setzte sich die unglückliche Konstellation fort. Sie kennen uns dort jetzt schon, der Schwule, der die Jacken verwahrt und das Geld kassiert genauso wie die hübsche Schwarze hinter der Bar in dem Spiegelkugel-durchblitzten Vorfeld zu der Etage mit den Lagern. Es gab einen hübschen und doch irgendwie unmöglichen Typen, der mit einer ganzen Truppe da war. Der stellte sich immerzu neben mich, kam bei unseren Erkundungsgängen hinterher, A. verabscheute ihn, und ich wollte nichts tun, was A. unangenehm sein könnte.

Sehnsuchtsvoll blickten A. und ich um die Ecke zu dem Lager, auf dem wir es beim ersten Besuch so toll getrieben hatten. Dort waren diesmal 2 Frauen mit sich beschäftigt, mein Gigolo-Verfolger mischte sich dazu, er nahm die eine von hinten. Im Türrahmen erschien ein etwas älterer Monsieur, ich war noch gar nicht ausgezogen, und griff an meine Titten. Er sagte: „Sie zittern ja, kommt das von Ihrer Begierde?"

Ich weiß nicht warum, aber ich mochte ihn nicht. A. hatte sich schon wieder weiter auf den Weg gemacht, ich wollte nicht unhöflich sein gegenüber dem Alten, schließlich geht man nicht ins Dix Bis, wenn man nicht bereit ist, es mit jedem zu treiben. Trotzdem konnte ich mich entwinden und versuchte, A. wiederzufinden. Ich fand ihn. Im allerdunkelsten Raum. Wir zogen uns aus. Ich sucierte ihn. Eine Frau gesellte sich dazu. A. sucierte sie. Ich hatte nichts zu tun. Peinlich?

Wieder stand ein kicherndes, angezogenes Paar am Rande und A., mein Herzblatt, versuchte, die beiden zum Mitmachen aufzufordern, aber es gelang nicht, die wollten nichts als Zuschauen und Kichern.

Dann kam mein Alter dazu, rollte mich auf den Bauch, packte mich an der Korsettaille und brachte mich in die Hockstellung. Er penetrierte mich, und ich stellte fest, daß sein „Teil" mal wieder eins von den ganz großen war. Es ist seltsam, die Penetration erregt mich immer so sehr, aber noch nie im Leben hat sie mich zum Jouieren gebracht. Klitoral und vaginal, das geht bei mir alles durcheinander. Wann werde ich das endlich klären können?

Plötzlich zog sich mein Monsieur zurück. Die distanzierten Zuschauer kicherten. Neben mir sucierte A. immer noch die Chatte der Fremden. War das alles lächerlich, allem voran ich, in meiner Erregung?

Aber es dauerte nicht lange, im dunkelsten Raum des Etablissements fühlte ich mich aufs Neue penetriert, ohne zu wissen, wer das wohl sein könnte, hier gab es keine Spiegel an der Decke, und ich muß zugeben, daß es mir auch völlig egal war.

Franzosen reden ja immer beim Akt. Dieser bestürmte mich mit Fragen während der Penetration. Seinen Erguß, ob ich den lieber aufs Gesicht oder auf den Busen haben wollte. Ich erinnerte mich an die Abmachungen mit A.: Aufs Gesicht, das sei exclusiv für *ihn* reserviert. Deshalb keuchte ich, „auf den Busen". Er schmiß mich herum, auf den Rücken, zog das Präservativ von seinem hocherregten Glied herunter, und, es ist wirklich komisch, das Gummi, von der übermäßigen Spannung befreit, sprang so unkontrolliert ab wie ein aufgeblasener Luftballon, wenn man den Knoten gelöst hat, und landete auf dem verschwitzten Gesicht des Liebhabers neben uns, der sich mächtig erschrocken hat und sich in seinem Engagement unterbrochen fühlte.

Mein Lover konnte sich noch kurz und verschluckt entschuldigen, Höflichkeit geht über alles, dann entlud er sich über meinen Titten, das Korsett hatte er noch rechtzeitig bis unter den Busen heruntergeklappt. Ich genoß seinen Siegerwahn im Ziel. Kurz danach stand er auf und holte mir ein Handtuch, damit ich alles abwischen konnte. Dann verschwand er.

A., Indianer-Auge von Haus aus, erzählte mir später, daß das nicht irgendein anderer sondern eben derselbe Alte gewesen wäre. Und später trafen wir uns zu dritt im Flur. Mein Alterchen mit dem großen Glied machte A. alle möglichen Komplimente über mich: „Elle prend bien, vous savez, ah, elle m'a fait bien jouir" (sie verkraftet, packt es, nimmt es gut auf, und sie hat mich gut zum Höhepunkt gebracht.) A. mochte diesen Mann, den ich erst so entsetzlich gefunden hatte. Ich mochte ihn jetzt auch.

Kurz darauf verließen wir die Partouze. Im Taxi fragte A.: Hast du jouieren können? „Nein", – „Ich auch nicht", antwortete er.

Dann hatte ich eine Woche lang Besuch aus Deutschland.

Vorgestern traf ich A.wieder, und er hat mich dermaßen gehauen, daß mir seit zwei Tagen die Kieferknochen, oben und unten, um die Wette wehtun. Er mußte mich bestrafen, das ist klar. Aber so hart? Mir tut alles weh. Am wenigsten noch das Hinterteil mit dem Striemen vom Martinet. Aber der Kopf, der Kopf, der den Kiefer enthält, da stimmt was nicht.

A. mon amour, je t'aime. Und sterben muß ich sowieso eines Tages...

Einige Tage danach rief er mich morgens an. In seiner Stimme lag etwas Geheimnisvolles, sie klang leise und aufgeregt. „Weißt du was ich gestern gemacht habe?" Natürlich nicht. Und dann kam ein Geständnis. In einem Annoncenblatt hatte er die Anzeige mit folgendem Angebot gefunden: *Für Exhibitionisten – schöne junge Frau, gleichmäßig braun und rasiert treibt es mit ihrem Geliebten vor Ihren Augen*. A. hatte gleich angerufen um sich näher zu erkundigen. Ob sie sich auch sucieren lassen würde, und ob er auf ihr Gesicht ejakulieren dürfte. Beides hat sie abgelehnt. Er ist trotzdem hingefahren.

Das Appartement befand sich in einem Sozial-Hochbau in der tiefsten Banlieue, also in einer der finstersten Stadtrandsiedlungen. Ich weiß, daß es A. vor der Banlieue schaudert, aber er sagt, nicht ganz zu Unrecht, „da ist jetzt das echte Paris". Es ist wahr, die reichen Ausländer drängen die Pariser immer mehr raus aus der Innenstadt, wo die Mieten so hoch sind, daß ein Normalbürger mit Familie einfach nicht mehr mithalten kann.

A. ist also dort hingefahren. „Sie, la fille, das Mädchen, war gut gebaut, so um die dreißig, er, ihr Partner war etwas jünger und athletisch, die beiden haben es vor mir getrieben, und ich habe es mir dabei gut besorgt.." erzählte er mit dieser verheißungsvollen Geheimstimme, die Hören automatisch in Lauschen verwandelt. Ich bekam Herzklopfen und holte tief Luft: „Du amüsierst dich jetzt also ganz allein, ohne mich!", brachte ich hervor. Aber nein, nicht doch. Im Gegenteil. Er wollte nur das Gelände erkunden, hatte die beiden gefragt, ob er auch mit mir, seiner lasterhaften Freundin, hinkommen könnte, und ob *sie* bereit wäre mich zu malträtieren, und ob ich vielleicht auch *sein* Glied sucieren dürfte. Die beiden wollten sich nicht festlegen. Und überhaupt hätten sie geplant, ihren Arbeitsplatz bis Dezember (jetzt ist Oktober) an die Côte d'Azure zu verlegen. Danach sollten A. und ich einfach zusammen hinkommen. Und man würde sehen, was sich machen läßt....

A. gab mir zu verstehen, daß er alles nur meinetwegen, zu meinem Besten, unternommen hätte: „Tout ça, c'est pour ton bien..." Damit ich ihm das auch glaube, gab er mir die Telefon-Nummer, sie hätten einen Anrufbeantworter mit ihrem Angebot. Natürlich rief ich sofort an. A. hatte mich nicht getäuscht. La fille beschrieb ihr Aussehen, gab Maße und Gewichte von sich selbst und ihrem Athleten an, und betonte strikt, daß sie sich von niemandem berühren lassen wurde außer von ihrem Partner. Die Nummer sei nur für Exhibitionisten.

Was soll ich dazu sagen? Wie soll ich A.s Aktion interpretieren? *Je ne sais pas.*

Das nächste Treffen am Ende der Welt verlief sehr liebevoll. A. war von einer Lesereise aus Bordeaux zurückgekommen und hatte gutgelaunt ein schönes Essen vorbereitet: Zum norwegischen Lachs gab es einen mitgebrachten wunderbaren weißen Bordeaux, seine Schläge fielen milde aus. Vom Bett aus sehen wir oft Video-Filme an. Diesmal einen deutschen Nachkriegsfilm mit Hans Lothar, Horst Buchholz und Lilo Pulver. Das hat mich sehr amüsiert, weil oft deutsche Brocken vorkamen.

In der Nacht berührte er mich manchmal im Schlaf. Ich war noch halbwach, und seine traumhafte Zärtlichkeit fuhr mir durch alle Adern. Erst gibt es das Ziehen unter dem Bauchnabel und von dort aus läuft das Gefühl in konzentrischen Kreisen bis in die Zehen- und alle Haarspitzen.

Ich sitze hier und seufze. Am liebsten würde ich schon wieder „A., mon amour" schreiben...

Vor zwei Tagen waren wir wieder mit dem Schriftsteller M.A. zum Essen beim Griechen verabredet. M.A., der mit seiner Mutter in der Straße wohnt, in der sich das Dix Bis befindet. Nach dem Essen sollte es wieder einen Drink in seiner Wohnung geben und danach wollten A. und ich in das Partouze-Etablissement gehen. M.A. sollte davon natürlich nichts wissen.

Eigentlich fühlte ich mich nicht besonders gut an dem Tag. Ich fuhr mit der Mêtro bis zur Station Argentine und dachte schon, ich sei mal wieder zu früh dran, da sah ich die beiden aber schon im Lokal sitzen.

Das Essen war recht und schlecht. M.A. fragte mich an diesem Abend direkt, ob es stimmen würde, daß deutsche Frauen ihre Männer schlagen. Er hätte eine seriöse Radioreportage gehört, da hätte man diese These statistisch untermauert. Ich wußte nicht so recht, wie ich ernsthaft darauf antworten sollte. A. legte den Arm um mich. „Mich hast du doch auch schon geschlagen, gib's zu", und ich kicherte verlegen und erzählte, daß ich zweimal in meinem Leben in Deutschland zugeschlagen habe: Einmal im Alter von acht Jahren beim Schlittenfahren im Winter, da hab ich mich getraut, einem etwas älteren Rüpel „eine zu knallen", weil der Schlittenfahren mit dem Autoscooter-Karussellfahren verwechselt hat. Mein heldenhafter Mut sank aber in sich zusammen, denn die Ohrfeige schüchterte ihn keinesfalls ein, nein, im Gegenteil - er schlug zurück.

Dann wollte ich die zweite Geschichte erzählen, aber es kam nicht dazu. Wenn ich mit französischen Männern zusammen bin, habe ich jedesmal den Eindruck, daß sie sich am liebsten untereinander unterhalten. Der Frau wird ab und zu aus Höflichkeit eine Frage gestellt, damit sie sich einbezogen fühlt, aber an der Antwort ist schon keiner mehr interessiert. Wenn ich unter solchen Bedingungen aufgefordert werde, auch mal etwas zu sagen, stellen sich bei mir sofort Sprachstörungen ein. Mein Französisch holpert dann wie ein Fiat 500 über Kopfsteinpflaster, die Grammatik gehört auf den Müll. Kein Wunder, daß niemand die Geduld aufbringt zu entziffern, was ich da zum Besten geben will.

Aber jetzt schreibe ich ja in deutsch und kann die Geschichte der zweiten Ohrfeige trotzdem erzählen. Ende der sechziger Jahre, ich war damals 18, langte ich sie dem Freund einer Freundin in München. Er hatte ihr eine fürchterlich aufgebauschte Eifersuchtsszene gemacht, weil sie am nächsten Tag die Aufnahmeprüfung an der Falkenberg-Schauspielschule machen wollte. Ich wußte, wie sehr ihr diese Aufnahmeprüfung zu schaffen machte und wollte ihn zur Vernunft bringen. Aber auch diesmal erzielte mein Schlag überhaupt nicht die erhoffte Wirkung, wieder bekam ich ihn zurück. Seitdem habe ich es aufgegeben, Männer zu ohrfeigen, obwohl mein Vater immer gesagt hat, „wenn du einen Mann ohrfeigst, trifft ihn das zutiefst." Er hatte Unrecht. Für mich jedenfalls hat sich das Ohrfeigen als theatralische Weiber-Macht-Geste nicht bewährt. Ich suchte nach anderen Methoden.

Körperkraft ist nicht meine Stärke. Auch nicht die List, für die ich nicht boshaft genug bin. Schließlich kam ich zu dem Schluß, daß strafende Erziehungsmaßnahmen für Männer überhaupt nicht zu meinem Naturell passen. Die Neugier auf ihre Fremdheit steht mir besser, ich studiere sie mit „Excitement", sie regt mich an. Manchmal bleiben die Rätsel das zuverlässigste Verbindungsstück. Und je länger man die exotischen Gärten durchstreift, desto schöner werden sie.

Die Männer brauchen offensichtlich ihre Sportsmen-Kämpfe. Eine Frau wie ich kann da nicht mithalten ohne zu verlieren, ich will die „Männerphantasien" nicht besiegen und nicht korrigieren. Auch, wenn ich nicht immer mit ihnen einverstanden sein kann und mich „hintenangehängt" fühle in der Bedeutungsverteilung. Zur Natur der „Mama" habe ich genauso ein gutes oder schlechtes Verhältnis wie zu dem der Hure, weil ich keines von beiden bin, nie sein wollte. Ich lasse die Männer genauso allein wie sie mich. Auch wenn ich sie in Momenten meiner tiefsten Bedürftigkeit vermissen mußte und sie dann, in den entsprechenden Momenten der Sehnsucht nach meiner Stärke enttäuscht und verlassen habe... Da lernt man Italienisch, Französisch, aber wem gelingt es, die Sprache des anderen Geschlechts zu begreifen, das Radebrechen zu akzeptieren, mit den Mißverständnissen klarzukommen?

Daß ich A. neulich doch eine oder drei baffes versetzt habe, ist etwas anderes. Ich wollte ihn nicht bitter bestrafen sondern liebevoll und andächtig so intensiv zu ihm sein, wie er es mit mir ist.

Nach dem Essen, in M.A.s Wohnung angekommen, zog ich meine Jacke aus. Ich trug enge Hosen und einen einfachen Pulli darüber. Aber das Korsett darunter muß meine Formen so sehr betont haben, daß A. aufseufzte. Er packte mich an der Taille, schlug auf mein Hinterteil, und forderte M.A. auf, es ihm nach zu tun. Der schüchterne M. A. zierte sich hartnäckig, er sagte immer nur, A. sei „terrible" (in diesem Zusammenhang weniger „schrecklich" als „völlig verrückt"). Doch schließlich, unter A.s Druck, versetzte er mir sehr zaghaft zwei oder drei Klapse. A. insistierte aber noch weiter: „Du mußt sie dabei beschimpfen, sag, daß sie eine Salope ist", aber M.A. verweigerte sich: „Je ne peux pas, parce-que ce n'est pas vrai..." (das kann ich nicht, weil es nicht wahr ist.)

M.A. hat noch einen anderen Schriftstellerfreund, der Professor an der Sorbonne ist. Ich sollte ein Buch aus dem Bord herausziehen, da sei sein Foto auf der Rückseite, und der Mann würde immer die tollsten Frauen haben, obwohl er sie fesselt und schlägt.

Als A. und ich schließlich das Haus verließen, M.A. begleitete uns höflicherweise mit dem Fahrstuhl bis auf die Straße, waren wir beide sehr guter Laune. Wie zwei unartige Kinder, die noch etwas Verbotenes im Schilde führten, bogen wir zunächst nach rechts, um M.A. den Gang zum Taxi vorzuspielen. Ein paar Schritte weiter hielten wir an. Das Dix Bis, das Partouze-Etablissement lag in der anderen Richtung. Es war zu schön, wir kicherten, und kehrten vorsichtig um. M.A. war tatsächlich bereits in seinem Fahrstuhl verschwunden, und wir passierten seine Haustür unentdeckt, um am Dix Bis zu läuten.

Der hübsche Schwule öffnete die Tür. Heute war sein Hemd besonders weiß, und das Goldkettchen strahlte an seinem Hals. Es war so gegen 22 Uhr. Als er unsere Jacken auf den Bügel hängte, sah ich, daß im Schrank noch nicht viele Sachen hingen. Es gab ein Fußballspiel im Fernsehen an diesem Abend...

A. und ich fuhren zunächst mit dem Fahrstuhl an die Bar. Dort unter der Glitzerkugel sah ich mich um. Ich werde ja jetzt immer mutiger, kenne das Gelände. „Geh doch mal nach oben und inspiziere die Lager", schlug A. vor, und ich tat das, ganz allein. Aber oben war niemand, ich tastete mich zurück durch die dunkle Wendeltreppe.

Im Barraum gab es jetzt neue Leute. Überhaupt kamen plötzlich immer mehr Paare. Und zum ersten Mal hab ich dort jemanden wiedererkannt. Den Monsieur mit dem etwas klötigen Glied, das so wunderbar hochzupumpen war, mit seiner Freundin, die beim letzten mal ein Tampon drin hatte. Unten in der Bar machten wir uns Augen. Ob er mich auch wiedererkannt hat? *Je ne sais pas.*

Oben, auf den Lagern, war seine Freundin voll in Aktion, aber nur mit Frauen. Er hatte eine Lesbe angeschleppt. Sie streckte mir, die ich auf dem Rücken lag, ihre Vagina entgegen, auf mir hockend. A. saß daneben und befahl „suce-la". Ich habe sie suciert. Aber es gefiel ihr nicht, sie verschwand.

Neben mir und A. zog sich ein anderes Paar aus. A. war sehr neugierig und beobachtete alles ganz genau. Wie war sie, wie er gebaut? Und die Laute, welche Sprache war das? Er fragte nach, in Englisch. „Wir sind Schweden," war die Antwort. Oh, la la die Schweden...Sie war rasiert und trug einen rot-schwarz-geblümten Hüfthalter. A. traute sich, seinen Zeigefinger gleich neben ihrem Bauchnabel auf dem Stoff zu landen. „Haben Sie den Hüfthalter in Schweden gekauft?" - „Oh, nein", antwortete der schwedische Mann, der nackt auf dem Rücken lag, während sie sich über ihm räkelte. Der Hüfthalter wäre nagelneu gekauft, an der Madeleine, neben „Maxim's". Und A. fragte höflich, ob er mal an die Frau, die Schwedin, ran dürfte, die ziemlich große Titten oben ohne zeigte. Sie antwortete nicht persönlich. „Fragen Sie meinen Mann." Der antwortete nicht. A. und ich verließen den Raum.

Jetzt war ich schon so oft bei den Partouzen, daß ich mich dort fast frei bewegen kann. Die Franzosen kriegen Einrichtungen hin, in denen man seine unfreien Gelüste ausleben kann. In dieser Nacht tat ich das zweimal.

Auf einem meiner voyeuristischen Erkundungsgänge kam mir ein Mann entgegen, der wohl gerade erst angekommen und deswegen noch angezogen war. Er sah aus wie ein Wachtmann oder wie ein Ex-Polizist, der Araber prügelt. Er sah mich und ging mir nach. In dem dunklen, engen Flur, er angezogen und ich im Kostüm, küßte er mich. Der Kuß war sehr zart, unerwarteterweise.

Ich, die ich mich allein auf den Weg gemacht hatte, war diesem Mann begegnet, und auf dem Flur kam ich mir vor wie auf der Straße. Einmal jemandem, der einem begehrliche Blicke zusendet, ganz und gar ergeben sein... das, was man sich auf der Straße nie erlauben darf, hier ist es möglich, und als er mich so gegen die Wand drückte, regte mich das ganz ungeheuerlich auf. „Kommst du oft her", wisperte er mir fast unverständlich zu. Ich muß ihn auch sehr erregt haben.

Aber jetzt kam A. dazu, ergriff meine Hand und zog mich weg. Er sagte mir, daß ich nichts mit Männern machen dürfte, die ihm nicht gleichzeitig ihre Frau zur Verfügung stellen. Das leuchtete mir ein. Aber irgendwann, ich weiß nicht, ob A. die Chatte der Frau dieses Mannes bearbeitete, habe ich ihn suciert, mit Erfolg. Später trafen wir uns nochmal im Gang und lächelten uns an.

Der andere Monsieur, der mit der Lesbe, hatte sich auch schon herangemacht, ohne daß es mir klar war. Einmal kam ich an seinem Lager vorbei, er griff nach mir und küßte mich. Eigentlich war der Kuß ekelhaft. Die Zunge war viel zu groß, ich erstickte fast daran, er flüsterte etwas, ich verstand es nicht so genau, aber ich glaube, er wollte wissen, wieviele Male ich hintereinander jouieren könnte... Und wieder kam A. dazu, griff nach meiner Hand und zog mich weg. Dieser Mann war mir in seiner übermäßigen Lasterhaftigkeit richtig unheimlich, aber ich fühlte mich schlimmerweise gerade davon angezogen. Später schaute ich zu, wie er sich von zwei Frauen bedienen ließ. Ich lehnte am Kamin und rollte absichtlich ein wenig mit den Hüften. Er sah meinen Blick. Der war unbarmherzig. Ich wollte ihn verrückt machen. Und das ist mir auch gelungen, denn er folgte er mir wie hypnotisiert nach in das finsterste Gemach. Dort fing er gerade an, meine Pobacken abzulecken, als wieder A. dazwischen kam und mich wegzog. Der Lasterhafte sagte zu A. „pardon" und wich zurück. Woher kommt nur meine unheimliche Veranlagung, daß mich das Übelste am stärksten anzieht? *Je ne sais pas.*

Ich folgte A. hinunter in die Bar. Dort setzten wir uns neben ein Paar. A. versuchte, die beiden ins Gespräch zu verwickeln, aber sie waren zu schüchtern, und schließlich entkamen sie uns auf die Tanzfläche. Sie tanzten sehr schön miteinander. A. und ich hatten wieder diese Mini-Bademäntel an. Plötzlich zog er mich an sich, schob den Frottée-Stoff beiseite und forderte mich auf, ihn zu sucieren. Das ist unten im Barraum eigentlich nicht üblich. Aber A. liebt ja die unmöglichen Situationen und nichts scheint ihn mehr zu erregen, als Publikum zu schockieren. Bei all unseren Partouze-Besuchen war es nur ein einziges Mal vorgekommen, daß unten in der Bar Liebe gemacht wurde. A. hatte die Barfrau, diesmal war sie nicht schwarz sondern gelb, bei unserer Ankunft danach ausgefragt. „Das ist eigentlich selten", hatte sie geantwortet, „aber wenn ein Paar damit anfängt, machen es plötzlich alle." Das war an diesem Abend nicht der Fall.

A. und ich kehrten zurück zur Etage der Lager. Neben die Schweden, die sich seit Stunden nicht vom Fleck gerührt hatten. Bei den Partouzen läuft alles sehr sensibel ab. Niemand ist niemals aufdringlich, alles geschieht leise, vorsichtig und rücksichtsvoll. Das „Paar" ist unantastbar in seinen Rechten. *Sie* macht nichts, was *er* nicht will, und *er* läßt nichts mit *ihr* machen, was sie nicht will. Und niemand will etwas, was der andere nicht auch will. Die Schweden wollten niemand anderes als sich selbst.

Nicht so A. und ich. Neben den Schweden kam es zu einem unglaublichen Höhepunkt: Ich hatte A.s Glied im Mund, während er eine andere Chatte sucierte, wurde ich penetriert, bearbeitete währenddessen mit der rechten Hand noch ein anderes Glied und streichelte mit der linken den Busen der von A. Sucierten. Da war vielleicht was los an Stöhnen und Keuchen, wunderbar.

Danach lag ich eine Weile ruhig in A.s Armen. „Wollen wir jetzt nach Hause gehen", fragte er. Wir machten zum Abschluß noch einen Rundgang. Er kniff mich in die Seite. „Wenn du da deine Sachen anziehst, dann geh doch noch mal an den Schweden ran", flüsterte er teuflisch, „küß ihm den Schwanz, das wird die beiden erschrecken." – „Ich trau mich nicht, es ist doch offensichtlich, daß sie allein gelassen werden wollen", entgegnete ich. „Da kannst du mal sehen", sagte A., „Schweden – freie Liebe, im Gegenteil, alles Calvinisten, erschreck sie doch mal!"

Ich ging um das Lager herum, um meine Ohrringe vom Kaminsims zu holen, da gab mir A. einen Schubs. Mein Kopf landete zwischen den Schweden-Beinen, was sollte ich machen, ich sucierte ein wenig an den Schenkeln herauf bis an die couilles (Hoden). Das hat den armen Schweden so erschreckt, daß er mit beiden Händen nach seinem Schwanz griff, um ihn vor mir zu beschützen. A. zog mich an der Korsettaille zu sich zurück, seine Bauchmuskulatur wackelte erheblich, er schüttelte sich in einem seiner lautlosen Lachanfälle.

Wir nahmen den Fahrstuhl zurück zur Erde, der entzückende Schwule half mir in die Jacke, „avec plaisir" (mit Vergnügen), wie er sagte. A. war immer noch am Lachen, selbst im Taxi hatte er sich noch nicht beruhigt, denn er konnte sich nicht entscheiden, was am Schönsten gewesen war an diesem Abend: M.A., den er rumgekriegt hatte, mir aufs Hinterteil zu hauen oder der calvinistische Schwede, den ich in Angst und Schrecken versetzt hatte... Und ich, die ich mich ursprünglich gar nicht gut gefühlt hatte, konnte selbst nicht damit aufhören, wohlig an all diesen Erlebnissen herumzuschmausen.

Am Ende der Welt bekam ich noch einen Whisky, wir jouierten gemeinsam und schliefen ein. Es war wirklich spät. A. hatte den Radiowecker abgestellt. Am Sonntagmorgen holte er frische Croissants. Statt Tee trank ich diesmal Milch-Kaffee, stippte das Croissant ein, auf dem antiken Holztisch war keine Tischdecke, jeder hatte sein eigenes Tablett, und wir mußten immer noch lachen.

Und schon wieder möchte ich schreiben: A.– mon-amour ....

Eine neue Stunde der Wahrheit rückte mir unweigerlich entgegen: Mein Cinématon sollte im Kino gezeigt werden. Am Stadtrand von Paris, in Le Blanc Ménil, kurz vor dem Flughafen Charles de Gaulle, gibt es ein Kunstkino. Ich bekam eine Einladung vom Film-Avantgardisten G.C., dessen Arm wieder gesund ist, adressiert an meine Pseudonym-Identität. Aus seinem Endlosfilm von über 100 Stunden hatte er die „Klassiker" auf 4 Stunden herausgeschnitten. Nach Berühmtheiten wie z.B. Claude Chabrol, Wim Wenders und Jacques Lang sollte *mein* Cinématon als letztes erscheinen.

Große Ereignisse werfen ihre Schatten voraus. Schon eine Woche vorher geriet ich in Panik, denn A. konnte mich nicht zur Vorstellung begleiten. Außer dem rein technischen Problem, wie ich dorthinkommen sollte, an dieses andere Ende der Welt, Taxi würde ein Vermögen kosten, quälten mich die unterschiedlichsten Phantasmen. Mein Hinterteil, mein Gesicht mit den verbundenen Augen, der Patzer beim Aufstehen und Umdrehen, meine Ohrringe, die fingerlosen Spitzenhandschuh, mein Alter, meine Haut, alle Details des Drehabends kugelten mir durch den Kopf wie die numerierten Lotto-Bällchen im deutschen Fernsehen, bevor die 6 Richtigen von ihnen, zufällig durch die Röhre kanalisiert, ausgewählt sind. Ich hatte Angst davor, mich selbst zu sehen und war zugleich triebhaft besessen vor Neugier. Am Grab der „Größten Hure von Paris" keimte eine frühlingshafte Vision: Vielleicht doch, post-hum?

Krampfhaft kramte ich in dem Fundus meiner Vertrauten nach jemandem, der mir bei dieser öffentlichen Enthüllung meiner selbst ein bißchen Schutz geben könnte. Da wäre die Copine K. in Frage gekommen, aber sie hatte mir doch schon erklärt, daß diese „Dinge" nicht ihr *genre* sind, außerdem war sie verreist. Mein Ex-Mari (Ex-Ehemann) B., mit dem ich mich wieder sehr gut vertrage, war zwar im Lande, aber immer, wenn ich dem etwas von mir erzählen will, hält er sich die Ohren zu. Die Pariser Freunde von A. hatten am Samstagabend ihre eigenen Nannas zu bedienen (il faut les bourrer, les grosses salopes, man muß sie bedienen, die hungrigen Frauen).

Also, es war wie immer, die schwierigsten Klippen muß man allein umschippen. Und eigentlich war mir das trotz aller Angst – oder vielleicht deswegen – zwar am schwersten, aber am liebsten so. Damals am Grips-Theater in Berlin, ich hatte 3 Monate lang in affenartiger Arbeit Bühne und Kostüme kreiert, fand ich mich bei der Premiere allein wieder nach all der Arbeit im Team. Die Freunde der anderen Beteiligten waren alle dort, von meinen konnte keiner (mein Ex-Mari wollte nicht) kommen. Das war nicht das erste und nicht das letzte Mal. Vielleicht ist das so bei mir. Will ich es selbst nicht, oder wollen die anderen meinen Erfolg nicht mit mir teilen? *Je ne sais pas.*

Teilen, was heißt das überhaupt? Teilen ist so ein Grundwort, das in beide Richtungen geht: Freude teilen bedeutet etwas Gemeinsames, aber die geteilte Beute, da wird getrennt. Eines meiner berühmtesten Erkenntnisse (1972) lautet: Durch Teilung kommt man nicht zu Nichts, was sich anhand der Bruchrechnung leicht belegen läßt und von der Atomkernspaltung bestätigt wird. Heute möchte ich ergänzen: Teilen macht alles einfach nur kleiner und bedeutet „Vervielfältigung", nicht im Sinne von Kopien des Ganzen sondern von Zersplitterung in einzelne Partikel. Vielleicht habe ich instinktiv meine großen Momente wegen ihrer eigentlichen Banalität nicht teilen wollen, weil jeder Mensch, oder besser so ein Mensch wie ich, doch auch manchmal etwas „Ganzes" braucht, und meine Freunde, die Fremden, würden meine Sensationen nur relativieren und banalisieren. Dann wäre meine Klage eitel.

Schließlich fuhr ich doch mit dem Taxi zur diesmal *öffentlichen* Stunde der Wahrheit. Mêtro, Vorortzug und Bus, nein, das ging nicht. Am Taxenstand an der Opéra hatte sich kurz vor 20 Uhr eine Schlange von 22 wartenden Menschen aufgestaut. Ich reihte mich ein, als 23ste. In der Hand hielt ich das Programm und die Einladung mit dem Plan, wie man mit dem Auto zum Kino kommt. Alles flatterte. Meine Knie zitterten, der Kopf tat mir weh, aber am schlimmsten waren die Magenschmerzen. Ich dachte daran, daß es noch vier, fünf Stunden dauern würde, bis ich mir selbst sagen könnte: Calme-toi mon amour, c'est fini (beruhige dich, meine Liebe, es ist vorbei). Jetzt mußte ich, eins nach dem anderen, erstmal dorthin kommen.

In Paris, wie überall auf der Welt, gehört Taxifahren zum Dienstleistungsgewerbe. Aber hier, siehe da, bestimmen die Dienstboten, was sie leisten wollen. Ein Taxi kam an und der Fahrer schrie in die Menge der Wartenden: „Porte de la Villette, personne pour la Porte de la Villette?" (Will jemand zur Porte de la Villette, ich fahre nur in noch in diese Richtung!) Ich, die Nummer 23, wartete eine Weile ab, um den Menschen aus der Schlange nicht zuvorzukommen. Dann schrie ich „Blanc Ménil", denn laut Stadtplan liegt das dicht hinter der Porte de la Villette. „Je suis à vous, Madame, montez!" (zu Ihrer Verfügung) rief er, ich stieg ein und hatte wieder einmal Glück gehabt.

Trotzdem kam ich etwas zu spät in den Kinosaal. G.C. war schon dabei, dem Publikum das Prinzip seines Cinématon-Endlosfilms zu erklären. Er sagte etwas über Narzismus. Sein Konzept wäre, dem Narzißmus der Künstler ein Forum zu bieten. Deswegen kämen im Cinématon nicht Leute von der Straße vor wie bei der „versteckten Kamera". In seinem Cinématon würden sich nur Menschen darstellen dürfen, denen er eben diesen Narzißmus unterstellt. Ich erinnerte mich an seine Flucht vor dem Dreier-Sex in A.s Wohnung nach dem Drehen meines erotischen Cinématons. G.C. ist selbst ein Narziß in Reinkultur. Der Kinosaal war voller, als ich es erwartet hatte.

Schließlich ging der Film los. Es ist sehr merkwürdig, wie unterschiedlich lang dreieinhalb Minuten erscheinen können, je nach dem, was da geschieht. Die meisten Cinématons waren gewollt oder unfreiwillig komisch. Ein belgischer Cinéast lieferte einen supergekonnten Slapstick: Seinen Kampf mit einer Kaffeemaschine. Das war richtig gut und saukomisch. Der Maler Monori stellte sich sehr subtil, sehr ruhig und zugleich verschmitzt dar, in einem weißen Hemd vor weißem Hintergrund. Sein Teint entsprach der „holländischen Hautfarbe" von den alten Meistern, erst nahm er einen dunklen Hut und setzte ihn in vollendetem Bewegungsablauf auf den Kopf, dann kam eine Brille dazu. Das reichte aber nicht an Aktion, die Zeit war noch nicht um, sein Mund verriet Regung: Er zog sich in ein subtil-verlegenes Lächeln. Trotzdem verlor Monori die Ruhe nicht. Er fing sich wieder ein in den souveränen Ausdruck und machte alles noch einmal, nur rückwärts.

Jack Lang versuchte immerzu, wie ein ernsthafter Politiker auszusehen und sich gegen das immer wieder durch seine Gesichtszüge kriechende Grinsen zu wehren. Im dunklen Kinosaal mußte ich die ganze Zeit denken, der geht auch zu Orgien...

Am nichtssagendsten war Wim Wenders. Der machte dreieinhalb Minuten lang gar nichts. Verschenkte Zeit. Wim hatte „Null" zu geben. Nicht so wie Samuel Beckett. Der Kommentar zur Erstaufführung seines Theaterstücks „Warten auf Godot" lautete: Es geschieht nichts, und das dreimal hintereinander. Das Nichts von Beckett ist aber proppenvoll im Gegensatz zu dem von Wim Wenders.

Nach der Pause, in der es Champagner gab und ich G.C. begrüßen konnte, er sagte mir leise „bravo", denn er kannte ja bereits mein Cinématon im Gegensatz zu mir, folgten die erotischen Selbstportraits. Einer lag nackt auf dem Bett und steckte sich ein Thermometer in den Hintern, ein anderer machte die Hose auf und zeigte seinen Sex. Er versuchte, an sich herum zu manipulieren, sich selbst zu erregen. Das gelang ihm aber nicht. Er hatte ein problematisches, unschönes Glied. Eine Künstlerin aus der ehemaligen DDR hatte sich das Gesicht halb bemalt mit abgeblätterten Tapeten- und Spitzengardinen-Ornamenten. Durch ihre zerzaust langen, dunklen Haare kroch eine weiße Ratte. Eine andere Frau schmuste mit ihrem Pferd und teilte mit ihm einen Apfel.

Vor meinem, dem letzten Cinématon, stellte sich eine Statistikerin dar: Sie saß in einem grünen, englischen Sessel. Die Hand einer unsichtbaren Person reichte ihr eine Kerze, sie schüttelte den Kopf, eine Wurzel, sie schüttelte den Kopf, eine Gurke, usw, bis die Banane kam. Die nahm sie, zog genüßlich die Schale an allen Seiten herunter, die fremde Hand kam mit einer Spraydose ins Bild und tat Sahne auf den Gipfel der Banane. Die Frau nahm sie in den Mund, so wie einen Schwanz. Ich kannte den Sessel, ich kannte die Hand und erkannte den Regisseur. Mir blieb die Luft weg, das war die Handschrift von A.

Danach bildete mein Selbstportrait den Schluß. Der Kino-Saal hatte sich ziemlich geleert, kein Wunder, es war bereits halb zwei Uhr nachts, als ich mich endlich auf der Breitwand sah. Frontal. Mit der schwarzen Augenbinde, den Ohrringen... Vom Korsett sah man nur die schwarzen Träger und das Dekolleté, A.s Hände, die mich würgten, dann, und das hatte ich vergessen, band er mir ein anderes Tuch durch den Mund, und griff in die Haut meiner Wangen. Das macht er sonst immer, bevor er mir ins Gesicht schlägt. Wahrscheinlich war er nahe daran gewesen, mir eine seiner gutgezielten baffes zu verabreichen, aber er tat es nicht. Mein erregtes Atmen bebte durch die große Leinwand. Das Fesseln der Hände war nicht im Bild. Die Kamera zeigte nur den Kopf und das Dekolleté, dem Zuschauer war aber klar, daß da etwas vor sich ging, man wußte nur nicht, was. Man sah mein Beben und spürte die Aura der Unterwerfung so direkt, so pur, so identisch, daß es plötzlich ganz still wurde im Saal. Mir fiel dazu nur die Stecknadel ein, die man fallen hören kann.

Daß ich meinen Auftritt spannend finden mußte, ist nicht verwunderlich. Aber da, auf der Leinwand spielte sich so etwas Echtes ab, das hatte mit dem Spiel und der scheuen Komik aller anderen Szenen nichts zu tun. Der Patzer beim Aufstehen und Rumdrehen fiel überhaupt nicht auf, man sah nur plötzlich die gefesselten Hände, aha, das war also geschehen, für einen Moment kam die Korsettaille ins Bild und zwar von der Seite. Ich war begeistert, da beulte sich kein unschöner Bauch, vielleicht, weil die hochgezogene Fessel an den Handgelenken den Körper streckt. Und dann das Hinterteil. Bleich und wirklich nicht mehr ganz jung. Der Stringslip, A.s Hände, die meine Fesses kneteten, ich hatte das als Streicheln empfunden. Das Herunterreißen des Slips, perfekt gemacht. Dann die dunklen Leder-Enden des Martinet, der Peitsche. Die Haut vibriert, rote Striemen zeichnen sich ab. Zwischen den Streichen greift die Hand immer wieder ins Volle und knetet die Materie. Zum Schluß gibt es einen hungrigen Kuß mitten hinein, dann bleibt das Bild des Hinterteils in den Farben der Züchtigung einen Moment lang stehen.

Gleich danach ging im Kinosaal das Licht an. Ich befand mich in einem völlig verrückten Zustand. Mein Cinématon hatte mir gefallen, auch wenn es mir die

Vergänglichkeit meines Hinterteils deutlich vor Augen gehalten hatte. Mir war klar, daß alle noch verbliebenen Zuschauer im Saal mich wiedererkannt hatten, obwohl ich vorsichtshalber die Ohrringe und die Spitzenhandschuhe abgenommen und in der Jackentasche versteckt hatte.

Das Allerschlimmste war, daß ich jetzt mitten in die Runde der noch Anwesenden blitzschnell mein Anliegen formulieren mußte: Die Frage, wie ich nach Hause kommen sollte, von diesem anderen Ende der Welt, ohne Auto, Taxis gibt's da nicht mehr, hatte mich den ganzen Abend hindurch beunruhigt. Ich mußte also die Stimme erheben in dem Saal, bevor alle Leute auseinanderdriften würden: „Est-ce qu'il y a quelqu'un qui peut me prendre pour rentrer à Paris?" (Kann mich jemand mitnehmen zurück nach Paris.) Im Französischen kann das Verb „prendre" zwar „mitnehmen" bedeuten, zugleich aber auch das einfache „nehmen". Diese Sprache hat ihre Geheimnisse, ich habe also in Wirklichkeit gefragt, ob mich jemand „nehmen", haben wollte...Dabei war ich doch sicher, daß mich alle erkannt hatten.

Schließlich fand ich mich im Auto des Cinématonschöpfers G.C. wieder, zusammen mit dem Kinoprogrammgestalter, seiner Freundin und noch einer Frau, von der ich nicht wußte, ob sie G.C.s Freundin war. Alle schielten mich verstohlen von der Seite an. Natürlich wurde über das letzte Cinématon geredet, sehr vorsichtig. Weil die Franzosen immer und über alles diskret sind, wandten sich die Fragen an G.C.: „Hast du diese Frau gebeten, sich so zu zeigen?" Und wenn einem gar nichts anderes einfällt, dann sagt man: „Das war sehr mutig." G.C. antwortete korrekt. Im Cinématon macht jeder was er will. Er, der Filmer, nimmt keinen Einfluß. Und dann erklärte er, daß es eben Leute gibt, die sich gern malträtieren lassen, und schließlich hätte man ja an der Augenbinde erkennen können, daß diese Person nicht erkannt werden wollte. Das war aber ganz falsch. Die Augenbinde ist doch in erster Linie dafür da, daß „die Person" sich außerhalb des gewohnten Zusammenhangs fühlen kann, frei von der Welt, allein im Universum.

In Wirklichkeit saß ich aber im Auto, dichtgedrängt. Irgendwo in Paris, an einem Taxenstand hinter der Bastille setzte G.C. seine Fahrgäste aus. Zu mir sagte er zum Abschied nochmal leise: „Bravo." Er wohnt im Vorort St. Maurice. Mittlerweile war es viertel nach Zwei. Trotzdem bekam ich ein Taxi, man ließ mir das erste, das vorbei kam. Um halb drei war ich zu Hause, setzte mich an meine Bar in der Küche und konnte nicht aufhören, über die Cinématons, die unterschiedlichen Selbstportraits, nachzudenken. Meins war wirklich gut. Kein Wunder, daß G.C. es an den Schluß montiert hat. Es war so echt, so gelebt, wie überhaupt kein anderes. Ich war stolz und so ungefähr um halb fünf Uhr morgens fand ich endlich ins Bett.

Erst am nächsten Tag konnte ich A. über mein geheimnisvolles „Selbst-Erlebnis" berichten. Er hatte bereits mit G.C. telefoniert und war über alles im Bilde.

Wiedereinmal mußte ich nach Hamburg fahren, diesmal sogar für zwei volle Wochen. Mit A. hatte ich vereinbart, daß er am letzten Wochenende auch dorthin kommen sollte. Nicht nur, um mich abzuholen, sondern um endlich meine einzige, wirkliche Freundin G. kennenzulernen. G. hatte ich vom ersten Tag an in diese Geschichte eingeweiht. Nur sie allein. Ich hatte A. viel von ihr erzählt, er war neugierig und ganz versessen darauf, sie endlich kennenzulernen. Da es sich nicht ergeben hatte, daß sie nach Paris kommen konnte, mußte der Berg zum Propheten...Außerdem wollte mein lieber Freund W. an diesem Wochenende ein großes Fest geben, Anlaß für G., aus Berlin nach Hamburg anzureisen.

Trotzdem hatte ich große Zweifel, ob es richtig sei, A. in meine deutsche, Hamburger Welt mithinüberzunehmen. Die Erfahrung kennt auch die Kirche, die man im Dorf lassen soll. Hamburg, meine alte Geschichte, ich habe dort eine selbständige, völlig andere Identität als in Paris. Und ich habe dort meinen „treuen" Heinrich Herz. Vielleicht ist er mir in ähnlicher Weise treu und untreu, wie ich ihm. *Je ne sais pas*. Hinter den Zärtlichkeiten geht jeder seiner Wege. Ich kenne die Pflanzen seines Waldes nicht, nur die Lichtungen. Und niemals hat er mich mit mißtrauischen Bemerkungen oder gar Verdächtigungen zu quälen versucht. Ob er sich überhaupt Gedanken darüber macht, was ich in Paris treibe, wird mir ein ewiges Rätsel bleiben. Auch wenn es mir einmal, ganz zu Anfang der Aufregungen durch A., ein Bedürfnis gewesen ist, ihn in all das einzuweihen, bin ich heute froh, daß ich mein eigenes Gesetz des Fremdbleibens eingehalten habe. Man trägt schwer an den Geheimnissen. Sie verdammen einen tiefer und tiefer in die baumrindenrauhe Wildnis, in der das Überleben unmöglich ist, wo man sich einzurichten hat zwischen der Hilflosigkeit vor eiskalter Bedrohung und dem königlichen Gefühl der unendlichen Weite des Raumes. Wo Leben und Tod eins sind. Da braucht es keine Entscheidung.

Ich hatte in diesen 14 Tagen viel zu tun. Dabei mußte ich ständig gegen die nordländische November-Müdigkeit ankämpfen. Aber diesmal fühlte ich mich in Hamburg willkommen. Die Schwierigkeit lag darin, 2 Geliebte wiederzusehen, die nichts voneinander wissen, meine Familie nicht zu enttäuschen, meinem Hamburger Vermieter, seiner Frau und seiner hochbetagten, liebenswerten Tante einen Besuch zu machen, einen Kurzbericht für meinen guten, alten Psychiaterfreund M. zu formulieren (sein Kommentar lautete: All das erstaunt mich nicht), meine Computerprobleme zu lösen, meine Kunst zu vertreten, 2 Skulpturen zu reparieren, auf dem Ortsamt einen anständigen Eindruck zu machen, um die neuen Ausweise zu erhalten, die jetzt bis zum Jahr 2001 gültig sind (was für eine Überraschung!), Bank- und Zoll-Angelegenheiten zu regeln, in der Innenstadt ein Gästebett zu kaufen, mit dem Taxi nach Hause zu bringen und Stufe für Stufe wie gestohlene Beute in den 2. Stock zu bugsieren... für A., mon amour.

Er kam am Freitagabend an, ich holte ihn am Flughafen ab. Die Maschine war pünktlich gelandet, und er kam als erster durch die Sperre. Mein Glückskäfer mit Handgepäck. Ich wußte, was darinnen war: Die schwarze Seidenbinde für die Augen, das Martinet und Stricke zum Fesseln...

Ich hatte für meine Freundin G., A. und mich einen Vierertisch reserviert im Restaurant an der Alster, ab 8 Uhr, denn Freund W. wollte unbedingt später dazu kommen. Wie sehr hatte mich die Organisation für A.s Besuch und das Zusammentreffen mit G. in Anspruch genommen. Warum hat es mir so sehr am Herzen gelegen, daß meine liebe Freundin G. den Hauptdarsteller meines Pariser Lebens kennenlernt, *je ne sais pas*. Doch, ich weiß es. A. wollte es mit mir und G. zu dritt treiben. Und sie wußte das auch.

Jedenfalls, nachdem ich A. meine Hamburger Wohnung gezeigt hatte, (der Untermieter war so nett, sich an diesem Wochenende auszuquartieren), A. mich auf dem fremden Untermieter-Ledersofa suciert hatte, dort, wo ich früher meine Bilder gemalt habe, warteten wir auf meine Freundin G. im Restaurant über eineinhalb Stunden lang. Sie wollte vom Flughafen direkt dorthin kommen.

Gerade, als A. und ich wegen der enormen Verspätung unruhig wurden, kam G. ganz allein über die glitschigen Planken der Anlegerbrücke an der Alster herangeschlichen. Ich sah sie bereits durchs Fenster, stand auf, und wir fielen uns in die Arme.

G. war völlig durchgefroren, sie hatte eiskalte Hände. Ich wechselte den Platz am Tisch, so daß sich G. und A. gegenüber sitzen konnten, ich saß neben A. Oder saß ich neben G.? Ich weiß es nicht mehr. Ich glaube, ich saß erst neben G., und erst später neben A., denn als W. kam, saß ich ihm gegenüber, und ich weiß sehr genau, daß er neben G. saß.

Das war meine erste Begegnung mit den einzigen Eingeweihten: G. wußte alles über A. und mich, W. fast alles. Vielleicht ist es diese völlig verrückte Mischung aus Mama und Hure, die meine liebste G. und ich auf sehr unterschiedliche Weise ausleben, und die sie mir so vertraut macht: Sie ist eine Mama und eine Hure, ich bin eine Keine-Mama und eine Keine-Hure. Ich bin mittelmäßiger als sie. Ich liebe sie für ihren Mut. Nein, in ihrem Fall ist es gar kein Mut, es ist Zwang. Sie kann nicht anders. Sie „muß" Großes tun. Sie hat Schwierigkeiten damit, das habe ich begriffen, sie zweifelt an sich herum bis zur Krankheit. Aber ich, ich muß für mein kleines Leben Mut aufbringen. Manchmal fehlt mir die Kraft. Wieso muß ich immer alles mit Kraft machen? Wieso kann ich nicht sein wie die Seine oder wie die Elbe, ein Fluß, der in seinem Bett bequem zum Meer fließt?

Heute weiß ich zum Beispiel nicht, was mit der Copine K. los ist. Ich habe keine Neuigkeiten von ihr und weiß genau, daß sie ihrerseits, sehr geradeheraus, immer Nachricht gibt. Ist sie vielleicht im Krankenhaus? Ist sie schon tot? Hat sie aufgegeben? Soll ich nachfragen? Vielleicht will sie, daß ich ihren Freund anrufe, damit er sich Sorgen macht, während sie in Sicherheit ist. Nein, das mache ich nicht.

Dort im Restaurant am Anleger in Hamburg unterhielten sich A. und G. prächtig, W. warf mir Blicke zu von ganz weit her. Ich ließ ihm gern den Raum für die Entfernung. Für mich liegt aller Zauber in der Fremdheit. Nur Fremde können sich nah sein ohne sich zu verletzen, ohne sich zu enttäuschen. Freundin G. ist bereits so fremd in der Welt, daß es ihr nichts ausmacht, sich unschicklicherweise in der Öffentlichkeit des Restaurants die Strickjacke aufzuknöpfen und ihren stattlich gefüllten, sehr schicklichen schwarzen Büstenhalter zu zeigen. Ich bewunderte sie. W. schien zu solchen Darbietungen eine Haltung gefunden zu haben, A. rückte sich zurecht, dort wo er sich sicher fühlt, und das kann überall auf der Welt sein, auch am Anleger an der Alster, in der nordischen Stadt Hamburg: Sein Reich ist das fremde Land der Frauensehnsucht.

W. verabschiedete sich. A. und ich konnten G. dazu überreden, noch „auf ein Glas" mit in meine untermieterfreie Wohnung herauf zu kommen. In der Küche vor dem Kühlschrank, aus dem ich eine Weinflasche genommen hatte, kniete G. nieder, um A. zu sucieren. Mir befahl er, bevor ich noch den Korken ziehen konnte, „Lèche-moi les couilles." (leck mir die Hoden.) Ich kniete mich hin, neben meine Freundin, und machte mich auch an ihm zu schaffen. G. und ich tauschten einen Blick aus, kann man das einen Blick nennen? Wir sahen uns in die Augen, ja, aber was sieht man da? Wenn A. mir in den heiklen Situationen befiehlt, die Augen zu öffnen, und wir uns ansehen, dann sieht man „den anderen Menschen", mit dem völlig veränderten Gesichtsausdruck. G. hat mich so gesehen, ich sie auch, was hat sie wohl in A. gesehen? Hat sie ihn überhaupt gesehen?

Plötzlich sagte sie zu mir „ich verblute", ich stand auf und holte Tampons. Sie mußte darüber lachen. Aber sie machte weiter und ich auch. Ich wollte, daß A. und G. sich miteinander vergnügen, warum? *Je ne sais pas.*

Dann ging es in meinem Zimmer weiter, auf dem neuerstandenen Gästebett. A. saß auf G. und gab ihr gehörige Ohrfeigen. Sie keuchte fürchterlich, ich saß auf der Bettkante und streichelte ihre Schenkel. Ihr Atem rasselte, ich sah ihr Gesicht, und ich sah A., der um seinen Orgasmus kämpfte, bis er schrie „prends tout, je t'envoie mon foutre, salope" (nimm, nimm alles, geliebte Schlampe). Er entlud sich über ihrem Gesicht, sie hielt den Mund geöffnet, die Zunge bewegte sich, um einen guten Eingang zu gewähren, die unteren Vorderzähne zu verdecken, die vielleicht wehtun könnten wie ein Lattenzaun. Ich dachte an mich. Wie oft hab ich genau das getan. Und es sah schrecklich aus. Machte mir das Angst? *Je ne sais pas.*

Das feuchte Zeug blitzte in ihrem erschöpften Gesicht um die Wette mit dem Glanz ihrer schönen Augen. Ihr Atem krachte nur so, und plötzlich wußte ich nicht mehr, ob sie glücklich oder in Lebensgefahr war. „Du mußt sie küssen, bitte, sei lieb zu ihr, ich glaube, sie fühlt sich nicht gut", brachte ich hervor. A. wandte mir sein Gesicht zu, wie von einem anderen Stern, so als hätte er den Sinn meiner Worte nicht verstanden. Aber er gehorchte. Er liebkoste sie, und ich fühlte mich erleichtert. Er war noch ganz benommen und wollte unbedingt ihre Chatte sucieren. Aber sie entzog sich und verschwand. Während er mir tüchtige Ohrfeigen verabreichte, so als wäre etwas für ihn nicht ganz aufgegangen, verließ sie heimlich das Appartement. Aber sie konnte nicht zur Haustür hinaus, die ist nur manuell mit dem Schlüssel zu öffnen. Also mußte sie wieder raufkommen, klingeln, ich rief ihr ein Taxi, und brachte sie im Bademantel hinunter. Im Bademantel. Meine Wohnung, mein Haus, mein Vermieter, meine Straße, alles war außerhalb.

Merkwürdigerweise hatte A. entschieden, das neue Gästebett zu nehmen, obwohl ich das ausgeklappte Sofa neu bezogen hatte, weil es breiter ist. Er sollte es besonders bequem haben. Auf dem Gästebett lag mein Bettzeug. Er zog mich zu sich heran, umfing meinen Rücken und schlief ein. Ich nicht. Nach einer Weile entzog ich mich seinen warmen Armen. Wieviele Frauen träumen von der Zärtlichkeit der Männer! Ich mußte flüchten. Ich mußte mich entziehen, nein, das ist wirklich das falsche Wort. Ich entziehe mich nicht. Ich muß nur zurück in meinen kalten Wald, in meinen Raum, der sich weder in den Armen von A. noch an irgendeinem Ort dieser Welt befindet.

Ich löste mich aus seiner Umarmung, holte mir etwas zu trinken und legte mich auf das Sofa. Von dort aus starrte ich durch das Fenster ohne Vorhänge in den Hinterhof voller Gärten und fixierte den Baum vor dem Fenster. Nichts macht mir der Vollmond aus, aber er muß es gewesen sein, der mir in dieser Nacht soviel zu sehen gab.

Der Baum, vom Typ Kastanie, jung, es gab gelbe Blätter, ohne Wind. In meiner eigenen Wohnung mit Untermieter hatte ich Angst davor gehabt, mich zu fremd zu fühlen. Aber dieser Baum, immer wieder dieser Baum mit den Herbstblättern, in seiner Ruhe, erschien er mir tröstend, näher und in seiner Fremdheit beschützender als all die vertrauten Freunde und Freuden?

Weißt du, was du mir bedeutest? Nein, ich will es nicht wissen. Bedeute mir nichts, ich bitte dich. Ich bitte dich, vergiß mein, mein, mein....mein was? *Je ne sais pas.*

Hamburg ging weiter. Am nächsten Morgen besichtigten A. und ich einige „Kunst-am-Bau-Beispiele". Zu Fuß führte ich ihn vom Metropolis-Kino durch die Innenstadt. „Jungfernstieg" übersetzte ich ihm als „Avenue des Vierges". Ich lotste ihn durch die Galeria, um ihm den Blick auf die Fleete nicht vorzuenthalten. Dort war es etwas wärmer, denn dieser Tag war so neblig und eisig-kalt, wie es nur in Hamburg im November sein kann. Er sah die Fleete. Am Rathaus („c'est l'Hôtel de Ville!") stiegen wir in die U-Bahn, die gelbe Linie U-3, die hinter dem Rathausmarkt unter der Erde hervorkriecht und den Blick frei gibt auf die schöne Speicherstadt im Freihafen. Rödingsmarkt, Baumwall, Landungsbrücken, es gibt keine bessere Hafenrundfahrt zu Luft und Lande als mit der gelben

Linie U-3. Bis jetzt habe ich nirgends auf der Welt so sehr das Gefühl gehabt, daß eine U-Bahnfahrt ihr Geld wert ist.

Landungsbrücken stiegen wir aus. Ja, dort in den kalten Sandsteinmauern ist der Eingang zum Fahrstuhl für den Tunnel, der unter der Elbe hindurchführt. A. war begeistert. Er kannte einen Kriminalfilm, der dort gedreht worden war. Zu Fuß ging es am Tropenkrankenhaus vorbei in die Davidstraße. So gut ich konnte, weihte ich A. in die klassischen Probleme der Hafenstraßenhäuser ein. Wir gingen am Cuneo vorbei. Ich erklärte ihm, daß dieses Lokal das erste italienische Restaurant in Hamburg gewesen sei und ein legendärer Treffpunkt für Künstler, gerade so, als handelte es sich um ein Denkmal. Innerlich mußte ich darüber lachen. Bevor ich nach Paris gegangen bin, habe ich ganze 7 Jahre lang allein in Hamburg verbracht, und ich muß sagen, das Cuneo hat in dieser Zeit für mich eine wichtige Rolle gespielt.

Dort hat mich mein (jetzt) guter Psychiater-Freund M. eingeführt, mein erster Liebhaber T. ins Hinterteil gekniffen, was die ganze „Affäre" ausgelöst hat, dort saß ich eines Abends mit der Flamme meines Ex-Mari B., sie wollte erkunden, ob es mir etwas ausmacht, wenn sie mit ihm..., dort hab ich mit den Kompagnons „meiner" Galerie gesoffen: Der polnische, Wiener Maler schrie den eitlen, schädelrasierten Professor von der Hamburger Hochschule für Bildende Künste (meiner Heimat von damals) an, „ich hau dir auf die Glatzen", dort, am runden Tisch, weinte Lucio, der ewig depressive Gast, seine obligatorische Träne, dort dudelte die Musikbox „I just call to say, I love you"... Dort lernte ich Marcello kennen, das Sprachgenie, er war der Küchenjunge. Die italienische Mannschaft des Lokals wollte nicht, daß etwas zwischen uns sein sollte. Marcello hieß er. Marcello.

Ein einziges Mal gab es einen Kunstmarkt in Hamburg. Ausgerechnet zu dem Zeitpunkt als „meine" Galerie wegen Umzug und sonstigen Problemen keinen

Boden unter den Füßen hatte. Mit dem Wiener Kompagnon war ich auf der Messe gewesen. Anschließend trafen wir die Mailänder Galeristen dort im Cuneo. Und es gab einen wilden Tanz. Aber so, daß die Wände wackelten. Die Hamburger Italiener des Lokals baten mich darum, die ihnen gut bekannte, italienische Mentalität etwas weniger zu animieren. Ich war natürlich einverstanden. Und dann gab es eine sehr merkwürdige Situation. Der Mailänder Boss, der seinen Kompagnon vorgeschickt hatte, mir zu Füßen zu tanzen, denn die Italiener fallen nicht plump, der nahm seinen Hut, als ich gerade nach Hause gehen wollte. Der Boss war offensichtlich zu dem Schluß gekommen, daß ich zur richtigen Temperatur angeheizt war, um ihn mit nach Hause zu nehmen. Da trat Marcello ein. Diesmal sah er nicht wie der Küchenjunge aus sondern wie ein Intellektueller. Und ich blieb im Cuneo. Der Mailänder Boss verließ das Lokal, um einige Minuten später wieder einzutreten. Mir war klar, daß unser Mißverständnis seine südländische Männlichkeit beleidigt hatte. Sein Tänzer und er schenkten mir keinen Blick mehr, sie vergnügten sich vor der Musikbox mit anderen hungrigen Frauen zu den Klängen des Songs „Il masci...."

Marcello nahm mich mit in eine völlig armselige Bleibe, gerade gegenüber dem Cuneo, in der Davidstraße. All meine bürgerlichen Geliebten waren mir plötzlich egal. Wir schliefen zusammen in dieser heruntergekommenen Absteige. Danach nahm ich ihn mit zu mir nach Hause, und wir trieben es noch einmal. Marcello, das Sprachgenie, redete plötzlich französisch. Er war der andere Mann neben A., der zu mir sagte, „mais vous êtes née pour l'amour, Madame."

Ich spazierte also mit A. am Cuneo vorbei, das tagsüber geschlossen ist. Von dort bogen wir in die Herbertstraße ein, die verbarrikadierte Gasse, die für

Frauen und Minderjährige verboten ist. Dort sitzen die Nutten im Fenster wie in Amsterdam. Sie beschimpften mich nicht. A. stellte fest, daß keine einzige von ihnen Strapse trug.

Weiter ging es zum Hans-Albers-Platz, am La Paloma vorbei. Abends stehen hier viele Nutten, aber an diesem grauen Samstagmorgen war der Platz leer. Von hier aus nahmen wir ein Taxi rüber nach Elmsbüttel, wo ich A. ein Stück zu Fuß durch die Bellealliance- und die Fett-Straße führte. Ich wollte ihm das tiefste Elmsbüttel in seiner Ähnlichkeit zum New Yorker „Village" nicht vorenthalten.

Von dort aus nahmen wir wieder ein Taxi zu G., die in der Wohnung einer Hamburger Freundin untergekommen war. Sie hatte ein Frühstück vorbereitet. Wir blieben bis zum Nachmittag. W. kam hinzu, seine Freundin und eine Freundin von G. aus München, die A. so gut gefiel, daß er sie zum Abschied auf den Mund küßte, vielleicht ist sie gar nicht so lesbisch... G. und ich zogen uns einmal allein in einen Nebenraum zurück. „Mit A. könnte es klappen, zu dritt", sagte sie, „das ist sehr selten." Und ich müßte mir niemals Sorgen machen, sie wolle mir keinesfalls Leid zufügen. Wir naschten ein wenig Puderzucker vom Zauberberg und kehrten zur Gesellschaft zurück. A. war inzwischen richtig in Fahrt gekommen, er war der „Hahn im Korbe", und alle konnten genug Französisch, um ihm folgen zu können. Dann fuhren wir zu mir nach Hause, um uns für das große Fest am Abend noch ein wenig auszuruhen. Nachdem er es mir auf dem neuen Gästebett besorgt hatte, schlief A. fest ein. Ich mal wieder nicht.

Am Abend fuhren wir also zu W.s großem Fest mit 400 Gästen. Ich hatte den Eindruck, daß die gesamte Elbchaussee, aber rauf und runter, eingeladen war und ganz Blankenese dazu. Hamburger Bourgeoisie, alle reich und gesund, aber vollkommen unerotisch. Zumindest die männliche Hälfte der Anwesenden, die anscheinend nirgends auf der Welt anders herumstehen können als auf wichtigen Konferenzen, in teuren Hotels, Bankfoyers oder Empfängen im Hamburger Rathaus.

Dort hängen in den gediegen prächtigen Räumen die in Öl gemalten, großen Kaufleute, die Senatoren, aus der Blütezeit der Hanse. Sie haben alle dasselbe an: Zwischen dem talarhaften, schwarzen Gewand, das jegliche Körperkontur verschweigt, und dem detailliert beschriebenen Gesicht entfaltet sich ein enormer, weißer Kreis von Kragen aus feingefältetem, gestärkten Seidenstoff, der ganz offensichtlich den Kopf vom Körper trennt. An der Stofflichkeit der Malweise dieses Kragens kann man den Kunstwert des Bildes, die Meisterschaft des Malers, aber auch die gesellschaftliche Bedeutung des Gemalten erkennen. Es ist, als ob sich die ernsthaften Gesichter, die Köpfe, auf einem Tablett präsentieren, auf einer reinen Serviette. Der Geist erscheint pur. Von Lust keine Spur. Calvinistisch, puritanisch, würde A. sagen. Ich sah all die seriös, elegant gekleideten Männer in ihren Feintuchanzügen, hellen Hemden und dezenten Seidenkrawatten auf dem Fest in dieser Tradition verankert.

Ich hatte W. am Nachmittag gefragt, wie ich mich anziehen sollte: Elegant oder eher komisch? Seine Freundin polterte in die Antwort: „Das ist genau die Schwierigkeit, beides zu vereinbaren." W., der Hanseat, der seine Männlichkeits-Initiation durch eine Weltumsegelung vollzogen hat, antwortete ohne Zögern: „Eher witzig. Elegant sind schon alle anderen." Also hatte ich das angezogen, was ich eigentlich gar nicht wollte. Ich glaube, ich sah aus wie eine einsame Spieldosen-Figur, die sich roboter-mäßig zu Klingklang im Kreis dreht. Ich suchte die Blicke der hanseatischen Männer aus der Ferne. Und ich blieb ihnen fremd.

A. sah etwas ganz anderes in der weiblichen Hälfte der Gäste. Er sah schöne, elegante Frauen mit unendlichem Hunger nach Begegnung, Nähe, Vergnügen, nach der sinnlichen Komponente der Männlichkeit. Nach all dem, was sich unter den dunklen Talargewändern, unter den üppig-stolzen Halskrausen, unter den strengen Gesichtern der im Rathaus verewigten Kaufleute verbirgt. Sie leiden alle unter dieser Tradition, unter ihren Klunkern aus Gold, der Schwere des Reichtums im Ernst. Die Leichtigkeit, mit der ein Franzose sagen kann: „Je vous trouve très belle, Madame"(ich finde Sie schön), oder soetwas, was ich 2 mal hören durfte, („vous êtes née pour l'amour", Sie sind für die Liebe geboren), geht ihren Männern ab. Um so empfindlicher sind sie für jedes Kompliment, für jede kleine Flamme, die ihr Blut erwärmt und das Gold an den Ohren aus der schweren Kälte befreit, so daß es leicht und fröhlich getragen werden und schmeichelhaft blitzen kann. Was soll all der Reichtum, wenn er am Licht spart, die Glieder erstarren läßt und die Bewegung mühsam macht? Jedenfalls sagte mir A.: „Jede einzelne dieser Frauen hätte ich verführen können." Und ich glaubte ihm das aufs Wort.

Das Aufregendste an diesem Abend war für mich die Begegnung mit meinem Ex-Freund B., nein, nicht Ex-Freund, wir haben vereinbart, daß wir uns beide als Ex-Eheleute beschreiben. Ex-Mari B. war mit seiner neuen Frau S. angereist, die genau halb so alt ist wie er und an diesem Abend besonders hübsch aussah.

Ex-Mari B. hat sich ausgebeten, nicht in meinen Aufzeichnungen erwähnt zu werden. Aber bei seinem letzten Besuch hier bei mir in Paris brachte er einen Sinneswandel zum Ausdruck. Und ich glaube, ich komme gar nicht darum herum, mich ab und zu an die langen 13 Jahre zu erinnern, in denen wir uns so nahe waren, daß wir uns insgesamt vielleicht nur 3 oder 4 Mal getrennt haben, und zwar für nicht länger als einen Nachmittag. Irgendwann ging es nicht mehr so weiter. Es gab keine 2 Personen mehr, nur noch die zwei Enden von ein und demselben Faden. Wir trennten uns zunächst nur räumlich. Er blieb in Frankreich auf dem Land, wo wir die letzten 3 Jahre gemeinsam verbracht hatten, und ich ging nach Hamburg zurück. Seitdem schleppt sich ein Trennungsprozeß hin, der soviele Facetten hat wie die 50er-Jahre Spiegelmosaik-Kugel an der Decke vom Aufenthaltsraum des Partouze-Lokals Dix Bis in Paris, Porte Maillot.

Jahrelang pendelte ich zwischen Hamburg und der „Douce France" hin und her. Die Schaffner der Nachtzüge von Hamburg nach Paris, von Paris nach Hamburg, kannten mich schon. An Bahnhöfen bin ich immer so außer mir, daß ich nicht abgeholt werden möchte. Lieber war es mir, ein Taxi vom Gare du Nord zum Café La Liberté am Boulevard Edgar-Quinet zu nehmen, um dort am Montparnasse, wo es immer einen Parkplatz für sein Auto gab, Ex-Mari B. in aller Ruhe wiedersehen zu können. Die Taxifahrt führte jedesmal am Restaurant „Au Petit Riche" (Zum Kleinen Reichen) vorbei. Jetzt bin ich wieder in Frankreich, dachte ich dann. Im Café La Liberté trafen wir uns, dort holte er mich ab, und wir fuhren das letzte Stück Weg aufs Land in seinem Auto, einer schwarzen Déesse, Break versteht sich, wegen der ewigen Bildertransporte. Das Auto hatte ich ihm geschenkt, von meinem ersten Wandmalerei-Honorar bezahlt.

Einmal hatte mein Nachtzug 2 Stunden Verspätung. Bei der Ankunft am Café sah ich B. in seinem Auto, er fuhr direkt vor meinem Taxi. Panisch befahl ich dem Taxifahrer: „Folgen Sie diesem Auto und geben Sie ihm Zeichen zum Anhalten", denn ich dachte, der hat nach 2 Stunden Wartezeit aufgegeben und will nach Hause fahren. Es begann eine wilde Jagd durch Paris, bis B. endlich begriffen hatte, daß er nicht von irgendeinem Verrückten verfolgt wurde. Und es stellte sich heraus, daß er selbst gerade erst angekommen war, nach 2 Stunden Stau auf dem Périphérique, dem stets verstopften Pariser Ring, über den, und nur den, man mit dem Auto reinkommt in die Stadt Paris. Merkwürdigerweise ist es bis heute so geblieben, daß wir wie von Zauberhand in verschiedenen Welten das Gleiche erleben. Deshalb ist dieser Begriff Trennung so schwer zu beschreiben und zu begreifen.

In Hamburg dauerte es genau 2 Jahre, bis ich meinen ersten Geliebten T. gefunden hatte. Ja, gefunden, denn ich hatte jemanden gesucht für meinen Körper, für mein Vergnügen, zum Trost für den strengen Alltag in der kalten Stadt, während B. auf dem Land in der „douce France" leben konnte. Ich erzählte B. nichts davon und pendelte weiter hin und her. Mein erster Geliebter hatte eine „feste Freundin", wir sahen uns eigentlich nur donnerstags, da hatte er seinen „freien Tag", und er wollte selbst, daß alles heimlich blieb. Das kam mir sehr entgegen. Trotzdem plagte mich mein schlechtes Gewissen B. gegenüber. Der erste Geliebte T. wußte alles über mich und B., während B. nichts von T. wußte. Ich wollte aber nicht, daß T. den Vorteil vor B. hatte. Deshalb nahm ich einen zweiten Geliebten, meinen Heinrich Herz, von dem nun wiederum T. nichts wußte. Manchmal schlief ich mittags mit T. und abends mit Heinrich, und weiterhin besuchte ich B. alle 2 Monate. Ich befand mich in einem aufregenden, dramatischen Karussell.

T. hatte ich B. als guten Freund vorgestellt, und da er die feste Freundin hatte, war das glaubhaft. Bei Heinrich Herz hatte B. von Anfang an seine Zweifel, wollte aber wohl nicht so genau hinsehen. Doch eines morgens rief er mich aus Frankreich an. Er hätte einen schrecklichen Alptraum gehabt, ob ich eigentlich mit dem schlafen würde? Ich sagte „Ja". 12 Stunden später (solange dauert die Autofahrt nach Hamburg) stand er vor mir. Es war furchtbar.

Es folgte eine sehr komplizierte Zeit. Wie gerne wäre ich ganz und gar zu B. zurückgekehrt, aber jetzt war er es, der mich nicht mehr wollte. Und auch ich konnte nicht mehr zurück. Meine Sexualität hatte sich verselbständigt. In den 13 Jahren waren wir uns zu gleich geworden, und jetzt, im 15., konnte sich mein Körper gegen die fremden Freuden nicht mehr zur Wehr setzen.

Irgendwann ist T. „abgesprungen". Bis heute weiß ich nicht warum, vielleicht war er hinter mein Verhältnis zu Heinrich Herz gekommen, das erschien mir als Grund aber unlogisch wegen seiner festen Freundin. Der Geliebte Heinrich erduldete meinen tiefen Zwiespalt mit B., aber irgendwann nannte er mich nur noch „Verräterin" und ließ mich für ein gutes halbes Jahr hängen. B. machte seine ersten ungelenken Schritte auf den neugewonnenen Freiersfüßen. Ich hing an B., war Heinrich Herz verfallen, und nahm mir einen neuen Liebhaber F. dazu, von dem mal wieder niemand wußte,... das Karussell ging weiter.

Dann bekam ich ein Stipendium für Paris. Als Kind war ich schon oft dagewesen, weil ich das große Glück hatte, daß meine ältere Schwester dort lebte (und liebte), mit B. verbrachte ich später Ferien in ihrem Appartement und wurde schwanger. Und ich bin ganz sicher, daß die Abtreibung meine Sexualität mit B. langsam aber sicher erdrosselt hat. Das liegt jetzt fast 20 Jahre zurück... Dann all die Taxifahrten quer durch Paris aus der Pendelzeit: Vom Gare du Nord zum Boulevard Edgar-Quinet, und die Aufenthalte am Gare du Nord vor der Rückreise nach Hamburg. Die Schaffner, die mich im Zug fragten, ob ich auch wohlauf sei, ich hätte so traurige Augen. Und ich sagte, „Partir, ça rend toujours triste", (Abschied ist immer traurig), Paris, Paris, plötzlich würde ich dort bleiben können! Wenigstens für ein halbes Jahr.

Vor meiner Abreise aus Hamburg konnte ich es mir nicht verkneifen, meinem letzten Taxifahrer von meinem großen Glück zu erzählen. Er drehte sich sträflicherweise während der Fahrt um, sah mich an und konstatierte: Sie kommen nicht zurück.

In Paris saß ich in dem Stipendiumsatelier, ich lauschte den Geräuschen der Stadt. Sie brummt zwischen 12 und zwei und zwischen 5 und halb sieben, jeden Tag. Da kann man nicht ruhig sitzenbleiben. Es gibt einen Sog, raus, in die Straßen. Ich ging in die Fluten der Menschen, Autos, Baustellen, Tauben, Touristen, und ich stieß überall an. Mein Blut, mein Rhythmus waren noch nicht temperiert. Aber es dauerte nicht lange, und ich war der schnellste Fisch im Strom. Die Leute lachten schon darüber, wie ich mich durch das Tempo aalte.

Ich verliebte mich in die Stadt.

Ich lief durch ihre Adern, so wie sie durch meine Adern lief. Und in meinem Hirn gab es nur den einen Gedanken: Hierbleiben. Nicht nur für das halbe Jahr, nein bis zum open end. Na ja, und nach zweieinhalb Jahren bin ich immer noch da.

Auf dem Fest in Hamburg, an der Seite von dem Pariser Schriftsteller A., fragte mich die Freundin von W., „Bist du eigentlich nach Paris gegangen wegen deines Freundes?" Nein. Auch in Paris hat es 2 Jahre gedauert, bis ich einen Geliebten gefunden habe. Meine erste Liebe gehört der Lichterstadt selbst.

Es war in Paris, zur Zeit des Stipendiums, als B. mich mit seiner Freundin S. besuchte, und mir plötzlich sonnenklar wurde, daß er in ihr, mit ihr, wie auch immer, daß er dabei war, den Schritt in eine neue 13-Jahre-Beziehung zu tun. Wie sehr hat mich das schockiert, wie sehr hat mich das getroffen. Selbst wenn ich Geliebte habe, immer haben werde, ich fühlte mich (und vielleicht fühle ich mich immer noch) als „seine" Frau. Aber er hatte sich offensichtlich keine „Geliebte" gesucht sondern eine neue Frau. Und ich brach zusammen.

Was ist mit mir los, was will ich eigentlich? Ich bin hier, in meiner geliebten Stadt, ich habe begriffen, daß Ex-Mari B. diese Frau braucht, ich habe mir den

Freund Heinrich Herz erhalten können, er kappelt sich jetzt mit B., ich habe sie miteinander verkuppelt. F. habe ich in einem Anfall von Wärme nach Hamburg geschrieben, daß ich ihn liebe (weil er mir der Fremdeste ist in diesem Karussell), und ich habe meinen Pariser Freund A., von dem ich mich schlagen lasse.

Es ist regelrecht zwanghaft, wie ich versuche, die verschiedenen Lieben miteinander zu verbinden. Ich bin ja wohl nicht nur gespalten, sondern millionenfach zersplittert. Ich jage mich selbst in die Angst vor der Zukunft.

Wegen all dieser Hintergründe war es so aufregend für mich, mit dem Pariser A. in Hamburg aufzutreten. Auf dem Fest saßen wir eine Weile zu viert am Tisch: Ex-Mari B. mit der neuen Frau, und ich mit A., meinem neuen Geliebten. Die Hamburger Gesellschaft staunte nicht schlecht. Von dem langen Trennungsprozeß hatte kaum jemand etwas bemerkt, und man hatte B. und mich noch gut als die ewigen Siamesischen Zwillinge in Erinnerung.

Zu fortgeschrittener Zeit wurde A. unruhig. Wir hatten B. und seine neue Frau aus den Augen verloren, suchten vergeblich nach G. und W., dem Gastgeber. A. hielt es in keinem Stuhl, er tanzte zu seiner imaginären Gitarre und sang laut seine Elvis-Songs. Wahrscheinlich hat er sich plötzlich gelangweilt, weil er niemanden kannte, andererseits fühlte er sich vielleicht angeregt, und hätte am liebsten einen Bühnenauftritt gemacht. Je *ne sais pas*. Jedenfalls fing er an, mich am Arm zu packen und in die Gegend zu rufen: „Messieurs, mes Dames, je vous présente mon amie, qui aime sucer les bites à fond !" (Meine Damen und Herren, darf ich ihnen meine Freundin vorstellen: Sie liebt es, *ihn* in den Mund zu nehmen, bis ganz hinten!) Dabei hatte er doch gerade selbst festgestellt, daß so ziemlich alle Anwesenden Französisch konnten.

Vielleicht ist ihm das Gutbürgerliche auf die Nerven gegangen, und er wollte mich mal wieder erschrecken und in Verlegenheit bringen, um sich trotz allem wenigsten etwas amüsieren zu können.

Schließlich fanden wir G., die Berlinerin war umringt von all ihren guten alten Hamburger Freunden und ebenso wenig ansprechbar wie der Gastgeber W., dem trotz der wirklich niedrigen Raumtemperatur Schweißperlen auf der Stirn standen, der Ärmste... Nachdem ich also alle meine Bekannten einmal begrüßt hatte, gab es auch für mich nichts Amüsantes mehr auf diesem Fest außer der Panik, in die mich A. immer wieder versetzte. Wir blieben nicht mehr allzulange in diesem sperrigen Gestühl, unter der postmodern überdachten Festhalle, in der es so kalt, laut und wuselig war, und es einfach zu viele Leute gab.

Bei mir zu Hause saßen A. und ich noch einen Moment am Küchentisch und tranken gemütlich eine letzte Flasche Wein zum Abschluß dieses auf vielen Ebenen aufregenden und anstrengenden Tages.

Doch die „Tour d'Hambourg" war damit noch nicht zu Ende. Am nächsten Morgen statteten A. und ich meiner Schwester einen Besuch ab. Der Morgen ist nicht ihre Zeit, aber sie empfing uns großartig, meine Schwester, die selbst 6 Jahre, und wenn ich mich täusche, die schönsten ihres Lebens, in Paris verbracht hat. Mir lag viel daran, daß sie A. kennenlernte. Vielleicht entwickelt das Alter in mir einen verspäteten Familiensinn. *Je ne sais pas.* Ich konnte beruhigt feststellen, daß die beiden gut miteinander auskamen. Die kleine Tochter meiner Schwester zeigte sich aufmerksam und schüchtern, sie verstand ja leider kein Wort und entschwand ins Nebenzimmer, um fernzusehen. „Wissen Sie", sagte A. „Ihre Schwester liebt die kleine Nichte sehr, andauernd spricht sie von ihr." Ich traute meinen Ohren nicht. Die Schwester schaute mich an, und ich bemerkte, daß diese Worte ihr Mutterherz erfreut hatten. Später, im Taxi zum Flughafen, sagte ich zu A., „Du weißt sehr genau, wie man den Menschen eine Freude machen kann." – „Da hättest du mal meine Mutter kennen sollen", antwortete er, „die konnte das noch viel besser. Die hätte gesagt: Wissen Sie, sie steht nachts auf, um von Ihrer Tochter zu sprechen.."

Der nächste (und letzte Programmpunkt) war ein Frühstück zum Ausklang des Festes von W., ganz privat in einer hanseatischen Bilderbuch-Villa, wo sich eine Auswahl der Gäste vom vorigen Abend einfand. Für diesen Vormittag hatte ich mich weniger als Tanzpuppe und mehr als Dame zurecht gemacht. Unter den 400 Menschen hatte es einen einzigen Farbigen gegeben, einen sehr attraktiven jungen Mann, der mir wegen der aufmerksamen Augen aufgefallen war. Der setzte sich neben mich aufs Sofa, er war sehr nett, und da er ab und zu nach Paris reist, weil London ihm, dem Amerikaner aus Boston, manchmal zu förmlich vorkommt, tauschten wir Adressen aus. A., der mich immer damit erschrecken will, daß er mich eines Tages an große schwarze Männer verkaufen will, damit ich ihre enormen Glieder suciere, mokierte sich darüber. Ich sah, wie er G., die inzwischen auch eingetrudelt war, herbeilotste um auf mich zu zeigen: Die beiden kicherten, und ich kann mir lebhaft vorstellen, was er zu ihr gesagt hat, wohl so etwas wie: Schau sie dir an, sie hat nichts anderes im Kopf als die „grosses bites", den einzigen Schwarzen weit und breit hat sie sich ausgesucht....

In diesem hanseatischen Haushalt gab es viel Kunst. Aus dem 19. Jahrhundert ein Ölbild von dem französischen Ruinenmaler R., den A. kannte. Es war ein Original. In der Waschküche dieser Villa hatte ich eine Woche lang mit Schellack, Uhu und Gips die sehr umständliche Restaurierung meiner beiden Skulpturen begonnen. In dem einen mir verbliebenen Zimmer meiner Hamburger Wohnung hätte ich das nicht machen können. Ich war den Hausherren sehr dankbar, daß sie mir ihre Waschküche für die feuchte Arbeit zur Verfügung gestellt hatten. A., der selbst eine Plastik von mir gekauft hat, wollte die Figuren unbedingt sehen, und wir stiegen hinab in den Keller. In der Waschküche, neben den Skulpturen, öffnete er sich die Hosen. „A genoux" und „suce-moi", befahl er streng. Natürlich gehorchte ich. Ich gehorche ihm gerne. Mein Ex-Mari B. und der erste Hamburger Geliebte T. könnten ein Lied davon singen, daß mich die unmöglichsten Umgebungen immer sehr aufregen.

Als wir wieder hinaufkamen auf das glatte Parkett, sprach A. den erstbesten Mann auf dem Flur an: „Parlez-vous français, Monsieur?" (Sprechen Sie französisch?)", der zuckte die Achseln, und im selbstverständlichen Redefluß fügte A. hinzu, „elle m'a sucé dans la cave, vous savez" (sie hat es mir gerade im Keller besorgt, wissen Sie)...Und dann kam das schreckliche Wunder, denn der Mann antwortete ebenso selbstverständlich in perfektem Französisch „ah bon?" (ach ja?), und grinste uns an. Endlich war A. auch mal ganz platt, zunächst vor Erstaunen und dann vor Entzücken.

Bald darauf war es Zeit zu gehen. Obwohl das Wetter immer noch unfreundlich kalt und grau war, gingen wir zu Fuß in meine Wohnung zurück. Wir durchquerten mein Viertel. Über die Läden mußte A. schmunzeln, (du bist in einem „Quartier Chic"..), aber die geputzte, renovierte Altbauten-Architektur beeindruckte ihn sehr. Er hat in diesem Herbst ein Buch herausgebracht über die „Criminels du béton", in dem er gegen die unmenschliche, falschverstandene „Baukunst" unserer Zeit in Paris und Umgebung wettert. „Weißt du", sagte er, „obwohl Hamburg doch nach dem Krieg völlig zerstört war, habe ich heute den Eindruck, daß diese Stadt, als Architektur, weniger zerstört ist als Paris." Ich glaube nicht, daß er recht hat. Was hat er gesehen? Die Alster, Harvestehude, Eppendorf-Elmsbüttel, St. Pauli und den Hafen. In Barmbek waren wir nicht.

In seiner unvergleichlichen Mischung aus Spaß und Ernst, redete er über die Architektur und sprach zwischendurch im gleichen Tonfall alle Passanten an, die unseren Weg kreuzten, auf Französisch natürlich. Er konnte nicht aufhören, seinen Lieblingsatz zu deklamieren: „Regardez mon amie, Monsieur, Madame, elle aime sucer les bites à fond." (Sehen Sie sich meine Freundin an, sie nimmt ihn gern in den Mund.) Glücklicherweise waren die Straßen an diesem Samstag, nach der Ladenschlußzeit der Kaufhäuser und Lebensmittelsupermärkte, wie ausgestorben. Wir begegneten nur sehr wenigen Menschen, eigentlich nur Leuten, die aus dem Haus zum Auto wollten. Unsere Füße versanken knöcheltief im Kastanienlaub, das Rascheln und das diesig graue Novemberlicht betäubten die Wahrnehmung und packten A.s Provokationen in Watte.

Eine Stunde später hoben wir ab, um in die Lichterstadt Paris zurück zu fliegen. Heimzukehren. Für eine Stunde und fünf Minuten war ich mit A. zusammen im Himmel. A., mon amour.

Aber der Hamburger Aufenthalt zog sich noch weiter, bis nach Paris hinein: am nächsten Tag reiste Ex-Mari B. durch. Wir verbrachten den Abend hier in meiner Mansarde und gingen diesmal überhaupt nicht aus. Er hatte das Fest in Hamburg ähnlich erlebt wie ich. Es war ein wenig so wie damals, bei der Taxenjagd durch Paris, als mein Nachtzug genauso viel Verspätung gehabt hatte, wie seine Autofahrt im Stau. Er hatte seine neue Freundin S. mit genauso viel Behutsamkeit und Nerven veröffentlicht wie ich meinen Pariser Geliebten A. Ich hatte nur den Vorteil, daß A. ein, wie man so sagt, gestandener Mann ist, derweil seine Freundin S. sich noch damit abmühen muß, eine Frau zu werden. Während ich das überbrodelnde Temperament von A. auffangen mußte, hatte B. die schleppende Schweigsamkeit seiner S. zu verkraften. Sie hatte den Vorteil der Jugend. A. hatte den

Vorteil des Ruhms. Und B. und ich, welchen Vorteil hatten wir? Wir hatten den Vorteil der abgenabelten Siamesischen Zwillinge.

Die Überraschung für mich, an diesem Abend an der Bar meiner Mansardenküche in Paris, war B.s Bemerkung: „Der Viererauftritt hat sie alle verrückt gemacht. Wir sind immer noch das Traumpaar, weil niemand so eine Trennung schafft. Davon träumt doch jeder, daß *er* und *sie* gleichermaßen zufrieden aus einer Siamesischen Beziehung herauskommen können. Um sich selbst zu retten. Um wieder zu den Königskindern werden zu können, die nicht zueinander finden, weil das Wasser viel zu tief ist..." So tief wie die Sehnsucht, so tief wie das Verlangen? *Je ne sais pas.*

Gleich am darauffolgenden Abend stand ich schon wieder im Fahrstuhl zu A. All die Gedanken, all die Erinnerungen beschwerten das Wiedersehen.

Gerade fällt mir ein, daß alle Männer dieses Buch hassen werden. Nur Frauen enthüllen Persönliches in dieser Art. Eigentlich kulturlos, Selbstenthüllung, ekelhaft. Eine einzige Zumutung. Ich, mit meiner Propaganda für die Fremdheit, ich sage alles. Was soll das? Wen sollte das interessieren, jeder hat seine Geschichte und muß damit leben. Was will ich denn in den Menschen hervorrufen? Mitleid, Verständnis, erwarte ich etwas oder will ich etwas geben? Ach, es ist zum Verzweifeln, ich will alles auf einmal. Ich bin so stolz auf meine Disziplin in der Zurückhaltung, und dann holt mich die Sucht ein. Die Sucht danach, geliebt, anerkannt, noch schlimmer, sogar bewundert zu werden. Da kennt meine Vorstellungskraft keine Grenzen. Und immer wieder muß ich in den Keller. Ich bin ein Nichts, ein Niemand, die Erwartungen, die ich erwecke, kann ich nicht erfüllen. Ich muß zurück in das Land der Bescheidenheit. Und von dort aus geht es immer wieder los: Ausflüge in die Großartigkeit. Warum? *Je ne sais pas.*

Warum konnte ich an diesem Abend nach dem Hamburg-Erlebnis nicht mit A. jouieren? Als er eingeschlafen war, bin ich aufgestanden, das mache ich jetzt fast in jeder Nacht. Bei ihm, an meinem Ende der Welt, setze ich mich wieder zurück an seinen Arbeitstisch und ziehe die Rollos hoch. Ich stiere auf die Kreuzung von der Porte de Vanves, auf den Fluß der roten Digital-Anzeige des China-Lokals gegenüber, die im Minutenrhythmus nach Telefonnummer, Essenspreisen und Herzlich Willkommen die Außentemperatur anzeigt. Ich öffne A.s Whisky-Kiste und langsam und genüßlich läuft mir der Alkohol die Kehle hinunter. Ich rauche viel, leidenschaftlich viel. Warum? *Je ne sais pas.*

Den englischen Sessel rücke ich mir vom Tisch zum Fenster herum. Ich atme tief durch und sauge den Anblick der Dächer tief in mich hinein. A.s Appartement ist im 6. Stockwerk, ich sehe also alles von oben. Es gibt eine Skyline von Kamin-Schornsteinen, den ganzen Himmel entlang. Wie Litzen an Tischdecken oder an den durchbrochenen Eßtellern mit Schäferstündchen-Motiven aus dem fernen Jahrhundert, auf denen mir A. das Abendessen auf der Tischdecke serviert. Wenn ich da nachts an seinem Fenster sitze, seinen Whisky trinke, auf die Kreuzung schaue, auf die Dächer mit den cheminées, und dann wieder runter auf die Bushaltestelle, dann frage ich mich, ob er eigentlich weiß, daß ich jede Nacht aus dem Bett steige, weil ich nicht einschlafen kann, ganz egal, was wir vorher gemacht haben? Und: ist das normal??? A. betont immer, ich sollte mich dort bei ihm, am Ende der Welt, wie zu Hause fühlen. Und das tue ich, ich fühle mich ausgiebig zu Hause in der Fremde.

In dem Märchen der Gebrüder Grimm „Die zertanzten Schuhe" hat ein König 12 Töchter, und die hauen jede Nacht ab, keiner weiß wohin. Sie gehen aber auf einen unterirdischen Ball und sind dann am Tag danach zu nichts zu gebrauchen. Die Löcher in den Sohlen der 12 zertanzten Schuhpaare bringen den lieben Vater zur Verzweiflung. Schließlich gelingt es einem gewitzten, mutigen Burschen, die Angelegenheit aufzuklären. Von den 12 Töchtern bekommt er die „älteste" zur Frau, die ist die Beste, denn sie erbt das Königreich.

Schade, daß ich keine Prinzessin bin, dann könnte ich vielleicht mit all den Naturburschen ringsum mehr anfangen. Warum suche ich das Komplizierte? *Je ne sais pas.*

Als ich das nächste Mal zu A. kam, ging es mir besser. Er empfing mich splitterfasernackt und küßte mich gleich im Flur, daß es mich im Bauchnabel ziepte. Mein Bauchnabel ist ein verläßlicher Indikator dafür, ab wann sich mein Körper verselbständigt und ich nur noch folgen kann. Wenn er einmal geziept hat, bin ich verloren. Meine Existenz strömt aus dem Kopf in die Haut, die, wie ich von der Copine K. gelernt habe, das größte Sinnesorgan des Menschen ist und ungefähr 7 qm mißt.

An diesem Abend dominierte er mich ausgiebig. Er enculierte mich, gab mir rasende baffes, spuckte auf die glühenden Wangen, warf mich zu Boden, trampelte über mich, drückte sein ganzes Gewicht auf mich, schlug meine fesses mit dem Strick, forderte eine feuille de rose, steckte sein Glied in meinen Mund und entlud sich über meinem Gesicht. Er warf mich aufs Bett zurück und befahl „Ecarte bien tes cuisses" (Mach die Beine weit auseinander), und das brauchte er mir nicht zweimal zu sagen. Ich war so erregt, kaum hatte er mich dort, dort berührt, wo die Erlösung wohnt, überwältigte mich mein Vergnügen. Wie wohl fühlte ich mich in seinen tröstenden Armen.

Danach gab es ein besonders fein zusammengestelltes Abendessen auf der Litzentischdecke über dem antiken Holztisch auf den Schäferstündchen-Tellern zu Champagner in Kristallgläsern. „Und jetzt gibt es Weihnachtslieder", sagte A. und spielte mir „Oh Tannenbaum" von Nat King Cole vor, „Stille Nacht, heilige Nacht" von ich weiß nicht wem, und von Elvis den Song mit den stockings, die man für Santa Claus, der durch den Kamin kommt, raushängen soll...Ich konnte mich an das Weihnachten in meiner Kindheit erinnern, als dieser Rock'n'Roll-Song die guten Deutschen in ihrer weihnachtlichen Gemütstiefe schwer erschüttert hat. An diesem Abend war ich selbst schwer erschüttert. A. hatte alles so zusammengestellt, daß mir meine Gefühle fast aus dem Ruder gelaufen wären, am liebsten hätte ich geschluchzt. Aber die steile Rundung des englischen Sessels hielt meinen Rücken gerade und aufrecht in Haltung.

Zum Essen hatte ich mir meinen Slip, den neuen Paillettenrock und den lindgrünen Boutique-Linette-Blazer von Copine K. über das Korsett gezogen. Den Blazer hatte ich aber nicht zugeknöpft, weil das im Sitzen zu unbequem ist. Meine Schminke war ziemlich ab, die hatte ich zusammen mit den Spuren von A.s foutre im Bad eingebüßt. Leise, petit à petit, habe ich herausgefunden, daß A. mein Gesicht auch ungeschminkt erträgt.

Aber plötzlich klingelte es an der Wohnungstür. „Hah", begeisterte sich A., „das ist der facteur!" (Postbote). Um diese Zeit, fragte ich verwundert. „Nun ja, weißt du, vor Weihnachten machen die Postboten ihre Runde durchs Viertel und verkaufen Kalender, die eigentlich nur ein paar Groschen kosten, aber jeder gibt dem Postboten soviel Geld dafür, wie ihm seine Dienstleistung wert ist."

A. stand vom Tisch auf, um die Wohnungstür zu öffnen. Ich hatte gerade noch soviel Zeit, wenigstens den Innenknopf meiner Jacke zuzuknöpfen. Da geleitete A. den Facteur bereits an den Tisch. „Wollen Sie einen Whisky", fragte er. Der Postbote lehnte dankend ab. Ich war aufgestanden und hielt die Revers meines

Jacketts an den ungeknöpften Stellen zu. „Darf ich vorstellen", sagte A. Der Facteur trug eine brandneue Uniform aus Nylon in Dunkelblau mit Gelb, an der Mütze prangte dezent das Emblem von der französischen Post: PTT. Er nahm die Mütze ab. „Er heißt *Ange*" (Engel), sagte A. Ich reichte dem Engel die Hand, wobei mir der Blazer auseinanderfiel und den Blick über das Dekolleté vom Korsett freigab. Dabei war mir durch das Sitzen beim Essen die linke Titte ein wenig herausgerutscht, „Ange" war begeistert, A. fühlte sich in seinem Element, und ich, wie fühlte ich mich, zwischen Spaß und Ernst? *Je ne sais pas*.

Der Postbote mit dem Namen Ange war ein sehr hübscher brauner Mann von den Antillen. Seine Augen freuten sich unschuldig. A. ergriff mein Jackenrevers. Er wollte Ange noch mehr zeigen und machte sich an dem Innenknopf zu schaffen. Es gelang ihm auch, genau die Kleinigkeit aufzuheben, die ich für meinen Anstand gerade noch hingekriegt hatte.

Ange setzte sich. „Was habe ich dir im letzten Jahr für den Kalender bezahlt", fragte A., der sein Scheckbuch heraus geholt hatte. „60 Franken? Gut, dann bekommst du dieses Jahr 65." Ange war's zufrieden. Und ich liebte A. zutiefst für diese kleine Erhöhung des Betrags. Ich liebe ihn für seine Sorgsamkeit und Sensibilität in den kleinen Dingen. Seine Gerechtigkeit, seine Art und Weise, Zeitgenosse zu sein, die scheußliche Realität souverän in Kauf zu nehmen ohne die Liebe zu verlieren. La douce France, A. mon amour.

Ich hinke dahinter her. Die Realität ist nicht mein Feld. Und ich hänge jetzt schon an A., weil er mir zeigt, wie leicht es sein kann, darin zu sein. Ich habe große Angst, immer noch, vor der Realität. Ich verdiene kein Geld, ich bin Frau, aber nie Mutter geworden, ich schreibe über meine Liebe zu A. und habe gleichzeitig Angst davor, daß er mich heute abend sehen will. Meine ganze intellektuelle Großzügigkeit stürzt manchmal ab in die emotionale Ängstlichkeit. Dann kreischt es in mir wie die Auto-Unfall-Bremsen. Laßt mich in Ruhe, laßt mich alle in Ruhe. Ich kann nicht, ich will nicht, ich hasse meinen Körper, ich hasse die realistische Berührung, ich fürchte den Tod, wenn er konkret wird. Tief unten im See liebe ich ihn, dem ich zielstrebig entgegen komme. Ich bedaure mein Entweichen aus der Realität, meine feige Flucht. Ich kann dem Leben nicht gerecht werden.

Da ist sie wieder, meine deutsche Ernsthaftigkeit. Ange, der Postbote, der da plötzlich mit am Tisch saß, hatte sie nicht. A. forderte mich auf, zu bekennen, was meine Spezialität sei. Ich zierte mich mit der Antwort und er, der Regisseur, wechselte wunderbarster Weise die Akteure, er wandte sich an den Fremden: „Ange", sagte er, „sucieren Sie gern?", und Ange neigte sich zu ihm. „Aber ja, da die Frauen das lieben, und den Frauen, die man liebt, will man doch gern zu Gefallen sein." Daraufhin forderte A. mich auf, Ange mein Hinterteil zu zeigen. Ich, in meiner tiefen Dankbarkeit für all diese Liebenswürdigkeiten, konnte nicht anders, ich stand auf, lehnte mich gegen die Wand und hob den Paillettenrock hoch. Meine Unterhose war aber nicht sehr sexy. A. sagte später, er hätte nicht befohlen: zeig dein Höschen, sondern: zeig dein *nacktes* Hinterteil. Als der Facteur Ange ging, mußte er sich an mir vorbeischieben, am Tisch entlang, mein Blazer war noch aufgeknöpft, er neigte sich liebevoll über die linke Titte, die ich zurückgepackt hatte in das Gehäuse des Korsetts, und überhaupt nicht unanständig sondern liebenswürdig sagte er, „Sie haben einen schönen Körper."

Und wieder fühlte ich mich in diesem merkwürdigen Zustand der Gestrandeten, die unerwarteterweise andauernd Geschenke bekommt. Der Engel hat mir einen Kalender geschenkt. Ich durfte auswählen und wählte einen für Ex-Mari B.s neue Frau S., die Rosenmalerin, einen mit Rosen.

Am nächsten Tag hat A. den Facteur im Viertel getroffen. Sie sprachen über mich, und Ange soll gesagt haben: „Sie muß wohl über 40 sein, und hat so einen schönen Körper, das ist beachtlich." Am Telefon lachten wir darüber. „Du mußt ihm ein Kapitel widmen", befahl A., der weiß, daß ich all unsere Erlebnisse aufschreibe.

Kurz darauf kam meine liebste Berliner Freundin G. endlich doch einmal nach Paris. Sie konnte zweieinhalb Tage bleiben. Den ersten Abend gingen wir allein essen in einem kleinen Bistrot à vin, dem „Ecluse" am Quai des Grands Augustins, am Ufer der Seine, ganz nahe bei Notre Dame. Den nächsten Abend wollten wir zusammen mit A. verbringen, nach einem schönen Essen in ein schönes Hotel einkehren und die Nacht zu dritt verbringen.

A. hatte das Hotel „Brighton" in der Rue de Rivoli ausgewählt und wollte, daß ich die Reservierung übernehme, weil er sicher war, daß es mir peinlich sein würde. Es sollte ein großes Zimmer sein, in einem oberen Stockwerk mit Blick auf die Tuilerien. Ich ging also hin. Und A. hatte mal wieder recht gehabt, ich wußte nicht, wie ich es machen sollte, denn ich konnte doch schlecht ein Zimmer für 3 Personen bestellen, so etwas gibt es doch gar nicht. Ich verlangte also ein Doppelzimmer mit 2 großen Betten. „Ganz, ganz groß sind die Betten nicht", sagte der freundliche Mann an der Rezeption, „aber ich versichere Ihnen, daß Sie es komfortabel haben werden." – „Oh, wenn du wüßtest", dachte ich so bei mir. „Auf welchen Namen", fragte er. Ich gab ihm meine Karte. Eine Anzahlung wollte er nicht, aber eine Bestätigung der Reservierung per Fax. Das erledigte ich auf der Post. Die Reservierung im Restaurant wollte A. übernehmen.

Nach einem Einkaufsbummel und einem wunderbaren Mittagessen bei Goldenberg im Marais (der Trick ist, daß man dort mittags und nicht abends essen sollte), fuhren G. und ich nach Hause um uns für den Abend und eine neue „Stunde der Wahrheit" auszuruhen. Um 18 Uhr wollte A. zu uns kommen.

Da standen wir, sie ist etwas kleiner als ich, und mühten uns ab mit dem Umschnallen unserer Korsetts und dem Anschnallen der Seidenstrümpfe, ihre hatten eine Naht, da rief ihr Freund aus Berlin an. Während sie mit ihm sprach, zog ich mir den Slip übers Korsett, den mit dem blau-weiß-rot gestickten Eiffelturm auf dem vorderen Dreieck. Sie kannte den Slip noch nicht und quietschte vor Vergnügen eine „Direktübertragung" ins Telefon: „Meine Freundin zieht sich gerade einen Slip an, auf dem Venushügel steht der Eiffelturm!!!" Wir lachten uns kaputt, und ich merkte durch den Äther, ohne Telefonhörer, daß am anderen Ende der Leitung panische Phantasien ausbrachen, Eifersucht rauchte, und ich dachte schon, morgen früh steht er vor der Tür, so wie damals mein Ex-Mari B. in Hamburg, nach dem ihm klar geworden war, daß ich es mit Heinrich Herz getrieben hatte.

Mitten in dieser Situation, G. war noch ohne Slip, nur im Korsett mit Telefonhörer in der Hand, klingelte es an der Tür. „Nein", schrie sie, „nein!" Ins Telefon sagte sie, „da kommt jemand, und ich bin nicht angezogen, ich muß auflegen", und tat es. Ich öffnete verzögert die Tür. A. kam herein, in der Hand eine Tasche mit den „Werkzeugen", und rollte die Augen zwischen uns beiden hin und her.

Ich glaube, daß diese komische Begrüßung in meiner schlechtbeleuchteten Mansarde die Gemüter versöhnlich erhitzte, denn die angestrebte „Stunde der Wahrheit" hatte sicherlich jeden von uns auf seine Weise in Spannung versetzt. Also mich ganz bestimmt (wenn nur ja alles klappt...).

Meine Spannung kann ich ganz genau beschreiben. Sie bestand nur zu einem geringen Teil aus der Furcht vor organisatorischen Pannen. Die würden uns nicht umhauen, dafür haben alle drei Beteiligten zuviel Lebenserfahrung. Nein, meine Aufregung hatte einen anderen Schwerpunkt. Wie wird l'amour, der Sex zu dritt funktionieren? Hamburg hatte gute Zeichen gesetzt. Ich konnte sicher sein, daß G. und A. zusammengehen würden. Ich war mir aber nicht klar darüber, ob ich selbst aus der Aufregung heraus meine Erlösung in dem Plaisir finden könnte. Wird es zustande kommen, daß jeder von uns jouieren kann, que chacun prend son pied (daß jeder seinen Anteil bekommt, die Beute gerecht verteilt wird)? Ist das vielleicht zuviel verlangt für dieses erste Mal? Wird es eine Stunde der Wahrheit geben oder nur einen neuen Schritt auf sie zu?

A.s Sexualität kenne ich. Die von G. tritt neu ein. In Hamburg habe ich einen winzigen Eindruck bekommen. Von meiner weiß sie noch nicht viel. Aber ich wußte, daß G. A.s Lust bereits entzündet hatte, und sie wußte das auch. Er wollte sie. Und mich als Publikum. Aber sie wollte, daß ich auch auf meine Kosten komme.

Nein, ich zweifelte nicht daran. Ich zweifelte weder an ihr noch an ihm. Ich wußte nur nicht, wie es ausgehen würde.

Ich schob meine organisatorischen Befürchtungen vor und drängte zum Aufbruch. Auf dem Weg zum Hotel, ich wollte, daß wir uns dort vor dem Essen sehen lassen, damit das Zimmer nicht einfach an andere Personen vergeben wird, nur weil man nicht zur angekündigten Zeit auftaucht, (habe ich doch schon die unangenehmsten Überraschungen in Pariser Hotels erlebt...), war es mir recht, daß die beiden in der kleinen Marktkneipe „Ruby" einkehrten und mich allein zum Brighton gehen ließen.

Der Mann an der Rezeption guckte erstaunt: „Und wo ist Monsieur?" fragte er. Ich, mit meinem kleinen Silberkoffer in der Hand, dem „baise-en-ville", so nennt man in Paris die Taschen, in denen die notwendigsten Sachen zum Übernachten bei einem Geliebten verpackt sind, antwortete mit Haltung: „Er kommt später." Mein Vorname wird in Frankreich oft als Männername verstanden und entsprechend war die Reservierung (durch das Fax in den Computer gespeichert) für einen Mann registriert.

Man gab mir den Schlüssel und einen Livrierten, der mich im Fahrstuhl in die 3. Etage begleitete und mir, obwohl ich bereits den Schlüssel hatte, die Zimmertür öffnete. Als er gegangen war, sah ich mich um. Es gab zwei Messingbetten nebeneinander, und man hatte mir nicht zuviel versprochen, sie schienen komfortabel und breit genug, um zu zweit darin schlafen zu können. Denn entweder G. oder ich, eine von uns würde in dieser Nacht das Bett mit A. teilen müssen. Nach dem eleganten Entrée des Hotels war das Zimmer trotzdem ein Schock. Die Farben der Stoffe waren häßlich, die Heizung zu warm. Das Zimmer war zwar groß und das Bad ebenfalls, aber die Möbel kamen mir vor wie die in den 50er Jahren stehengebliebene Einrichtung der kargen Ateliers in der Cité des Arts.

Ich riß das Fenster auf, und dort lag all die Schönheit: Es gab einen kleinen Balkon, der Blick ging hinaus über den Park der Tuilerien, über die Seine zum goldgelb angestrahlten Musée Gare d'Orsay, an dessen Fassade sich die vielen, imposanten Skulpturen, Säulenträger für das große Dach, nur bei Nacht, abheben. Ein Stück weiter rechts prangte der Eifelturm in der nächtlichen Lichternachbildung seiner Eisenstruktur. Das war wirklich schön. Paris, die Lichterstadt...Auch wenn das Zimmer G. schockieren sollte, der Ausblick vom kleinen Balkon würde sie sicher aussöhnen können. Ich legte meinen kleinen Silberkoffer, meinen „baise-en-ville" auf die Ablage und öffnete die Minibar. Da war nicht viel Verführerisches drin. Nur Bier, Perrier und Fruchtsäfte. Deshalb erkundigte ich mich beim Verlassen des Hotels noch einmal danach, ob man sich Wein oder Champagner aufs Zimmer bestellen könnte. Aber natürlich.

Dann eilte ich zurück in die Marktkneipe Ruby, wo A. und G. an der Theke standen. Ich erzählte ihnen, daß man im Brighton auf „Monsieur" mit meinem Namen wartet, und freute mich, daß besonders A. darüber herzlich lachen konnte. Wenn er unter meinem Namen erwartet wurde, wäre er mein Ehemann. Da er diesen Gedanken komisch finden konnte, vertraute er mir also, hatte begriffen, daß ich keine heimlichen Heiratsgelüste hege. Das war nicht immer so. Irgendwann hat er behauptet, daß gerade die Frauen, die gleich zu Anfang erklären, daß sie ihr eigenes Leben brauchen und sich deshalb immer wieder zurückziehen müssen, den dringlichsten Ehewunsch hinter der Fassade von Unabhängigkeit verbergen. Und genau das hatte ich zu ihm gesagt, so hatte ich mich erklärt, es war, als ob er meine eigenen Worte zitierte. „Dann hast du also Angst gehabt, ich wollte dich heiraten", fragte ich damals ziemlich überrascht, er antwortete nicht mit Worten sondern rollte nur ziemlich eindeutig mit den Augen.

Am allerersten Abend von G.s Besuch in Paris, als wir allein waren, hatte sie *ihre* Befürchtungen zum Ausdruck gebracht. „Ich fürchte, A. ist nicht liebesfähig", sagte sie, „und ich mache mir Sorgen um dich. Du darfst nicht zu abhängig von ihm werden, das ist eine Gratwanderung."

Erst jetzt, viel später, wird mir klar, wie sehr die deutsche Schwere von G. in diesem Satz zum Ausdruck kam. Ich will nicht sagen, daß mein Verhältnis zu A. leicht sei, aber meine „Abhängigkeit" ist selbstgewählt und wird in keinster Weise von ihm „schwer" ausgenutzt. 24 Stunden später hatte sie das begriffen.

Zu dritt fuhren wir von der Marktkneipe Ruby im Taxi zu einem Restaurant in Belle Ville, wo die Silo-Neubau-Architektur schwer zugeschlagen hat. „Wie im Märkischen Viertel", sagte G., die Berlinerin. Vor den Hochhäusern in den dunklen Straßen standen Jugendliche in Gruppen. „Sie warten auf Drogen", sagte A. Die Gegend war unheimlich.

Das Restaurant jedoch war hell und „gepflegt", das Essen sehr gut. G. warf ständig etwas zu Boden, die Serviette, ausgerissene Zeitungsartikel, Postkarten. Der oberste Knopf ihrer Jacke ging andauernd auf, man sah ihr Korsett, aus dem immer wieder eine Stange zwischen dem Busen herausragte, sooft sie auch versuchte, den rot verplombten Draht zurückzudrücken, er erschien immer wieder, und wir amüsierten uns sehr darüber. Gegen Ende der Mahlzeit begann A., an meinen Haaren zu reißen und an meinem Kopf zu drehen. Dabei zitierte er seinen Lieblingssatz „elle aime sucer les bites à fond", um mich in Verlegenheit zu bringen. G. gefiel das nicht. Schon in Hamburg hatte sie dies Verhalten von A. bemerkt und mir gesagt, das dürfte er nicht in der Öffentlichkeit machen. Sie bekam ihren besonderen, sorgenvollen Blick. Einmal, als A. den Tisch verlassen hatte, sagte ich, sie solle sich nicht beunruhigen, „das gehört zum Spiel..." In Hamburg war es mir tatsächlich peinlich. In Paris macht es mich auch verlegen, aber es erregt mich gleichzeitig. Ich empfinde es als A.s besonderen Ausdruck von Zärtlichkeit.

Dann endlich fuhren wir im Taxi zum Hotel. „Monsieur" mit meinem Namen würde zwei Frauen mitbringen. Wie wird die Reaktion des Hotelpersonals sein? Über meine Nervosität lachten sich A. und G. kaputt: A. zog mich auf: „Sie werden die Polizei holen, du mußt auf die Wache und kommst für alle Zeiten in die Nuttenkartei..."

Ich war wirklich sehr aufgeregt, als ich mit dem Aufgebot all meiner Kräfte möglichst selbstverständlich an der Rezeption nach dem Schlüssel 316 verlangte. Selbstverständlich wurde er mir ausgehändigt. Alle sahen uns zu dritt im Fahrstuhl verschwinden. Im dritten Stock, oh Grauen, stellte ich fest, daß die Zimmernummer nicht 316 sondern 315 war! Ich mußte wieder hinunter fahren und den

Schlüssel austauschen lassen, quelle honte (oh, Schande), es fiel mir wirklich schwer, die Selbstverständlichkeit aufrecht zu erhalten.

Wir traten ins Zimmer ein, und G. mußte sofort loslachen über diese merkwürdig veraltete Einrichtung. A. holte sein „Werkzeug" aus der Ledertasche und küßte sie. Sie zog sich den Rock aus. „Wir brauchen Wein", sagte sie. Und diesmal blieb ich stur: A., „Monsieur", mit meinem Namen, mußte die Bestellung übernehmen. Ich versteckte die Stricke und das Martinet. Als der Ober eintrat, waren A. und ich noch angezogen, G. empfing ihn in Strapsen, allerdings trug sie noch die Jacke über dem Korsett. A. warf mir einen Blick zu, in dem sich vielleicht auch ein Quäntchen Hilflosigkeit befand, gemischt mit kindlicher Begeisterung, überdacht von der Hochachtung vor G.s Mut. Ich konnte seine Gedanken lesen: „C'est une vraie chienne" (Sie ist wirklich richtig verdorben), und das ist sein größtes, liebevollstes und aufgeregtestes Kompliment.

Der Ober mit dem Wein auf dem Tablett schaute in die verdunkelte Runde, vielleicht hatte er auch Mühe damit, selbstverständlich zu bleiben. Ich stand am weitesten entfernt und ergriff instinktiv die Initiative. „Stellen Sie das Tablett dort ab", hörte ich mich sagen, „dort, gleich neben der Tür, auf dem Kühlschrank." Ich wollte nicht, daß er weiter hereintrat ins Zimmer, ich wollte, daß er möglichst schnell verschwindet. Der Ärmste hatte schon viel zu viel gesehen und alles begriffen. Ich wußte auch, daß ihm eigentlich ein Trinkgeld zustand, ich hätte mein Portemonnaie suchen müssen, aber ich war nicht gelassen genug.

G. schrie herum: „Jetzt rufen wir deinen Psychiater an, A., der soll uns raten, was wir jetzt machen sollen!" Sie kennt die Geschichte vom Forêt de Fontainebleau und weiß, daß ich J.M. gut leiden kann. Sie weiß, daß ich seine Telefonnummer herausgefunden habe, daß A. meine Vorliebe für ihn kennt und kein neues Treffen herbeiführen will. Aber trotzdem – vielleicht fehlte ein zweiter Mann an diesem Abend. Wir wälzten die Telefonbücher, aber eigentlich nur so, um A. ein wenig zu provozieren.

Dann zog ich mich aus. A. öffnete seine Hosen und ließ sich von mir sucieren. G. entledigte sich der Jacke. A. riß sich die Kleider vom Leib und fiel über G. her. „Ta chatte, donne-moi ta chatte", schrie er, die Chatte, die er schon in Hamburg so sehr begehrt hatte, sein Kopf grub sich wild in sie hinein. „Elle est belle, ta chatte", keuchte er, und er hatte Recht. Zum ersten Male habe ich sie auch gesehen, ihre Chatte, ihre „belle chatte."

Mich zwang er auf die Knie, gab mir Tritte, die mich ganz zu Boden warfen. Dort mußte ich liegen bleiben, er fesselte nur meine Hände ans Fußende des Bettgestells. G. mußte auch auf die Knie, und er schlug sie heftig. Sie bekam baffes ins Gesicht, Streiche mit dem Martinet über das Hinterteil und auf den Busen, von dem er das Korsett heruntergeklappt hatte. Gefesselt, locker und unsorgsam gefesselt, beobachtete ich die beiden. Er geriet immer mehr außer sich, auf den Knien mußte sie um neue Schläge betteln, er sagte ihr die Sätze vor, die sie wiederholen sollte und brüllte sein „dis le!" (Sag' es!) Ich weiß, wie schwierig das in französisch ist, wenn man noch nicht an die Vokabeln gewöhnt ist. Und ich dachte, es ist viel schwerer, so eine Szene mit anzusehen, als sie selbst zu erleben.

Er warf sie zurück aufs Bett, packte ihre Arme, fesselte die Hände am Kopfende des Messinggestells und schlug ihr wie rasend ins Gesicht. Dann umfaßte er ihren Körper mit beiden Händen am Korsett. „Tu es une belle femme" (du bist eine schöne Frau), stöhnte er so hochgradig erregt, wie ich ihn noch nie gesehen habe. Ja, G. und A. gingen wirklich gut zusammen.

Aber plötzlich keuchte sie zurück: „A., du mußt etwas für *sie* (mich) tun." Er versuchte zu gehorchen. Er band mich los, befahl mir die Hockstellung auf dem Bett einzunehmen und versuchte, mich zu penetrieren, konnte seine Erregung aber nicht aufrecht erhalten, denn die galt diesmal nicht mir sondern ihr. Er warf mich herum und es gelang ihm, mich von vorne zu penetrieren. Er tat mir gut, aber er war sehr heftig, fast ungeduldig, endlich zu G. zurück zu können. Meine Erregung war da, aber ich konnte nicht jouieren, es war so, wie ich es mir vorgestellt hatte. Und ich hatte es nicht anders gewollt.

Er kehrte zu ihr zurück. Wie sie es genau gemacht haben, A. und G., ist mir entgangen, aber sie jouierte heftig und sehr schnell. Dabei hat sie mir einmal verraten, daß sie lange braucht. Er küßte sie und tröstete sie mit den vertrauten Worten: „c'est fini, mon amour, calme-toi, c'est fini."

Trotzdem hatte er mich nicht ganz vergessen. Wir lagen uns zu dritt in den Armen. Seine Worte wandten sich gar nicht an uns, er schickte sie dankbar ins All... Ich bin ein glücklicher Mann, mit zwei wunderbaren Frauen im Arm! Und damit hatte er wieder einmal recht.

Die Nacht war aber noch nicht zu Ende. Mit der Kerze brachte er G. ein zweites Mal zum Jouieren. Diesmal hatte sie Tränen in den Augen. Von ganz weit her fragte sie nach mir. Ja, ich war noch da und streichelte sie, und küßte ihre Schenkel. Sie hat eine wunderbare Haut. Davor, oder danach, ich weiß es nicht mehr, entlud er sich über unseren zwillingshaft dargebotenen Gesichtern.

Nach dem heftigen Ernst der Szenen konnten wir doch alle drei vergnüglich scherzend noch ein Gläschen trinken.

Dann kam das Schlafen. A. hat es gern warm, G. kann nur im Kalten Luft kriegen, und ich schlafe nur, wenn ich allein bin. G. schlief in dem einen Bett ziemlich schnell ein, A. umhuschelte mich von hinten in dem anderen. Ihr Atem ging ruhig, seiner auch. Ich fühlte seinen von der Welt losgelösten Körper und blickte in die Spiegeltüren des Wandschranks. Dort sah ich den Lichter-Eiffelturm. Alles war still und friedlich. Von der rue de Rivoli, einer der brausendsten Verkehrs-Adern der Stadt, kam kein Laut. Durch das Balkonfenster leuchteten die Lampen des Musée Gare d'Orsay, unbeweglich, verläßlich, selbstverständlich. Über diese Nacht hinaus, dachte ich, über mein kleines Leben hinaus, älter als ich und jünger als ich zu gleich. Ich fühlte A.s unumständliche, traumhafte Zärtlichkeit im Schlaf, die mir jetzt Raum ließ, mich ausgiebig und voller Genuß selbst zum Jouieren zu bringen.

Einschlafen konnte ich trotzdem nicht. Die ganze Nacht über wanderte ich zwischen Bett, Bad und Balkon hin und her, im Bad belauschte ich die beiden Amerikanerinnen vom Nebenzimmer und rauchte viel, ich wollte den Atem meiner beiden schlafenden Freunde nicht irritieren, trank fast den ganzen Rest von dem nicht besonders guten Rotwein neben dem Balkonfenster mit dem berauschenden Blick aus, meine Gedanken wollten mal wieder ganz lange Spaziergänge machen. Dort, tief unten im See. Das Eis hatte ich wiedermal erst durchbrechen können, als ich allein war.

Niemand ist dort, wo er gern wäre. Die Eisfischer und die verrückten Winterschwimmer hacken sich ein Loch in die Eisdecke über dem Wasser. Sie kommen vom Boden der Erde, sie hacken von oben. Ich versuche verzweifelt, das Loch von unten aufzuhacken, um aus der Tiefe des Sees auf die Erde nach oben zu gelangen. Meine Perspektive? Vielleicht wird sie in dem Andersen-Märchen von der kleinen See-Jungfrau enden. Nicht nur, daß der Tausch des Fischschwanzes gegen 2 Beine ihr bei jedem Schritt auf der Erde Messerstiche in die Füße stößt, sie muß ihre Zunge opfern. Das möchte ich nicht. Obwohl, wenn man schon nicht mehr sprechen kann, so kann man doch trotzdem noch schreiben! Nur, die kleine Meerjungfrau konnte nicht schreiben und konnte nichts sagen, um das Mißverständnis zu klären. Als Kind habe ich nächtelang versucht, ohne Zunge zu sagen „Ich liebe dich."

Das erinnert mich an einen guten, alten Freund, der sehr unter seinem großartigen Vater in der Konkurrenz zu 6 Geschwistern leben und leiden mußte. Der Vater fragte ihn: „Wie geht es dir, aber sag's in einem Satz." Der Vater konnte es in einem Satz sagen, das Kind nicht.

Laut Horoskop bin ich Fisch. A. ist Widder. Die Astrologen weissagen: Der Widder wird im Fisch ertrinken.

Schließlich, so gegen 4 Uhr morgens schlich ich mich ins Bett zurück und schlief doch noch in den warmen Armen von A. ein. Aber schon gegen 6 Uhr morgens wachten wir alle ziemlich gleichzeitig auf. Das ist eine weitere Gemeinsamkeit, wir sind drei Frühaufsteher. G. nahm ein Bad. A. hielt mich noch in den Armen. Seine ersten Worte waren: „Pauvre fille" (armes Mädchen). An meinem Hinterteil spürte ich seine Erregung. Dachte er an G. oder an mich? Wahrscheinlich an G., denn mich kennt er ja schon. Und ich kenne seine morgendliche Erregung und weiß, daß er es nie morgens treibt, was mir immer sehr entgegenkommt, denn ich bin morgens zwar auch zärtlich und gut durchblutet, aber ich bin dann erst auf dem Weg von weit her und kann nicht gleich schon wieder all das loslassen, was ich mir gerade zurückerobern muß. A. ist der erste Mann, den ich kenne, der wohl ähnlich empfindet. Alle anderen fallen schon über die Frauen her, wenn sie noch im Halbschlaf sind. „Moi, je suis un homme de l'après-midi", (ich bin ein Mann für den Nachmittag) hat er einmal erklärt.

Und ich, ich glaube, ich bin eine Frau für den Abend, da bekommen meine Augen den richtigen Glanz, mein Wesen wird wirklicher, die Nähe zur Unwirklichkeit der Nacht beruhigt meine Nervosität, macht mich weicher... Ich weiß, kann sicher sein, daß die Nacht kommt, in der ich schließlich die Freiheit von der Entscheidung erleben kann, Fisch oder Fleisch zu sein. In der Nacht bin ich eine Außerirdische, befreit von Richtig und Falsch, ohne Belastung durch Schuld und Sühne, erlöst aus der Dualität, alle harten Kontraste lösen sich auf. In der Nacht gehöre ich zum Universum, in dem es kein Oben und Unten gibt, kein Gut und kein Schlecht, und am allerschönsten sind die Nächte, in denen Wind weht und alle meine Moleküle, die „Hardware" meiner drei-dimensionalen, körperlichen Existenz in die auf mittlerweile 24 Dimensionen angewachsene, wissenschaftlich erfaßte Welt zerstreut. Dort zertanze ich meine Schuhe. In der Nacht ist meine Eisdecke transparent und durchlässig, es gibt nichts, was ich nicht durchdringen könnte. So kommt es mir jedenfalls vor. Vielleicht beziehe ich genau daher meine Stabilität.

In der Nacht fühle ich mich sicherer, weniger bedroht als am Tag, an dem man ein „soziales Wesen" sein muß, im Zickzack durch die Straßen hasten und immer aufpassen, daß man nirgends anstößt. Fenster putzen, Strümpfe waschen, das Ernährungsproblem lösen, völlig künstliche Angelegenheiten regeln wie Geld holen, Unterschriften leisten, Miete bezahlen, Müll in bestimmte Tonnen tun, Schlange stehen, um Briefmarken zu kaufen, das ist doch alles verrückt. Normal wäre, die Strapazen des Schlangestehens auf sich zu nehmen, um etwas zu bekommen, vielleicht eine Million, aber doch nicht, um 2 Franken 30 bezahlen zu dürfen für ein selbstklebendes Stück Papier von ungefähr eineinhalb Quadratzentimetern. In der U-Bahn steht man eingekeilt, im Taxi darf man nichts über den kürzesten Weg sagen. Man muß auf die Uhr gucken, Rechnungen bezahlen, pünktlich sein. Wenn es da nicht manchmal die Blicke geben würde, zwischen den Mitleidenden, die sagen wollen, siehst du, das ist alles absurd, aber es ist nun mal so, und wenn wir das ernst und schwer nehmen würden, dann wäre alles verloren, der Atem könnte uns ausgehen....

Es war noch dunkel am frühen Morgen, und dort im Brighton-Hotel sahen wir, wie das Morgenlicht langsam den Himmel eroberte. Das Musée Gare d'Orsay, der Tuilerien-Park, der Eiffelturm, die Sensationen der sandsteinfarbenen Architektur der Stadt, legten ihre zertanzten Schuhe ab. Die goldenen Lichterkleider dämpften sich langsam, unaufhaltsam, aus dem Nachtblau über das milchige Grau zwischen Nacht und Tag hinein in das irdische Licht der fundamentalen Wirklichkeit der Zeit zwischen Morgen und Abend. Es gibt dieses wunderbare Lied von Jacques Dutronc: „Paris s'éveille". A. stand auf dem Balkon. „C'est le meilleur moment pour voir Paris" (das ist der schönste Moment, Paris zu sehen.) Wenn man sich einmal klarmacht, daß diese gewaltige Abwechslung zwischen Traum und Wirklichkeit alle 12 Stunden stattfindet...

„Monsieur" A. mußte das Frühstück bestellen. Für 3 Personen. Jetzt kommt es unweigerlich heraus, daß wir die Nacht zu dritt verbracht haben in einem 2-Bett-Zimmer, dachte ich. Vielleicht wollen sie eine Nachzahlung für die 3. Person, welche es auch sein mochte. Es könnten ja Leute kommen, die zu sechst in einem Zimmer logieren. Aber der Ober kam „selbstverständlich" mit dem Tablett, A hatte sich auf den Balkon verzogen und hob sich im Zwielicht der Morgendämmerung kaum ab.

Café au lait, Croissants, wir saßen da zu dritt, wie war das eigentlich, vielleicht war ich die einzige Nervöse, lief auf und ab, G. saß still, guckte sie sorgenvoll? A. hatte seine übliche gute Laune. Als ich den roten Lackgürtel über dem Paillettenrock verschloß, sagte er: „Elle est booonne",... den vertrauten Ronchon-Club-Spruch. Das war nett von ihm.

Wir fuhren im Fahrstuhl hinab zur Rezeption. G. stieg in der ersten Etage aus. Hatte sie nur aus Versehen den falschen Knopf gedrückt? Jedenfalls kam sie per Treppe unten an und machte sich ans Bezahlen. A. und ich warfen einen Blick in die Halle des Brighton. Wie schön alles aussah. Dann stellten wir uns zu G., die gerade den american express-Zettel unterschrieb. Das Personal fand mal wieder alles ganz selbstverständlich, und wir gingen hinaus auf die Rue de Rivoli. A. nahm die Mêtro Tuileries, G. und ich bogen zu meinem Domizil ab.

Es war immer noch sehr früh am Morgen. Die Leute sagten „pardon", und überholten uns. G. und ich waren nicht auf dem Weg zur Arbeit, wir gingen langsam. Bei Flo-Prestige, dem traiteur an der Ecke, der Tag und Nacht geöffnet ist, kauften wir eine Flasche Champagner, eine kalte. Und kehrten in meine kleine Mansarde zurück.

Ihr deutscher Freund stand nicht vor der Tür. An meiner Bar in der kitchenette saßen wir uns gegenüber. Sie rief in Berlin an. Dann tranken wir ein Glas von dem Champagner. Sie sagte nichts zu der Nacht. Ich traute mich nicht, all die Fragen zu stellen, die mir auf der Zunge lagen. Offensichtlich hatte A. sie bevorzugt. Ich hatte mich darauf gefaßt gemacht, „vorbereitet", hatte es vorher gewußt, und die beiden trotzdem zusammengebracht. Warum? *Je ne sais pas.*

Schließlich sagte G. doch etwas. Sie hätte ihre Meinung über A. geändert, sie hielte ihn nun doch für liebesfähig, und sie hätte begriffen, daß A. und ich beide Spieler sind. Dann wollte sie wissen, ob ich irgendwann an dem Abend oder in der Nacht traurig gewesen sei. Aber nein. Ich war keine Sekunde lang traurig, wirklich nicht. Sie sagte, am Abend, beim Essen, da hätte A. nicht mehr „geworben" wie bei der ersten Begegnung in Hamburg. So, als wäre das nicht mehr nötig gewesen, weil die Sache bereits ausgemacht war. Ich erinnerte mich an einen Moment im Hotelzimmer, ganz zu Anfang, als sie sich wegen seines Verhaltens mir gegenüber im Restaurant fast streng vor ihm aufgebaut hatte, so als verachtete sie ihn und wollte sich verweigern. Vielleicht war es das Spiel mit dem Anruf beim Psychiater J.M., der nicht zu Hause war, das sie wieder ausgesöhnt hat. Und am Morgen, sagte sie, da wäre er so „neutral" gewesen. Hatte sie sich den Ausgang zärtlicher vorgestellt? Ich erklärte ihr, daß die Franzosen ein völlig anderes Verhältnis zum „faire l'amour" haben: Es rangiert nicht höher als gutes Essen und erlesener Wein. Man treibt es gerne, möglichst oft, genüßlich, intensiv, aber es gibt keine Spur von Sentimentalität wie bei der deutschen „Liebe". Das beruhigt mich, sagte sie. Ich konnte noch gar keine Schlüsse ziehen aus dem gerade Erlebten, außer vielleicht, daß „alles geklappt" hatte.

Den ganzen Tag über waren G. und ich unterwegs. Zwischendurch rief ich A. von einem Lokal aus an. Er hatte schon versucht, uns zu Hause zu erreichen. G. mußte am nächsten Morgen sehr früh abreisen. A. bat mich, ihr auszurichten, daß sie ihm einen der schönsten Momente seines Lebens bereitet hätte. Und ich bemerkte, wie sehr sie sich darüber freute. Eigentlich staunte ich darüber. Vielleicht habe ich eine überhöhte Bewunderung für sie, dachte ich, und konnte mir bislang nie vorstellen, daß auch sie nur ein menschliches Wesen ist mit einem einsamen Herzen und viel zu viel Sehnsucht. Und ich bin härter als sie?

Am Tag danach wurde ich dann doch traurig. Ich schob das meinem Erschöpfungszustand zu. Ich war auch eher deprimiert als traurig. Was war geschehen? Würde A. von nun an nur noch das „arme Mädchen", die „Kleine" in mir sehen können? Ist meine Sexualität wirklich „kleiner" als ihre? Bin ich tatsächlich das „trois fois rien" (das dreimal Garnichts), das ich im Akt der Unterwerfung so leidenschaftlich gern empfinde? A. erniedrigt mich in der Domination doch nur deswegen, weil ich in Wirklichkeit nicht „klein" bin. An diesem Tag empfand ich alles andere als Größe. Ich fühlte mich als die „second best", die banale Nummer 2.

Ausgerechnet für diesen Abend hatte A. eine neue Stunde der Wahrheit arrangiert. Ich wußte, was mich erwartete. Er hatte eine Frau, ein Call-Girl ins Haus bestellt. Die beiden wollten mich zu zweit dominieren, ich sollte vor der Professionellen erniedrigt werden. Und ich muß gestehen, diesmal hätte ich die Kurve zum Ende der Welt fast nicht geschafft.

Noch am selben Nachmittag landete mein Ex-Mari B. an. Er kam von seiner Ausstellungseröffnung in Norddeutschland zurück. Es ist so üblich, daß er Station in Paris macht, bevor er aufs Land in sein schönes Atelier zurückkehrt. Er wußte, daß ich über Nacht bei A. bleiben würde. Ihm war das recht. Einmal hat er gesagt, „weißt du, am liebsten bin ich bei dir, wenn du nicht da bist." Besser kann man die Grundmauern unserer allen Witterungen trotzenden Verbindung nicht beschreiben. Nur, an diesem Abend wäre ich wirklich am liebsten zu Hause geblieben. Am allerliebsten allerdings allein.

Ich konnte A. aber nicht absagen. All die offenen Fragen, wie A. mich sehen würde neben oder besser im Vergleich zu G. (will ich es wirklich wissen?), wie ich ihn sehen würde „nach" meinem dreifach-Garnichts-sein. Mein Versagerwahn, sein Siegerwahn, welchen Wahn hat G. erlebt? Mit dem letzten Rest von Energie nahm ich mich am Schlafittchen und bugsierte mich in die Mêtro zur Porte de Vanves. Du mußt da jetzt durch, sagte ich mir, und wiederholte den weisen Spruch über das Leben: Schön muß es nicht sein, leben muß man's.

Ich war vor dem Call-girl da. Zu früh. A. telefonierte, als ich ankam. Ich ergebe mich, dachte ich, und sang im Stillen: ich bin doch gar nicht Rosental, mir ist schon alles ganz egal... „Marie-Madeleine ist ein einfaches Mädchen", hatte er angekündigt, „aber sie hat den Krebs besiegt und ihr Kind ganz allein großgezogen". Und dann läutete es an der Tür. Ich erkannte sie sofort, die Frau mit der Banane aus dem Cinématon.

Und sie gefiel mir. Die Haare waren nach der Chemotherapie nachgewachsen, sahen aus wie ein sehr kurzgeschorenes Fell auf dem Kopf, ihr Körper war zierlich und kräftig zugleich, die Haut ebenmäßig, das Kleid hübsch, die Augen groß, das Wesen milde, der Mund weich, die Bewegungen harmonisch, un-nervös, wie mein Hamburger Psychiaterfreund M. sagen würde.

Wir aßen zu dritt am antiken Holztisch, die Sitzordnung hatte sich verändert. Auf dem Sessel, „meinem" Sessel, saß sie, ich saß auf A.s Platz, und er zwischen uns auf dem marmorisierten Designerstuhl, auf dem sonst die Schreibmaschine steht. Auf den Tellern von Marie-Madeleine und mir lagen verpackte Geschenke, auf ihrem zwei, auf meinem eins. „Sie hat einen Sohn, deshalb bekommt sie zwei Pakete", hatte A. mir erklärt. Sie wußte nicht, welches sie auspacken sollte. Das Schwerere, sagte A. Unsere Geschenke waren identisch: Jeder bekam einen Bloc de Foie Gras. Was in dem Päckchen für Marie-Madeleine's Sohn war, blieb ein Geheimnis, ich fand es sehr zartfühlend von ihr, daß sie es nicht öffnete.

Wir aßen Lachs, Lachs und nochmal Lachs, fumé, und auf Coquilles St. Jacques, Krabbensalat, Ziegenkäse, Zitronenkuchen mit Baiser obendrauf, und tranken dazu Champagner. Ich konnte meine Blicke nicht von Marie-Madeleine losreißen. Ich sah eine Frau, die ihr Leben in den beiden, noch so kleinen Händen hielt und sich liebenswürdig und zurückhaltend gab an diesem Tisch; die gerne, langsam und viel aß, während ich keinen Bissen herunterbringen konnte. Meine Augen klebten nur so an ihr, an ihrem schönen Körper, der mir so sehr als etwas Besonderes erschien, ihre feinen Hände, ihre großen, milden Augen, ihre weichen, wohlgeformten Arme, sie strahlte Zärtlichkeit aus. Ich dachte an ihren Sohn, ihr Kind, an die besiegte Krankheit. Und langsam begann ich, mich wohlzufühlen an diesem Abend, dem ich mich überhaupt nicht gewachsen gefühlt hatte.

Marie-Madeleine war eine Weile lang die Freundin von A. gewesen. Er hatte mir Fotos gezeigt, die üblichen Privat-Pornos, in ihrem Cinématon hatte ich seine Handschrift erkannt. Marie-Madeleine, die Elsässerin, konnte sogar deutsch. Und sie verhielt sich mir gegenüber aufmerksam, bescheiden und sehr liebenswürdig. Später fragte ich A. zweifelnd: „Ist sie wirklich ein Call-girl?" „Aber nein", antwortete er erstaunt. „Wie kommst du denn darauf?" Ich dachte an seine damalige Ankündigung des Besuchs einer krebskranken Professionellen mit schlechtsitzender Perücke und ihrem Amerikaner mit dem grosse bite, der nicht zustande gekommen war. Das mit der Krankheit stimmte doch überein, und ich mußte zu dem Schluß kommen, daß A.s Phantasie auch ihr eigenes Leben führt und ihm manche Realitäten aus dem Hirn löscht.

Jedenfalls hatte Marie-Madeleine ihren Zitronenkuchen noch nicht aufgegessen, da hielt mir A. schon sein Glied hin, ich sucierte ihn. „Marie-Madeleine", sagte er, „du wirst sehen, sie liebt die Unterwerfung. Sie braucht Schläge, viel mehr als du." Und er verabreichte mir eine heftige baffe. Dabei hielt er mir so liebevoll den Kopf fest, daß ich all die Schmach, „la honte", die Schande, vergessen konnte. Arme Marie-Madeleine, was hat sie mit ansehen müssen?

Die Stricke hingen schon an der Heizung. „Sie sind vorgewärmt", sagte ich, und Marie-Madeleine entzückte sich über diese Bemerkung. Sie machte einen Ausflug in ihre Kindheit im Elsaß: Dort legte man die Kleider der Kinder auf den Ofen, damit sie am kalten Morgen etwas Warmes zum Anziehen hatten.

Marie-Madeleine und ich zogen uns aus. Sie trug ein Dessous aus türkiser Seide. Sie selbst war wie aus Seide. Sie hatte behauptet, daß sie sich zwar auch gern unterwirft, aber noch lieber dominiert. Die beiden fesselten mich an den Heizkörper im Arbeitszimmer. A. haute mir Ohrfeigen und befahl, daß sie mich auch schlagen sollte. Ich fühlte meine Wange in einer schüchternen Hand, wie damals, bei der zweiten, überforderten Peepshow-Domina. „Nein", schrie A., „du mußt keine Angst haben, sie braucht das!" Und dann haute Marie-Madeleine mutig zu. Sie stand links neben mir und befahl: „Sieh' mich an, sag', wer ich bin!" Ich hob den Kopf, ihr Blick war streng. Ich kannte die Antwort, die ich geben mußte: „Meine Meisterin..." Eine Sekunde lang spürte ich einen Widerstand gegen meine Erniedrigung und dachte daran, wie schrecklich ich jetzt anzusehen sein mußte, dann war es zu spät, mein Zug war abgefahren.

Sie hieben auf mich ein, traten mich, während A. meine Rückseite peitschte, führte sie mir eine Kerze ins Hinterteil und machte sich mit den Fingern der anderen Hand nicht ungeschickt an meiner Chatte zu schaffen. Ich hielt die gefesselten Hände schützend vor die Stirn, auf der Heizung liegt eine Marmorplatte, und ich hatte Angst, daß sich die spitze, rechtwinklige Ecke in meine Schläfe bohren könnte, Blut strömt, und alles zum Teufel ginge.

Dann befahlen sie mir, auf allen Vieren den Flur entlang zum Schlafzimmer zu kriechen. Immer noch wühlte sich die Frage durch mein Hirn: „Wird Marie-Madeleine schockiert sein?", gleichzeitig war es mir egal. Vielleicht wollte ich etwas nachholen, was mir im Hotel Brighton gefehlt hatte.

Im verdunkelten Schlafgemach, meinem Ende der Welt, legte A. die seidene Marie-Madeleine aufs Bett und sucierte sie. Auf dem Boden daneben kniend war ich als Zuschauerin zugelassen. Ich richtete mich auf und beugte mich über sie. Ich küßte sie. Ich küßte sie auf den Mund und spürte, wie sich ihre Erregung steigerte. Das Spiel ihrer Zunge wechselte ab zwischen Soll und Haben, zwischen Verlangen und Unterwerfung, bis sie ins Keuchen kam. Ich küßte ihre Brüste. Und keuchend gab sie A., der da unten zu Gange war, ihre Anweisungen „oui, oui, vas-y" (ja, so ist's gut, weiter, mach weiter), aber mach's etwas ruhiger, nicht so heftig, er gehorchte und dann jouierte sie. Sie schrie mit einer männlichen Stimme, einer Bierkutscherstimme, die der Zartheit ihres Körpers überhaupt nicht entsprach, sie brüllte, ihre Beine streckten sich im Reflex in die Länge und hauten mir, die ich dabei war, ihre Schenkel zu küssen, ein Knie ins Gesicht. Frauenorgasmen haben wohl immer etwas Gewaltiges, so sehr hegend und pflegend die weibliche Psyche auch sein mag.

Danach machten sich die beiden über mich her. Jetzt durfte ich mich aufs Bett legen. „Ist sie feucht", fragte A. Aber ja, und wie, war die Antwort. Irgendwann riß ich ihnen die Kerze aus der Hand. Ich wollte jouieren, koste es was es wolle, um jeden Preis. Ich lag allein auf dem Bett, ich manipulierte mich, die beiden küßten sich genau daneben im Stehen, und ich hörte A. sagen, „hol den Fotoapparat, das wollen wir festhalten", und mir war alles ganz egal, ich befriedigte mich mit der Kerze. Und ich registrierte A.s Kommentar: „Du wirst sehen, wie es ihr kommt, sie braucht lange, um all das hochzubringen". In dem, soll ich sagen: schrecklichen oder glücklichen Moment, da waren sie beide bei mir, sie trösteten mich von rechts und von links, sie küßten mich, ich zitterte noch in allen Gliedern, aber ich liebte sie, alle beide. Ich bin eine Zumutung, A. kann das mit Links verkraften, aber Marie-Madeleine? War sie entsetzt über die Heftigkeit meines Plaisir?

Alle Welt will eine Antwort von mir. „Du bist verliebt, nicht wahr?" Nein, ich bin nicht verliebt. Ich versuche ein Gefühl. Faire l'amour hin, faire l'amour her. Meine Liebe bleibt tief unten im See, sie ist nicht pornografisch, leider. Und weil ich Deutsche bin, mit der Liebes-Sentimentalität ausgestattet, möchte ich ein Schlußwort dazu sagen, ein Zitat von Adorno: „Es gibt kein richtiges Leben im Falschen." Es ist nun mal so, und ich habe vielleicht in der Lichterstadt ein wenig gelernt, daß man sich für das Plaisir, egal, wie es zustande kommt, nicht genieren muß. Man ist schließlich nicht mehr in der Pubertät. Man weiß, oder sollte wissen, wie kurz und vor allem wie kostbar die Momente der Begegnung sind. Die Realität soll sich versöhnen mit der Phantasie. Sie ist da und dort, auf dem Bett, in den Lichtern der Seine, in meinem miserablen Treppenhaus, in Telefonanrufen, die von Begegnungen vor einem Jahr herrühren, da überall.

Marie-Madeleine und ich blieben noch eine Weile auf dem Bett meiner Schande liegen. A. war in sein Arbeitszimmer verschwunden. „Wollt ihr noch den Rest vom Champagner?" rief er, und wir kehrten zurück an den Tisch. Er spielte uns Platten von Dolly Parton vor. „Das ist eine Frau, die beim Duschen keine nassen Füße bekommt", erklärte er, „weil ihr Busen so groß ist." Wenn er dabei nicht so eine strenge Miene gemacht hätte, wäre die Bemerkung nicht so komisch gewesen. Er brachte Marie-Madeleine und mich zum Lachen. Und wie immer lagen Lachen und Weinen dicht beieinander in der großen Erschütterung, im Bereich der „sensations fortes" (der starken Empfindungen).

Dolly Parton sang: „My mistakes are no worse than yours, just because I' m a woman", und danach das Lied von dem Child, that was „born in the Ghetto, and his mother cried..." (von dem Kind, daß im Ghetto geboren wurde, und seine Mutter weinte). A. war selbst drauf und dran, zu weinen. Ich auch. Und vielleicht mußte Marie-Madeleine an ihren Sohn denken. A., der Regisseur, spielte dann noch Platten ab, die für seine, ihre und meine Jugend signifikant sind. Er merkt sich alles. Für mich ist es, das hat er herausgefunden, der Song „pretty woman."

Das ist lange her. Ich tanzte in der Ozeana-Bar, in der Kleinstadt meiner schrecklichen Jugend. Es war schon schlimm genug, daß ich mich überhaupt an diesem Ort befand, wo es so eine Spiegelmosaikkugel an der Decke gab wie in dem Partouze-Lokal Dix Bis, Paris, Porte Maillot. Ich tanzte mit einem Klassenkameraden. Neben uns tanzte der Mann, in den ich verbotenerweise verliebt war, ein verheirateter Student. Er tanzte mit einer stadtbekannten Nutte. Die Musikbox dudelte „pretty woman".

Ich ging aufs Klo, und er kam völlig betrunken hinterher. Da war nicht viel zu machen. Meine Phantasie störte das nicht. Wie es hätte sein können, wie ich es mir gewünscht hätte, schrieb ich in mein Tagebuch, das mein Vater kurze Zeit später aufgebrochen und alles für bare Münze genommen hat. Zu meiner Mutter sagte er: „Was ich da gelesen habe..."

Es dauerte noch ein knappes Jahr, und der Vater wies mir die Tür, machte mich zu einer „expulsée", einer Ausgestoßenen, nicht so wie bei Beckett, der das Gefühl des Ausgestoßenseins auf das Erlebnis der Geburt zurückführt. Ich war erst mit 19 Jahren draußen. Aus dem „Elternhaus". And my mama cried.

Ein wenig später saß ich im Zug, Studienortswechsel von Münster in Westfalen nach Hamburg, und lernte einen Südamerikaner kennen. Er konnte nur sehr wenig Deutsch, aber ich fand ihn wunderschön. Über meine Sommersprossen auf den Armen konnte er sich gar nicht beruhigen, sowas hatte er noch nie gesehen. Einmal küßte er mich und sagte „kotzlich", ich erschrak natürlich, bis mir klar wurde, daß seine spanische Zunge das Wort „köstlich" nicht aussprechen konnte.

Fast jeden Abend lud er mich in spanische Lokale ein. Ein einziges Mal gab es keine lateinamerikanischen Rhythmen, wir tanzten zu dem Song „pretty woman". Und er fragte mich, ob ich bereit wäre, einen Homosexuellen zu heiraten. In den lateinischen Sprachen ist „homme", „Mensch" und „Mann" dasselbe Wort. Es brauchte eine Weile, ihm klarzumachen, daß ich in jedem Mann einen „Menschen" suche.

Ganz überraschend drehte sein Freund durch, haute einen Milchladen in Blankenese zusammen, und die beiden mußten zurückreisen nach Chile. Wir korrespondierten noch eine Zeit lang. Er schickte mir Fotos von sich und seiner Hazienda.

Alle Frauen sind, oder waren einmal, eine *pretty woman*, die verehrte, die begehrte, die schöne Traumfrau. In meinem Tagebuch „Dürer Paris" über die Stipendiums-Zeit an der Cité des Arts schrieb ich: „Je suis la reine de Paris" (ich bin die Königin von Paris), weil ich mich von der Pariser Mentalität verehrt, bewundert und verwöhnt fühlte. Trotzdem wußte ich, daß ich nicht die einzige bin. Paris macht jede Frau zu einer Königin. Als ich Marie-Madeleine's Haut sah, ihren wohlgeformten Körper, ihre bescheidene Selbstsicherheit, ihr „gutgelerntes" Dominieren, bekam ich zu der Musik von pretty woman einen sehr deutschen sentimentalen Schub. Vielleicht, weil ich aus *meinem* Cinématon wußte, wie sehr mein Hinterteil gealtert ist, wie meine Haut im Gegensatz zu der von Marie-Madeleine und der von A. und G. im Argen liegt.

Dort am runden Holztisch an der Porte de Vanves, an meinem Ende der Welt, wurde A. ungeduldig. Marie-Madeleine sollte endlich abhauen. Ich umarmte sie zum Abschied und sagte, daß sie in Wirklichkeit noch viel schöner sei als im Cinématon. Sie freute sich darüber und verpackte ihren fragilen Körper sorgsam in einen leuchtend blauen Kunstpelz. A. stieß sie hinaus in die Nacht.

Vielleicht habe ich es Marie-Madeleine zu verdanken, daß ich in dieser Nacht nicht herumwandern mußte sondern einschlafen konnte in der zärtlichen Umarmung von A. Es war mir plötzlich egal, wie lange das Leben, wie lange die Liebe dauert, was war, was sein wird, was sein könnte. Vielleicht fühle ich mich in der Unsicherheit am allerwohlsten, allein in der Nacht, tief unten im See und in meinem kalten Wald, in der Erstarrung, und das kann auch in warmen Armen so sein.

Ich weiß nicht, wie es mit A. und mir ausgehen wird. Sicherlich hängt das auch von mir ab. Anscheinend besitze ich Kräfte, von denen ich nicht viel weiß, und es ist, als ob A. sie besser kennt als ich. Bin ich doch mehr als das dreifache Nichts? Ich, was ich bin? *Je ne sais pas.*

Am nächsten Abend rief G. aus Berlin an. Sie wußte von meinem Treffen mit A. und dem „Call-girl", und wollte wissen, wie es war. Ich schwärmte von Marie-Madelaine's Schönheit. „Schönheit ist nicht alles" sagte sie. Und dann hauchte sie mir mit konspirativer Stimme zu, daß sie ihre Plaisir im Brighton nur gespielt hätte. Ich konnte darauf gar nichts antworten, so platt war ich. Das kann doch gar nicht sein. Was soll ich glauben, wem soll ich trauen, meinen Augen, meinen Ohren oder ihr? Wieder einmal bleibt alles ein Geheimnis. Und ich werde versuchen, es nicht zu lösen. Wichtig war, daß es ihr gefallen hat. Sie sagte: „Es mußte so kommen, beim ersten Mal mußte er sich so sehr um mich kümmern..", und machte den Vorschlag, sich ungefähr alle halbe Jahre zu dritt wiederzutreffen, das nächstemal vielleicht auf dem Land in einem Chateau. G. hat viel Sinn für Dekor.

Es ist Tradition, daß ich am 24. Dezember, Heilig Abend, mit Ex-Mari B. hier in Paris in ein Restaurant gehe. Gleichzeitig bekam ich eine Einladung von A. für diesen Abend, er wollte mich mitnehmen zu einem Essen bei Freunden, zu dem auch sein Psychiaterfreund, mein Zweitliebhaber aus dem Forêt de Fontainebleau, eingeladen war: J.M., den ich so gern wiedergesehen hätte. Aber aus alter Treue zu meinem Wahl-Verwandten B. sagte ich A. ab.

Niemand hat Absagen gern. A. tut immer so, als ob ihm das völlig „schnurz" ist, aber ich habe beobachtet, daß es ihn im tiefsten Inneren mächtig trifft. Einen Abend später war ich bei ihm, und er ging sehr hart mir um. Nicht in seinen Bestrafungen, nein, nicht physisch sondern psychisch. Mein kleines Geschenk stellte er auf den Tisch. „Es ist hübsch", sagte er trocken, das war alles. Dabei weiß ich genau, daß es ihn freut, wenn ich ihm ein Geschenk mache. An diesem Abend wollte oder konnte er nicht freundlich sein.

Er fing an, über mein Manuskript zu reden. „Was kann ich dir noch bieten, an Sensationen, damit du Stoff hast zum Weiterschreiben?" Ich versuchte, ihm klarzumachen, daß ich nicht wegen des Manuskripts mit ihm zusammen bin sondern weil ich ihn gern habe und am liebsten mit ihm allein sei. „Ich nicht", sagte er, „ich brauche andere Frauen, die Abwechslung." Und fuhr fort: „Und du, sei ehrlich, bist du treu?"

Frauen sind überhaupt niemandem treu, außer vielleicht ihren Kindern. So steht es im ersten Band von „Die Frauen der Völker" geschrieben, erschienen 1908. Eine „Forschungsarbeit", die sich um die unterschiedlichen Charaktere und Qualitäten der Frauen dieses Erdballs dreht. („Das war der Porno für unsere Großväter", kommentierte Psychiaterfreund M. aus Hamburg, der mir die Bücher ausgeliehen hatte.)

Die Treue der Männer dagegen ist geprägt von der Soldatentreue zum Vaterland. Die ist ihnen so eingebläut, daß sie dafür zu sterben bereit sind. So einen Treueanspruch übertragen sie auf die Frauen, denen diese Erziehung fehlt. Frauentreue zu Männern, so kann man in diesen Bänden nachlesen, mißt sich an der Festigkeit der Hand, mit der „er" „sie" zu halten wünscht.

„Nein, ich bin nicht treu" antwortete ich A. also automatisch und ehrlich. „Was willst du dann also von mir", warf er mir gnadenlos zu, wandte sich von mir ab, um sich in seinen Kissen zu vergraben. Trotzdem muß ich ihn vor dem Einschlafen noch einmal erregt haben. „Was möchtest du?" fragte er. Ich bat ihn, mich zu sucieren. „Pas de question" antworte er, „das kommt überhaupt nicht in Frage".

In dieser Nacht, in der ich nun zum zweiten Mal nicht mehr herumwandern mußte, träumte ich schreckliche Sachen. Zuerst erschien mir Ex-Mari B., den ich auf einen glatten Aluminium-Ofen fallen sah. Der Heizkörper ähnelte einem Max-Ernst-Monster, dort brannte seine Stirn an. Er zeigte mir die Wunde: „Meine schöne Stirn", sagte er, „jetzt ist sie für immer hin, ich kann da andauernd nur so die Haut abziehen", und dann fiel sein ganzer, nackter Körper in Ohnmacht, neben mir. Ich muß den Notarzt rufen, dachte ich, aber da kam er wieder zu sich, neigte „sein Haupt" mit der schönen, verletzten Stirn zu mir, und wir versuchten einen Kuß, der nicht gelang.

Im zweiten Akt dieses Traumes spielte Copine K. die Hauptrolle: Am Telefon hatte sie dieses besondere *Stimmchen*, dem man sofort mißtrauen muß. Jemand, der sich professionell in Sprache ausdrückt und einem vermittelt, daß diese Sprache nur noch einen Millimeter über die Graberde hinauszuwachsen in der Lage ist, der läutet Alarm. Ist sie im Krankenhaus, hat sie einen Herzinfarkt gehabt, muß ich helfen??

Der dritte Akt des Traumes spielte sich in A.s Appartement ab, das ganz anders als in Wirklichkeit aussah. Es klingelte an der Tür. A. ging hin um zu öffnen. Eintrat meine Mutter. A. ging ihr voran und sagte mit entnervter Stimme: „Da ist jemand für dich", und ich sah meine Mutter im Türrahmen. Sie sagte, sie hätte Sehnsucht nach mir gehabt und sich Sorgen gemacht und wäre deshalb einfach spontan nach Paris gekommen, wegen Weihnachten.

Am Morgen wachte ich auf mit so geschwollenen Augen, als hätte ich drei Nächte lang durchgeweint. A. hatte zu seiner Zuneigung zu mir zurückgefunden.

Er machte mir sogar ein Kompliment über die verklebten Augen: „Man könnte dich für eine Katze halten!" Er weiß, daß ich Katzen mag. Glücklicherweise hatte ich die Sonnenbrille eingepackt, in meinen kleinen Silberkoffer, den „baise-en-ville". Aber an diesem Morgen nahm ich nicht die Mêtro von der Porte de Vanves, ich nahm ein Taxi. Der schwarze Taxifahrer legte religiöse Musik in die Kassette: „Qu'est-ce que tu cherches, qu'est-ce que tu cherches" (wonach suchst du) lautete der immer wiederkehrende Refrain.

Zu Hause angekommen, wußte ich nicht mehr, ob A. mich glücklich oder unglücklich macht. Und die Lebensweisheit vom „horreur du bonheur", dem Grausen vor dem Glücklichsein, wie sollte ich mir diese Worte von dem unsichtbaren Ort hinter den Ohren hervor holen, um ihnen frank und frei ins Auge zu sehen? *Je ne savais pas*, ich wußte nicht, wie.

An diesem Nachmittag besuchte mich ein Zauberer. Ein italienischer Fürstensohn aus Los Angeles, L.A. USA. Er legte mir die Karten. Ich liebe die Karten, aber ich sah verheerend aus, die Augen waren zwar im Vergleich zum Vormittag tausendmal besser, aber immer noch nicht normal. Er sagte mir schöne Sachen voraus. Er wollte von mir nichts wissen, keine Details, er ließ mich mit seinen Aussagen im Ungewissen, und ich konnte die Möglichkeiten gar nicht so schnell sortieren, aussortieren, was nicht in Frage kam, und worauf ich mir einen „Reim" machen konnte.

„Mit dem Mann, der dich im Moment am meisten beschäftigt", sagte er, „gibt es ein *Problem*. Das kommt aber nicht von *ihm*, denn du hast sein Herz getroffen. Du selbst bist das Problem, denn du vergleichst ihn mit einem anderen Mann." Ich hatte an A. gedacht, und fühlte mich sofort schuldig wegen meiner ungelösten oder besser seit 7 Jahren in Ablösung befindlichen Beziehung zu Ex-Mari B.

Zu einer „langen, sehr magischen Beziehung in der Vergangenheit” wußte der Erstgeborene aus dem italienisch-schottisch/irischen Hochadel zu sagen, daß ich niemals versuchen dürfte, darin eine neuerliche Zukunft für die Liebe zu finden. Gute Freundschaft, das wäre ok. Aber die Liebe, da würde alles...kaputtgehen, und er machte eine Katastrophen-Geste. Überhaupt machte er viele Gesten, warf aber niemals etwas um. So, als hätte er den wirklich komplizierten Rahmen meiner winzigen Mansarde verstanden. Ich liebte ihn, so wie er dort vor mir saß und mir Komplimente machte. Der italienische Millionär aus L.A. ähnelte Marcello, dem intellektuellen Küchenjungen vom Cuneo.

Am schönsten war seine Beschreibung des Eindrucks, den ich auf ihn bei unserer ersten Begegnung im Café „La Palette” gemacht und der so nachhaltig gewirkt hatte. Ich saß mit der Copine K. dort, er mit Freunden am Nebentisch. Ich hätte der Copine die ganze Zeit über zugehört und nur schwarze Sachen angehabt, an den Händen die fingerlosen Spitzenhandschuh, die „mitaines”, mit denen ich angeblich *zierlich* das Weinglas hielt. Um ihn von der Seite anzusehen, hätte ich zunächst nur die Augen gedreht, denen der ganze Kopf dann langsam nachgefolgt sei.

Er versuchte ernsthaft, meine Haltung von damals mit dem Glas in der Hand, mein Nippen am Wein und die Augen- und Kopfdrehung nachzumachen. Das sah zu komisch aus. Mein Alter habe er dort in der Palette nicht erkennen können, er sah nur eine Erscheinung, die ihm sehr „künstlerisch” vorkam, wie aus den 20er Jahren. Ein bißchen streng, ein bißchen elegant, ich hatte seine Neugier erweckt. Und ich erinnerte mich an seine Frage nach meiner „Profession”. Ich hatte ihm meine Computerbilder erklärt. Die wollte er zu gern einmal ansehen..., und so war er in den Besitz meiner Telefonnummer gekommen.

Es dauerte ein gutes halbes Jahr, bis er anrief, und wir eine Verabredung aushandelten. Aber er kam nicht.

Als er sich nach wiederum einem halben Jahr am Telefon meldete: „Hi, this is Mikel", wußte ich nicht mehr, wer das war. Spontan dachte ich an den hübschen farbigen Bostoner aus London, mit dem ich mich in der Hamburger Hanseaten-Villa auf dem Sofa unterhalten hatte. „Nein, Mikel aus der Palette!". Und ich konnte mich nur noch dunkel an einen hübschen, südländischen Typen mit schönen schwarzen Augen erinnern.

Da saß der geradeмal 40-jährige nun vor mir, an meiner Bar in der Küche, den Filzhut hatte er aufbehalten, etwas längere, schwarze Locken kringelten sich darunter hervor. Er hatte meine schwarz-weißen Computer-Bilder bewundert, mir die Karten gelegt, von sich erzählt, von seinen Reisen, seiner reichen Familie, von den schönsten Erinnerungen aus der Kindheit. Er kann so leben, wie es ihm in den Kopf kommt, kennt 300 Länder des Erdballs, wacht manchmal nachts auf und verläßt seinen zwölfjährigen Stützpunkt Paris, um sich, einer plötzlichen Idee folgend, nach Amsterdam, Indien, Australien oder Südamerika aufzumachen. Dann ist er eben für eine Weile verschwunden. Und schickt eine Postkarte. „Meine Freunde kennen das schon", fügte er hinzu, „sie werfen mir vor, nur den Moment zu leben. Aber sie verstehen ganz und gar nichts, ich lebe nicht den Moment, ich suche ihn."

Ich jedenfalls gab ich mich ganz diesem Moment seines Besuchs hin, seiner Selbstdarstellung mit Hut, er blieb von 5 Uhr nachmittags bis 10 Uhr abends. Meine Ausdrucksweise im holperigen Französisch und im holperigen Englisch entzückte ihn wegen der Bildhaftigkeit. Irgendwie kamen wir auf Tiere zu sprechen. Er will im Februar mit 3 Londoner Biologinnen nach Kenia fahren, nicht zur Jagd, Jagd mag er nicht, zum Zelten und Untersuchen von Flora und Fauna. Vor den großen, prähistorischen Tieren wie Elefanten, Giraffen, selbst Bären, Löwen und Tigern habe ich weniger Angst als vor Insekten. Die kleinen Schnellen erscheinen mir unheimlicher, bedrohlicher.

Ich erzählte ihm die Geschichte von dem Park in der Normandie, wo ich auf dem Rasen meine Tasche öffnete, wahrscheinlich, um mir eine Zigarette herauszuholen. Da kam mit eben dieser bedrohlichen Geschwindigkeit ein kleiner schwarzer Punkt aus dem blauen Himmel angesaust um direkt in meiner geöffneten Handtasche anzulanden. Im Reflex warf ich die Tasche im hohen Bogen von mir und schrie hysterisch auf. Meine beiden Begleiter konnten das nicht begreifen. Die Heftigkeit meiner Aktion hatte sie zutiefst erschreckt, mitten auf dem Rasen des friedlichen Parks. Sie machten sich auf, mir die Tasche wiederzuholen. „Da ist etwas Fürchterliches drin", zitterte ich, sie öffneten die Tasche, und eine ganz banale Fliege hatte ihre Freiheit wiedergewonnen...

Mikel beugte sich über meine Bar und küßte mich. Er wollte mit mir schlafen. Ich dachte an Marcello, mit dem es sehr schön war, aber ich konnte nicht. Warum? *Je ne sais pas*, ich wollte nicht. „Aber wir sind doch keine Jugendlichen mehr", sagte er, und dann, als ich ihm das Licht im Treppenhaus anmachte: „Vielleicht bekommst du in drei Tagen eine Postkarte aus Burma", und ich blickte ihm nach.

An den nächsten 2 Nachmittagen nahm ich den Stecker vom Telefon aus der Buchse. Er hatte mir eine Überraschung versprochen. Ich wollte sie und wollte sie nicht. Kaum war er weggegangen, hatte ich nichts Eiligeres zu tun gehabt, als in meinen kalten Wald, unter mein Eis, tief unten in den See zu entkommen. Dort igelte ich mich ein, versuchte, meine Schlüsse zu ziehen, wie ein ewiger Amateur-Angler, bis ich endlich wieder die Kraft hatte, mich neuen Abenteuern mit A. zuzuwenden.

Diesmal hatte A. unseren Besuch bei dem Paar „für Exhibitionisten" in der Banlieue von Paris vorbereitet. Die beiden hatten akzeptiert, daß er mich mitbringt.

Ich erinnerte mich an seine Beschreibungen: „Sie ist gleichmäßig braun, sehr gut gebaut und vollkommen rasiert. Ihr Partner ist dagegen etwas langweiliger. Ich will versuchen, sie rumzukriegen, daß sie dir erlaubt ihren Mann zu sucieren und vielleicht auch mich an ihre Chatte heranläßt. Ich werde ihnen erklären, daß du gern dominiert wirst, vielleicht bekommt sie oder er Lust darauf, dich zu schlagen."

Wir nahmen ein Taxi und fuhren ein gutes Stück über den Périphérique, den Pariser Ring, der spät am Abend nicht mehr verstopft ist. Hinter einer Ausfahrt bog das Taxi in ein Konglomerat von beispiellos tristen Wohnsilos ein. Dort stiegen wir aus. Ich fühlte mich wie die Kuh, die Hans im Glück gegen seinen Goldklumpen eingetauscht hat und am Strick hinter sich herzieht. Wir stiegen die Betontreppe eines der Hochhäuser hinauf, sie war vorbildlich sauber gefegt. Die Reinlichkeit der „einfachen Leute", dachte ich.

An der simplen, grau-grün-gestrichenen Wohnungstür unseres Paares prunkte ein großes, mit diversen Pilzen, Glocken und Kugeln voll- und festgestopftes Adventsornament. „La fille" machte uns auf. Sie begrüßte A. freudig wie einen sehr guten, alten Bekannten. Dabei war er doch nur ein einziges Mal vorher dagewesen. Oder? Der Flur war ein sehr kleines Viereck mit Garderobe, eine Zimmertür stand offen. Zwischen Flur und Zimmer gab es die Vorstellung: Sie hieß Gabrielle und reichte mir eine kleine feuchte Hand, er hieß Jean-Luc und schaute optimistisch drein. A. präsentierte mich unter meinem Zwielicht-Pseudonym. Gabrielle nahm unsere Mäntel, wir traten ins Zimmer und setzten uns auf ein Sofa an der Wand, auf dem eine weiße Baumwolldecke lag. Ich traute meinen Augen nicht: Ich sah einen mittelgroßen Tannenbaum mit elektrischen Lichtern und sehr viel Gold, das hier erstaunlich gelb reflektierte. Das mag an der Fichtenholz-kitchenette mit gelbbraunen Kacheln gelegen haben, die sich dort in der Ecke hinter dem Tannenbaum befand. Daneben stand ein überdimensional großes Gerät auf dem Fußboden, wie man es aus Filmen zum Sprengen eines Stausees kennt. Vielleicht war es zum an- und ausmachen der elektrischen Kerzen da, oder der Tannenbaum war wie eine Luftmatratze zum Aufblasen...

A. hatte eine Flasche Champagner mitgebracht. Die stellte er auf die gelbliche Bar und daneben legte er die Geldscheine. Den genauen Preis für diesen Abend kannte ich nicht, aber ich sah ziemlich viele Hunderter. Gabrielle holte sich einen Fichtenholzklappstuhl, Jean-Luc hockte sich auf den hellen Holzfußboden daneben. Zwischen A. und mir auf dem Sofa und dem Paar gegenüber stand ein kleiner dunkler Holztisch, darauf die Champagnergläser und 2 Aschenbecher. Das Zimmer war völlig überheizt, und ich mußte an eine finnische Sauna denken, obwohl ich im ganzen Leben noch nie eine von innen gesehen habe. Gabrielle drehte die Heizung runter.

Ich sah mir „la fille", die A. so gutgebaut fand, sehr genau an. Sie hatte uns in einem schwarzen, sehr engen Minirock empfangen, an dem sich weder Bauch noch Hinterteil abzeichneten, trug dunkle, dünne Seidenstrümpfe an den langen, formlos geraden Beinen, die in sehr hohen schwarzen Stöckelschuhen endeten. Dazu trug sie eine silbrig im Schlangenledermuster bedruckte Seidenbluse mit langen Ärmeln und Dekolleté. Dort sah man ein Stück nackte, braune Haut, die sich direkt über die Knochen spannte. Da war kein Fett dazwischen. Noch nicht einmal Fleisch, dachte ich. Ihre Haare waren braun, lockig, halblang und ein wenig auf Dallas frisiert. Im hageren Gesicht gab es einen dünnen Querstrich als Mund, eine feine Hakennase und blaue Augen. Die Pupillen grenzten oben und unten an die Lider wie zu groß geratene Kontaktlinsen. Sie spielte die souveräne Gastgeberin, selbstbewußt, so als ob sie wirklich alles ganz fest und streng in der Hand hielte. Auf ihrem

Fichtenholzklappstuhl schlug sie die Beine übereinander, als wären sie Ware im Schaufenster. Da fehlte nur das Preisschild. Den Oberkörper hielt sie entsprechend gerade, drehte und wendete ihn geübt im Einklang mit den Lichtreflexen auf dem Cobra-Muster des Seidenstoffs. Unsere Augen begegneten sich. Sie ist freundlich aber kalt, dachte ich und erinnerte mich an die Blickabtausche mit den Peep-Show-Dominas. In unterschiedlicher Dosierung hatten ich bei beiden trotz der Professionalität eine tiefe Sehnsucht nach Fleisch und Blut gesehen. In Gabrielle's Augen sah ich nichts. Sie stand auf, drehte uns den Rücken zu und ging einige Schritte mit ihren Stöckelschuhen. Die unbestritten langen Beine rollten und drehten das unsichtbare Hinterteil. Technisch perfekt, aber ohne Wirkung.

Jean-Luc, der am Boden hockte, während wir Champagner tranken, und wahrscheinlich jeder jeden musterte, war sicher jünger als la fille Gabrielle. Er wirkte gelassener, seine Freundlichkeit unkomplizierter, er konnte aufmerksamer sein. Vielleicht, weil er sich nicht um Entscheidungen kümmern mußte, nein, er brauchte sich nur den festen Vorstellungen von Gabrielle zu fügen. Er trug eine sehr enge, weiße Jeans. Diese enge Jeans erinnerte mich an eine längst vergangene Zeit, an das Plattencover der „Stones", Mick Jagger's Jeans mit heruntergezogenem Reißverschluß: „Sticky Fingers", und an den Hippiefreund von damals, der immer Lebensweisheiten von sich gab: „Die engen Jeans, die klemmen einem doch nur den Sack ab." Unter den weißen, viel zu engen Jeans von Jean-Luc konnten sich unmöglich Boxershorts verbergen, da hatte höchstens ein „homme-slip" Platz. Zu den weißen Jeans, (Assoziation: reines Sperma), trug er ein lockeres Hawaii-Hemd mit viel Azur-Blau. Sein Gesichtsausdruck war harmlos, die Haarfrisur geföhnt. Ein abwaschbarer Gigolo von der Côte d'Azur. Nicht groß, nicht klein, nicht schön, nicht häßlich, als Liebhaber verläßlich? Gut im Training? Jedenfalls fand ich ihn menschlicher, nahbarer als sie.

Zu viert sprachen wir über Partnertausch und Partouzen. Ich gab die Geschichte mit den Schweden zum Besten, A. hatte mich zwischen die Beine des Prüden geschubst, der sein Glied im ängstlichen Reflex mit beiden Händen vor mir beschützt hatte. Wir lachten zu viert darüber, fast ein wenig vertraulich. Und ich mußte feststellen, daß A. diese Szene erstaunlicherweise völlig vergessen hatte. Hier, bei dem Paar „für Exhibitionisten", verfolgte er sein Ziel....Er forderte Jean-Luc auf, sich von dem unbequemen Schneidersitz auf dem Fußboden zu erheben und zwischen uns auf dem Sofa platzzunehmen. Im selben Moment stand la fille auf, damit er sich auf den finnischen Klappstuhl setzen konnte, und ließ sich dann auf seinem Schoß nieder. Nein, sie wollte ihn nicht hergeben, ihren lover.

„Wissen Sie", erklärte A., „meine Freundin läßt sich gern dominieren. Es gibt genug Beispiele aus der Literatur, die belogen, daß es keine Frau gibt, die, wenn man sie richtig darauf vorbereitet hat, nicht Genuß daran finden kann." Und fuhr fort: „Das kann manchmal gefährlich werden", sagte er, „es ist eine Kunst, sich nicht selbst zu verlieren, eine Disziplin, nicht zu weit zu gehen, nicht zu töten." La fille Gabrielle, auf dem Schoß ihres Strandlöwen, hatte zu dieser Rede eine direkte Reaktion: „Töten? Aber bitte nicht hier!" Ihre Worte preßten sich energisch über die schmalen Lippen, auf denen sie eine Weile lang wie Perlen von Hustensaft hängenblieben. Er, Jean-Luc, hatte das Spiel von A. besser begriffen, und umschmuste sie beruhigend auf dem Klappstuhl.

Sie fing sich wieder ein und signalisierte, daß wir nun zur Sache schreiten sollten. „Was willst du zuerst ausziehen", fragte er. „Das Oberteil", antwortete sie. A. fragte mich dasselbe. La fille und ich zogen dann ziemlich gleichzeitig alles Mögliche aus. Sie behielt nur den „porte-jarretelles", den Hüfthalter, und die Strümpfe an. Ich sah ihren völlig mageren Körper mit der schönen, gleichmäßig gebräunten Haut. Ihre winzigen Pobacken waren, ohne den Minirock, schön anzusehen, und der Busen rund und wohlgeformt. Ihre rasierte Chatte war die eines kleinen Mädchens. Der waagerechte schmale Querstrich des Mundes im Gesicht fand hier sein senkrechtes Pendant. Ich stellte fest, daß la fille Gabrielle ohne Kleidung eine schöne Zeichnung zu bieten hatte. Und ich? Ich blieb in dem üblichen Kostüm, der „guêpière", mit Strümpfen und Schuhen. Den Slip hatte ich vielleicht etwas zu früh abgelegt.

Das Sofa wurde in ein großes Klappbett verwandelt. Auf den letzten Knick in der Mitte haute A., der sich ja schon auskannte, nochmal tüchtig mit der Faust drauf, damit sich das Bettgestell auch richtig stabilisieren konnte.

A. war nun auch nackt, Jean-Luc entledigte sich der weißen Jeans, und ich sah seinen Slip: Ein rotweiß-gestreiftes Minihöschen, in dem sich sein Geschlecht wie ein Knöllchen wölbte. Darunter kam ein artig aufrechtes Teil zum Vorschein. Gabrielle, la fille, saß auf dem Bettrand und sucierte ihn. Ich sucierte A., den Regisseur, der unbedingt wollte, daß ich Jean-Luc suciere. Er zog mich an die Bettkante neben la fille und Jean-Luc, der noch auf dem finnischen Fußboden stand und es sich wohlergehen ließ. „Erlaubst du, daß sie mitmacht", erkundigte er sich höflich, „sie könnte doch ein wenig seine Schenkel sucieren." La fille konnte nicht Nein sagen. Damit hatte A. „den kleinen Finger" zu fassen bekommen und forderte jetzt die ganze Hand: „Überlaß ihr sein Glied", und sie tat es, unwillig.

Dann legten sich alle auf das Ausziehsofa, auf der weißen Baumwolldecke erstreckte sich Raum, Platz für Vier. Jean-Luc legte sich, richtig ordentlich, mit dem Kopf aufs Kopfende. La fille sucierte ihn, dann durfte ich wieder ran, während A. versuchte, ihre Chatte zu erreichen. Jean-Luc kam es, er ejakulierte mir in den Mund, ohne wilde Schreie, niemand hat es gemerkt, und ich war so überrascht, daß ich nicht anders konnte, als alles zu schlucken. Nur ich wußte von seiner leisen Erlösung, er streichelte meinen Arm, meine Schulter mit der besonderen Berührung der Dankbarkeit.

A. und la fille hatten nichts begriffen. A. kommandierte: „Mais continue, pourquoi tu t'arrêtes!" (Warum hörst du auf, mach weiter!) Dann stieg la fille auf ihren lover drauf, aber der entschuldigte sich für einen Moment. Jean-Luc verschwand mit den Worten „ich komme gleich wieder", doppeldeutig. A. sucierte mich am Fußende des Lagers. Fast hätte ich jouiert, diese völlig verrückte Situation neben dem gelben Tannenbaum hat mich sehr erregt.

A. zog mich dann an den Haaren beiseite. „Regarde un peu", (sieh hin), befahl er, schließlich waren wir bei einem Paar „für Exhibitionisten". Diesmal lag sie unten, er versuchte, sie zu penetrieren, rieb sein Glied mit der Hand, bis es die nötige Spannung bekam. Es gelang ihm, und der Rhythmus das Paares ging langsam, sauber, vorbildlich wie in einem „anständigen" Pornofilm. Trotzdem wollte sein Glied nicht mehr so richtig in Gang kommen, was wiederum la fille Gabrielle ziemlich irritierte. Als A. sich bei diesem Anblick endlich über meinem Gesicht entladen hatte, hörten sie auf.

Wir tranken den Champagner aus und redeten über Dessous. Sie zeigte ihren kleinen schwarzen Tüllslip mit dem roten Herzen vorne drauf. Jean-Luc warf mir einen oder zwei vielsagende Blicke zu. Ich zog meinen Slip übers Korsett, und fühlte seine Augen auf meinen Formen. Ich kam mir vor wie ein „Rubens" während Gabrielle einem „Giacometti" glich, und ich war ein wenig stolz auf meine Rundungen.

A. und ich verabschiedeten uns und fuhren im Taxi in ein Restaurant. „In der Banlieue gilt es als chic", erklärte er, und ich sah die Imitationen der Damen aus „Dallas", „Denver" und „Santa Barbara", pastellfarbig geschminkt, in voluminösen Billigpelzmänteln mit bauschigen Haarspray-Locken.

Die Kellnerin war überstrapaziert an diesem späten Abend. Von drei Sachen, die sie ergriff, fielen ihr zwei aus der Hand, so daß andauernd um unseren Tisch herum gefegt werden mußte. Aber das störte weder A. noch mich, wir hatten viel zu bereden und konnten immerhin, trotz der fortgeschrittenen Stunde, noch richtig essen. Ich hatte Hunger, und das kommt selten vor.

A. war enttäuscht, fast ärgerlich über den Verlauf des Abends. „Ich hatte Gabrielle ganz anders in Erinnerung", begann er, „auf alle Fälle ist sie älter als 32. Er ist jünger als sie. Die beiden haben überhaupt keine Phantasie. Erst beklagen sie, daß es nicht genug Partnertausch in den Partouzen gibt, und dann wollen sie es selber nicht. La fille Gabrielle wollte mich nicht an ihre Chatte lassen und dich nur allzu unwillig an seine Männlichkeit. Die sind überhaupt nicht vicieux (lasterhaft), die wollen nur das Geld. Als ich am Telefon sagte, daß ich Champagner mitbringen würde, hat sie angekündigt, daß sie dann etwas zum Knabbern vorbereiten wollte. Das hat sie aber nicht getan. Es war, als hätten sie es einfach nur eilig gehabt. Nie im Leben gehe ich wieder dahin."

Ich neigte mich zu A. hinüber, der mir am Tisch gegenüber saß und sagte mit leiser Stimme, denn wir waren ja in einem Lokal voller Franzosen, die jedes Wort verstehen können und gerade für solche Geschichten ganz lange Ohren machen: „De toute façon, j'ai avalé le foutre de Jean-Luc" (wie dem auch sei, ich habe jedenfalls Jean-Luc's Erguß heruntergeschluckt). A. riß die Augen auf. „Wie", schrie er auf, „bist du sicher, war es wirklich sein foutre, hat er wirklich in deinen Mund ejakuliert? Man hat ihm doch gar nichts angemerkt! Du mußt wissen, wir Männer, wir produzieren auch de la mouille (wir werden auch feucht)!" Das weiß ich. Mein erster Geliebter nannte das seinen „Sehnsuchtstropfen". Aber ich konnte A. versichern, daß es Jean-Luc gekommen war. An einem Sehnsuchtstropfen hat man nicht zweimal zu schlucken.

„Aber das erklärt natürlich alles! Sie war eifersüchtig, hat begriffen warum er ungewöhnlicherweise nicht mehr richtig in Form kommen konnte. Und deshalb ist er auch zwischendurch verschwunden!" Und dann rollte A. mit den Augen: „Quelle honte" (was für eine Schande), donnerte er, „du hast ihren lover erregt, er hat sie mit dir betrogen. Was meinst du, macht sie ihm jetzt eine Szene? Ich bin sicher, da hängt der Haussegen schief, und das alles deinetwegen. Weißt du, was du angerichtet hast? Dann weißt du auch, was dich erwartet: Ich werde dich bestrafen, salope, putain, ordure, tu te prends pour qui... (Schlampe, Hure, Miststück, für wen hältst du dich)!"

Ich spürte seine Erregung. Ich freute mich auf die Strafe. Warum? *Je ne sais pas.* Auf dem großen Klappsofa von Gabrielle und Jean-Luc hatte A. mir keine baffes gegeben, was mich sehr verwunderte. Hatte er den beiden doch angekündigt, daß ich mich gern schlagen lasse, aber er hatte nur sein Glied in meinen Mund gesteckt, bis er schließlich zu seinem Plaisir kam. In der reinlichen Finn-Sauna konnte sich A.s Phantasie nicht entfalten. Und ich empfand dabei zum ersten Mal in meinem Leben Sehnsucht nach seinen Schlägen. Ja, sie fehlten mir.

A. hat mir ganz zu Anfang gesagt, daß ich eines Tages um eben diese Schläge betteln würde. Bis jetzt habe ich die punitions (Bestrafungen) immer als einen Teil des erotischen Spiels angesehen, das einsetzt, wenn es in meinem Bauchnabel geziept hat. In meinem kalten Wald, tief unten im See, versuche ich zu begreifen, welche End- oder Eckpunkte miteinander verbunden werden können. Ich spanne Schnüre, Drähte, versuche, Beziehungen herzustellen. Die Bestrafungen, die Schläge, die Quälereien empfinde ich jetzt als Zeichen der tiefen Zuneigung. Wenn sie ausbleiben, fehlen sie mir wie Liebesbeweise, und ich fühle mich in meiner Bedeutung als Lustobjekt zutiefst verunsichert. Dabei bin ich doch gar keine „Befehlsgewohnte", die zur Abwechslung auch mal Opfer sein will wie die Staatsanwälte im „Oberlandesgericht" der 3. Etage von Prominenten-Nutte Domenika's Puff in der Hamburger Herbertstraße.

Warum fühle ich mich gut in der Unterwerfung, woher kommt mein Genuß an der Mißhandlung? Was fühle ich, wenn ich dort am Boden liege, Angst habe, daß die Rippen brechen, Schmerzen nicht nur hinnehme sondern erleide, empfinde... die extreme Empfindung. Angst, Ertragen, Aufgeben, dreimal Nichts sein, Entspannung, Aufregung, Angst, nochmal Angst, Schmerz, kann ich mich nur noch dadurch selbst empfinden? Das könnte alles gar nicht sein, wenn es nicht diese tiefe Zärtlichkeit darin gäbe.

Nach der langen, komplizierten Beziehung mit Ex-Mari B. hatten mir die beiden ersten Hamburger Geliebten gezeigt, wie einfach das Vergnügen sein kann. Ich blühte auf, einige Jahre lang lebte ich nur von einem Jouieren zum anderen. Es gab nichts, was mir mehr bedeutete als mein Plaisir, und ich hätte nie geglaubt, daß sie eines Tages zur Routine werden könnte. Während dieser Epoche verbrachte ich einen Sommer allein auf dem Land in Frankreich, in dem schönen Atelier von Ex-Mari B, während er sich in meinem Appartement in Hamburg aufhielt, Wohnungstausch. Als ich zurückkam, sagte ich zu einer Freundin: „Das mache ich nicht noch einmal, 2 Monate lang ohne einen Mann, und das im Sommer..!"

Als ich dann viel später mit dem Stipendium nach Paris kam, fühlte ich mich vom ersten Tag an so berauscht von der Stadt, daß ich keinen Geliebten vermißte. Meine körperlichen Sehnsüchte traten trotzdem manchmal in der Vordergrund. Innerhalb von zwei Jahren machte ich dreimal Sex mit Männern, in die ich nicht verliebt war. Die Physik hatte ihre Ansprüche geltend gemacht. Jedesmal gab es einen Haufen Probleme damit, die Männer wieder loszuwerden. Ich reservierte meinen Sex für die Hamburger Geliebten, die auch alle zu Besuch kamen, vielleicht zu selten, um gegen die Konkurrenz meiner großen Gefühle für die Stadt Paris anzukommen.

Die zeitlichen Intervalle zwischen den Besuchen meiner „Sextouristen" wurden immer mehr zu mentalen Gräben, die geographische Distanz immer mehr zu einer psychologischen. Ich beobachtete mich selbst, mein Désir hatte sich verlagert. Ich wußte plötzlich, daß ich die Erfüllung all meiner Sehnsüchte nur in den Verführungen dieser Stadt, ihren Straßen, den gelben Lichtern, die sich in den kleinen Wellen der nächtlichen Seine spiegeln, finden kann. Kein Sex kommt dagegen an.

Als ich A. kennenlernte, war ich deshalb zunächst auf der Hut vor dem Sex, der die großen Gefühle verkürzt, und nur wieder in einem Befreiungskampf enden kann. Little by little, petit à petit, nach und nach ist mir klargeworden, daß A., der große Verführer, für mich eine menschliche, physikalische Inkarnation dieser Stadt ist. Meine Gefühle für ihn konzentrieren sich nicht allein auf sein Geschlecht. Meine Empfindungen für ihn hausen nicht eingesperrt zwischen den Schenkeln.

A. öffnet all meine Sinnesorgane: Die Augen, die er mir weinend für die Stadt öffnet, die Ohren, in die er die Pariser Chansons füllt, die feinen Speisen und sein köstliches Geschlecht für den Mund, sein angenehmer Geruch, sein Spürsinn für die Zeit, sein Tempo, seine Berührung meiner 7 qm Haut, die von Nase und Mund, Augen, Armen, Händen und Füßen kommen kann, von der Wohltat seiner Ordnung, der Wahl seiner Worte, der Dosierung seiner Heftigkeit in den Dominationen. All das nimmt mich auf, so wie diese Stadt mich aufgenommen hat.

Seine Zärtlichkeit läßt mich behutsam allein, bedrängt mich nicht, läßt mir allen Raum für das Unerreichbare, für die Gesamtheit meiner Sehnsucht. Es ist, als ob er den 7. Sinn für die Freiheit hat.

A., mon amour.

Die glanzvolle Palette aus der Mischung von Spaß und Ernst in dem Pariser Plaisir spielte sich am letzten Freitag in A.s Appartement am Ende der Welt ab.

Zwei neue Cinématons sollten gefilmt werden: Ein „Portrait de Couple" (Portrait eines Paares) mit Marie-Madeleine und mir, und ein „Portrait de Groupe" (Gruppen-Portrait), in dem ganz viele mitspielen sollten. A. der Regisseur, hatte alles sorgsam vorbereitet. Der Termin stand 14 Tage vorher fest. Außer G.C., dem Cinématon-Filmer, Marie-Madeleine und mir waren noch eine Koreanerin und A.s Freund M.A. eingeladen. M.A., der mit seiner Mutter zusammen gegenüber dem Partouze-Etablissement Dix Bis lebt, der seinem Buch über den deutschen Nachkriegsfilm den Titel gegeben hat: „Vingt ans dans un tunnel" (20 Jahre in einem Tunnel), und man vermutetet, daß diese Überschrift sich eher auf das Zusammenleben mit der Mutter bezieht als auf die beschriebene Filmepoche, bekam „la trouille", Angst davor, wie das alles ausgehen würde. Er sagte ab, rechtzeitig genug, so daß A.

den Freund P., den Musikbuchhändler und Besitzer des schönen Anwesens in der Picardie einlud. Der wollte sich aber 2 Tage vor dem Tag X mit einem Rückenleiden aus der Affäre ziehen. Ich hörte A. am Telefon beschwichtigend sagen,: „P., du brauchst nur mit skeptischer Miene aus einer Tür herauszutreten." Ich glaubte, daß er P. herumgekriegt hatte.

Wie verabredet trudelte ich zwischen 20 Uhr und 20 Uhr 30 am Ende der Welt ein. Es war schon fast magisch, an der Mêtro-Station Porte de Vanves stieg Marie-Madeleine, in den leuchtend blauen Kunstpelz gehüllt, aus der selben Bahn wie ich. Wir umarmten uns. Sie wollte auf dem Bahnsteig bleiben und auf die Koreanerin warten, die den Weg zu A.s Appartement nicht kannte. Ich ging also vor, um A. von der baldigen Ankunft der Beiden zu unterrichten. Die Begegnung mit Marie-Madeleine im U-Bahnhof erschien mir wie ein glückliches Vorzeichen, wie die Bestätigung einer Seelenverwandschaft. Wir würden unser „Couple"-Cinématon schon in den Griff bekommen...

Ich läutete an A.s Haustür, hinter der ich Stimmen wahrnehmen konnte. Ich bin also nicht die erste, dachte ich, oder A. telefoniert. Die Tür wurde geöffnet, und zu meiner großen Überraschung sah ich A.s Freund R. im Flur stehen. Darauf war ich nicht vorbereitet. Ich freute mich, ihn wiederzusehen, den Schützling von A., der mit seiner unerwünschten Freundin das Wochenende in der Picardie bei P. mit uns verbracht hatte. R., der junge Mann aus dem Banlieue-Milieu, schüchtern und vorsichtig, der auch schreibt und durch seine Aufnahme in den Literaten-Club der „Ronchons" eine neue gesellschaftliche Dimension erlebt...Wir begrüßten uns mit den obligatorischen Wangenküssen, ich glaube, es waren vier. Manchmal sind es nur zwei, und ich habe das Ritual noch nicht erforscht, wann man zwei- und wann man drei- oder viermal küßt, oder wann man nur die Hand gibt. Aber als Ausländerin darf ich mir jeden Patzer leisten.

Um die Ecke vom Flur herum, im Zimmer von A.s Tochter, standen A. und G.C., der Cinématonist. P. war nicht da. Er hatte also doch auf seinem Rückenleiden bestanden, und ich begriff, daß R. der Ersatzmann war.

Ich umarmte G.C., den ich zuletzt bei der Kinovorführung meines Pseudonym-Portraits gesehen hatte, und konnte nicht umhin, A. für sein wunderschönes Hemd ein Kompliment zu machen. A. griff an meine Brüste. Er testete, ob ich den neuen „bustier" (Taillenkorsett) mit den bunten Edelsteinen aus Glas unter dem Pullover hatte. Aber ja. „Also", befahl er, „zieh den Pullover aus!" Das war abgesprochen. Ich ging ins Bad und kam mit dem glitzernden Balkon wieder heraus. Alle drei Männer freuten sich über diesen Anblick. Damit stärkten sie mir, die ich „Haltungsprobleme" habe, das Kreuz. Im aufrechten Gang faßte ich mir selbst mit beiden Händen an die schildkrötenartige Imitations-Edelstein-Bepflasterung meines Oberteils. Ich war wirklich gut gelaunt, und die drei Männer auch.

Auf den hübschen Designer-Sekretär-Schreibtisch seiner Tochter hatte A. ein Tablett mit den schönsten Apéritiv-Getränken hingestellt, Baccara-Gläser für den Porto. Aber ich nahm lieber einen Pastis, weil man dem ganz viel Wasser zufügen kann, und kündigte Marie-Madeleine's Ankunft mit der Koreanerin an. Genau im selben Moment läutete es an der Tür. Wieder war es R., der zum Aufmachen geschickt wurde. „Bon soir, mes dames", hörte man ihn sagen. G.C. und A. bogen sich vor Lachen: „Aus dem ärmsten Banlieue-R. wird doch noch eines Tages ein richtiger Gentleman!"

Die Koreanerin war die Fremde. Sie wußte nicht so genau, was auf sie zukommen würde. Aber sie spürte ziemlich schnell, daß sie in einer lasterhaften Gesellschaft gelandet war, die auch von ihr etwas erwartete. Sie trug ein Hermès-Seidentuch um den Hals, und alle fragten sich, ob sie vielleicht zu „bourgeoise", zu bürgerlich sei, um sich auf den Spaß einzulassen.

Plötzlich erklärte A., daß man sich von seinem Bett aus die Kopie eines Cinématons im Video ansehen könne, nur damit die Koreanerin das Prinzip begreift. Ich wußte sofort, daß es sich um mein Cinématon handelte, hatte ich doch eine Video-Kopie bestellt und G.C. an diesem Abend Geld dafür gegeben. Aber niemand hatte mir verraten, daß die Kopie bereits angefertigt war. Die automatische Schaltung meines inneren Motors legte den Zittergang ein, meine Knie wackelten, die Hände bebten, ich kann nur hoffen, daß sich mein „Haltungslächeln" gegen das bekannte nervöse Zucken der Gesichtzüge durchsetzen konnte. Glücklicherweise gab es gedämpfte Beleuchtung. Marie-Madeleine wußte doch sowieso Bescheid, sie, mit ihrer Bananen-Vorstellung. Vor G.C., dem Filmer und A., dem Regisseur, brauchte ich nichts zu befürchten. Nur R. und die Koreanerin wußten nicht, was sie erwartet.

Trotzdem erhitzte diese Überraschung all meine Sinne. Ich wußte nicht, ob ich verlegen oder stolz sein sollte. Denn ich entdeckte, daß der Film am Videoschirm weicher, schmeichelhafter wirkte als auf der großen Leinwand im Kino. Mein Hinterteil erschien weniger gealtert. Dafür bemerkte ich, wie sehr es den Männern darauf ankam, daß man die Abdrücke von A.s knetender Hand erkennen konnte, und die Striemen der Peitschenhiebe. Die somnambulische Stille meiner Unterwerfung teilte sich auch in dem verkleinerten Ausschnitt des Fernsehmonitors mit, obwohl er den Anblick meiner tiefen, angespannten Atemzüge auf dem Dekolleté nicht wiedergeben konnte. Während der Vorführung stand ich wie das Verhaltensforscher-Huhn im Türrahmen, im Konflikt zwischen Flucht und Angriff. Ich wußte nicht, ob ich einfach ins Bad verschwinden oder die Reaktionen der Anwesenden beobachten sollte. Meine exhibitionistische Neugier, das narzistische Verlangen nach dem Wiedersehen meiner selbst trug den Sieg davon.

Auf dem großen, breiten Bett an meinem Ende der Welt lagerten sich die Personen zwischen den dort abgelegten Mänteln vor dem großen Sony-Monitor, und ich sah meinen Cinématon-Auftritt zum zweiten Mal. Die Koreanerin sagte „Oh, my God", Marie-Madeleine warf mir einen vielsagenden Blick zu, A. rumpelte an seinem Hosenstall herum, R. schaute mir forschend in die Augen und sagte nichts, während G.C. herumlobte, das sei ein „cinématon classic", und er fragte A. scheinheilig: „Kennst du die?" „Aber ja", antwortete er, „ich habe sie sogar in Hamburg besucht. Und als sie in Paris war, haben wir abenteuerliche Sachen gemacht: Ich habe sie mitgenommen zu einer Peepshow-Domina, vor deren Augen hat sie mich suciert..." Die Eingeweihten spielten mit meinem Pseudonym Ping-Pong. Ich glaube, es war G.C., der herumtriezte: „Habt ihr die Ohrringe gesehen? Welch ein Zufall! " Er zeigte auf mich im abgedunkelten Raum. „Seht doch, sie trägt ja genau dieselben..."

Und so stand ich da: Das brave, unbrave Kind, hin- und hergerissen zwischen Scham und Lust an der Veröffentlichung meiner Schande, meiner Ergebenheit an das Experiment, von dem ich noch nicht einmal weiß, ob es zu meinen Gunsten ausgehen wird. Meine größte Erregung kommt anscheinend tatsächlich aus der Unsicherheit. Ist die Erregung in der Angst meine Befriedigung? *Je ne sais pas.*

Dann gab es ein schönes Essen am antiken Holztisch, diesmal nicht für zwei, sondern für sechs Personen. Es ging los mit foie gras und einem „vin moelleux", einem schweren, weichen Weißwein. Die drei Männer nahmen die Koreanerin ins Visier, die jedes nachgeschenkte Glas in einem Zug austrank. „Ce vin n'est pas pour les pédés" (dieser Wein ist nichts für Schlappschwänze), lästerten R. und G.C. Marie-Madeleine mußte übersetzen, die Koreanerin sprach englisch. Den doppelten Wortsinn von „pédé" verstand die Koreanerin gut. Sie scherzte mit gespielt-strengem

Gesichtsausdruck, ihre Arme fuchtelten quer über den Tisch und zeigten zunächst auf R., dann auf G.C. „Pédé???" schrie sie. Nein, nein, in dieser Runde gab es keinen pédé, im Gegenteil.

Zum zweiten Gang des Menues forderte A. die weiblichen Gäste auf, sich bis auf die Dessous auszuziehen. Marie-Madeleine und ich waren darauf vorbereitet. Unter ihrem Tageskleid trug sie wieder das türkise Seidenensemble und Strapse. Da ich „obenrum" bereits im edelsteinbesetzten Taillenkorsett war, brauchte ich mich nur noch des Rocks zu entledigen. Darunter trug ich ebenfalls Strümpfe am porte-jarretelles (Hüfthalter) und ein recht braves, schwarzes Höschen. Die Koreanerin schaute einigermaßen verdutzt drein, als sich alle Augenpaare auf sie richteten. „Eins, zwei, drei!" brüllten die Männer. Sie hatte gut verstanden, was man von ihr erwartete. Sie machte eine Geste, so als ob sie sich den Pullover über den Kopf ziehen wollte, tat es aber nicht wirklich. Man bedrängte sie, aber sie gab zu verstehen, daß ihre Unterwäsche nicht prächtig genug sei. Damit verriet sie ihre Bereitschaft zum Mitspielen.

„Ich habe etwas für dich", sagte Marie-Madeleine, und die beiden verschwanden im Nebenzimmer. Als sie zurückkamen, trug die Koreanerin einen seidenen, durchgehenden Unterrock. Den Büstenhalter hatte sie darunter ausgezogen, die kleinste der drei Frauen besaß den größten Busen. Die schwarzen Strumpfhosen und die darübergezogenen weißen Unterhosen mit Beinen bis zum Knie (früher nannten wir diese Dinger „Liebestöter") hatte sie unter dem türkisen Seidenfummel anbehalten. Um die Taille hatte Marie-Madeleine ihr meinen abgelegten, breiten, schwarzen Stretchgürtel geschnallt. „Elle est booonne", schrien die Männer im Chor, und alle applaudierten einmütig anerkennend.

Wir aßen weiter und weiter. Beim Dessert angelangt, hatte die Koreanerin, vom Alkohol enthemmt, zwei Vokabeln gelernt. Abwechselnd schrie sie „boooonne" und „pédé", zeigte auf die einzelnen Männer in der Runde und wiederholte ihre Vornamen. Marie-Madeleine erklärte ihr jetzt das traditionelle Neujahrsspiel der Franzosen. „Tirer au roi" (den König ziehen) geht so: In einem großen Marzipankuchen ist eine „fève" (Bohne), ein magisches Pfand, ein kleiner Gegenstand, eingebacken. Der runde Kuchen ist von einer goldenen Papierkrone eingefaßt und wird ganz und gar aufgeteilt. Irgendeiner findet das „Böhnchen" in seinem Stück und wirft den Gegenstand seinem oder seiner „Auserwählten" ins Weinglas. Das ist dann der König oder die Königin und darf die Papierkrone aufsetzen. R. fand das Ding und tat es der Koreanerin ins Glas. Die verstand nicht mehr viel von dem, was vor sich ging. Aber sie ließ sich genüßlich die Krone aufsetzen und rollte die Schultern, zwischen denen die Brüste unter der türkisen Seide hin und her brandeten. Im Chor lobten alle zusammen: „Elle est bonne."

Dann wurde der Tisch abgeräumt und Platz gemacht. Jetzt ging's an die Arbeit. G.C. holte Kamera und Scheinwerfer. Marie-Madeleine und ich probten unseren Auftritt. Die Regieanweisungen von A. waren deutlich: Nach einer zärtlichen Begrüßung sollten wir uns gegenseitig ein Geschenk machen. A. hatte zwei identische Pakete vorbereitet, in beiden war ein Martinet, mit dem sollten wir uns gegenseitig auspeitschen. Dauer der stummen Szene vor starrer Kamera: dreieinhalb Minuten, wie bei allen Cinématons. Marie-Madeleine nahm mich beiseite und flüsterte mir zu, daß es ihr lieber sei, wenn nur sie mich peitschen würde. Ich war sofort einverstanden. „Das wird unsere Überraschung", begeisterte sie sich. Aber niemand hatte mit der enthemmten Koreanerin gerechnet, die in den Bildausschnitt gekrochen kam und unbedingt dort hockenbleiben wollte. Mit vereinten Kräften konnte sie weggezogen und beschwichtigt werden. Ich holte ein paar lange schwarze Handschuhe aus meinem Requisitenkoffer und gab sie ihr zum Spielen. Das lenkte sie ab, und wir konnten ungestört mit dem Drehen beginnen.

Marie-Madeleine und ich gingen aufeinander zu. Ich trug eine schwarze Augenmaske, weil ich die Identität meines Pseudonyms in den „erotischen" Cinématons konsequent wahren wollte, sie trug das dritte Paar Tüllhandschuhe aus meiner Reserve. Wir spielten die Begrüßung. „Nicht so schnell", schrie A., die Stoppuhr in der Hand, „küß sie auf den Mund, Marie-Madeleine!" Sie tat es, aber ich war nicht ganz bei der Sache. Ich dachte in diesem Stummfilm mehr an theatralische Gesten als an Zärtlichkeiten, denn jetzt fühlte ich mich als Akteur gefordert. In dem Dominations-Portrait mit A.s Händen hatte ich nichts spielen müssen....

Jedenfalls packten wir dann die herbeigeholten Geschenkpakete aus und freuten uns über die in feine Ledertücher gewickelten Peitschen. Jetzt kam unsere Überraschung. Ich reichte ihr mein Geschenk rituell zurück, sie hielt nun ein Martinet in jeder Hand, ich drehte mich um, und sie peitschte auf mich ein. Aber die dreieinhalb Minuten waren noch nicht um. Wir fielen uns zum Abschluß in die Arme. Meine zitterten, und wir küßten uns noch einmal richtig auf den Mund. Marie-Madeleine war in ihrer französischen Harmlosigkeit viel zu zart gewesen. In mir bebten Caligula, Fritz Lang und Kurt Weill, und ich landete wie eine Schiffbrüchige an der Boje ihrer weisen, leisen Zärtlichkeit.

Die Drehzeit war abgelaufen, mir zitterten immer noch die Knie, warum? *Je ne sais pas.* Jetzt sollte es mit dem „Portrait de Groupe" im Treppenhaus weitergehen. A., Marie-Madeleine und ich saßen im Arbeitszimmer, die Koreanerin rollte sich mit den Handschuhen zwischen uns am Boden. „Euer Couple-Cinématon war nicht boshaft genug", sagte A. und fügte hinzu, daß er es trotzdem sehr großzügig von mir gefunden habe, meine Handschuh-Kollektion zur allgemeinen Verfügung zu stellen. Marie-Madeleine fragte plötzlich: „Was ist das Gegenteil von *egoistisch*?" – „*Altruistisch*." „Sie ist altruistisch" antwortete sie und schenkte mir ein liebes Lächeln. „Allerdings, sie hat mir sogar ihre beste Freundin zugeführt", bestätigte A.

Die Koreanerin kroch durch die Wohnung zu G.C., der sich ans Montieren der Scheinwerfer im Treppenhaus und das Fixieren der Kamera in A.s Flur gemacht hatte. Wo auch immer er etwas installierte, wälzte sich die Koreanerin dazu. „Schafft sie mir vom Leib", schrie er, „das ist kein Spaß für mich, meine Cinématons sind Haute Couture! Mit so einem unberechenbaren Wesen will und kann ich nicht arbeiten!" und klebte sorgsam Kabel für Kabel mit Tesafilm an diverse Türrahmen, Eisenstangen des Fahrstuhlgehäuses und Treppenschwellen. Die Koreanerin stolperte trotzdem. Sie wedelte mit Armen und Beinen, nicht etwa schlecht, nein, so als hätte sie Ballettunterricht gehabt. Verjagt lief sie hinunter auf den nächsten Treppenabsatz. Ich sah sie dort einen zweideutigen Tanz vollführen. In ihrem türkisen Seidenkleid-Unterrock, meinem breiten Gürtel um die Taille, griff sie sich ungeniert zwischen die Beine. Die weißen, übergezogenen, langbeinigen Unterhosen kamen zum Vorschein, aber all ihre Bewegungen waren das Gegenteil von „Liebestötern"...

Dies zweite Cinématon, „Portrait de Groupe" hatte Regisseur A. folgendermaßen geplant: Die drei Frauen sollten hintereinander die Treppen hoch rasen, flüchtend vor den zwei Männern A. und G.C, (in allen Gruppenportraits spielt der Filmer selbst mit), die wild mit den Peitschen fuchteln wollten. Erst alle aufwärts, dann alle abwärts in Wiederholungen bis zum Höhepunkt: Aus der Dienstraumtür am Treppenabsatz sollte R. im Schlafanzug heraustreten und zunächst den gestörten Nachbarn spielen, dann hinter seiner Tür verschwinden und mit dicken Stricken bewaffnet wieder heraustreten, um sich hechelnd an der Jagd zu beteiligen.

A., R. und ich probten, G.C. fixierte den Bildausschnitt für die statische Kamera, während Marie-Madeleine die Koreanerin abzulenken versuchte. Doch selbst der strenge G.C. konnte sich schließlich nicht mehr gegen den Drang der Asiatin wehren, die zwar überhaupt nichts verstand, aber unbedingt „mitspielen" wollte.

Dann zog sich R. einen grünen Schlafanzug an. Die Hosen waren zu weit und mußten am Bündchen verknotet werden. „Zieh die Socken aus", befahl Marie-Madeleine, „ein Schlafgestörter schlüpft barfuß in die Pantoffeln, der zieht niemals erst noch Socken an." G.C. warf sich in den blauen Kunstpelz von Marie-Madeleine und stülpte sich seine geliebte Radrenn-Kappe über den Kopf. A. war elegant angezogen: Schwarze Feintuchhosen und das exquisite Designerhemd mit leuchtenden Farben auf schwarzem Grund. Meine Handschuhe waren bereits verteilt: Die langen aus zartem, schwarzen Tüll, die eigentlich für Marie-Madeleine gedacht waren, konnte man der Koreanerin nicht mehr entreißen. Also begnügte sich die gütige Marie-Madeleine mit den kleinen, schwarzen, fingerlosen „mitaines" aus Seidenspitze. Ich trug an diesem Abend schwarze, mit leuchtenden Blumen bedruckte Netzhandschuhe, die bis zum Ellbogen reichten, setzte wieder die Augenmaske auf und holte mir noch den Fächer aus meinem Funduskölferchen.

Um kurz nach 11 Uhr an diesem Freitagabend, am vollausgeleuchteten Treppenabsatz des Mietshauses, war es endlich soweit. Das „Portrait de Groupe", vor dem M.A. und P. gekniffen hatten, konnte gespielt und gefilmt werden.

R. verschwand in seinem Schlafanzug mit Sicherheitsknoten am Hosenbund und nackten Füßen in den Pantoffeln hinter der Dienstraumtür. Auf dem unteren Treppenstück brachten sich die übrigen Mitspieler in Stellung: Der Größe nach sollte Marie-Madeleine voranlaufen, ich hinter ihr her und dann die Koreanerin. Aber die war in ihrem Zustand zu sehr an Marie-Madeleine gebunden. Da war nichts zu machen. Ich ordnete mich also ans Ende der Damenriege. Hinter mir stand A. G.C. stellte die Stoppuhr, setzte die Kamera in Gang, und mit dem Schrei „Action" sprang er aus dem Flur von A.s Appartement heraus ins Treppenhaus und reihte sich hinter A. als letzter in die Schlange ein.

„Lauf, lauf", brüllte A., und Marie-Madeleine eröffnete folgsam die Hatz, verfolgt von der ergebenen Koreanerin. Dann lief ich los, ich hatte extra nicht ganz so hochhackige Schuhe angezogen, weil ich gerade neulich mit dem Absatz an der U-Bahn-Treppe hängengeblieben und sehr schmerzhaft gestürzt war. Ich fühlte mich von A. verfolgt. Im Nacken spürte ich sein Augenrollen, das ich gar nicht sehen konnte, sein ganzes Temperament, all seinen Druck, der mich zur Beute, seinem Opfer macht, und ich konnte nicht anders, als um mein Leben zu rennen, nicht schnell genug, um seinen Peitschenhieben zu entkommen.

Am Treppenabsatz mit dem Fahrstuhlgitter gegenüber der Tür, hinter der R. im Schlafanzug auf seinen Auftritt wartete, ging es vorbei auf das nächst höhere Treppenstück. Dort sollte sich laut Plan dieselbe Reihenfolge aufbauen. Aber A. in seiner Erregung schrie: „Cours, cours! (lauf, lauf!)", und ich weiß nicht mehr, wie es kam, Marie-Madeleine fühlte sich wahrscheinlich genauso angesprochen wie ich, wir liefen los, bevor G.C., der Radrennfahrer zu Fuß, im Treppenhaus seinen Platz am Ende der Schlange erreicht hatte. Er prallte in seinem Auf mit Marie-Madeleine's Ab zusammen. Und dann entstand das totale Chaos. Alle hetzten durcheinander, jeder floh vor jedem, den er plötzlich nicht mehr hinter sich hatte, sondern vor sich entdeckte.

A. und G.C. peitschten auf alles ein, was sie erreichen konnten. Ich fühlte G.C.'s Hiebe. Ich konnte sie sehr genau von A.s Streichen unterscheiden. Sie waren schneidend. Ich rannte und keuchte, gut, daß ich den Fächer dabei hatte... Dann kam der Moment für R.s Auftritt. G.C., mit der Stoppuhr ausgerüstet, schrie: „Jetzt!" R. trat aus der Tür und wurde fast umgerannt. Mit seinen Stricken bewaffnet, konnte er sich in die Verfolgungsjagd nicht „einreihen", nein, er konnte sich nur irgendwie in dieses turbulente Auf und Ab hineinstürzen. Das tat er und drosch mit seinen Seilen nach Leibeskräften drauf los.

Natürlich machten wir Lärm. Am Treppenabsatz über uns erschien eine schemenhaft verschlafene, ungekämmte Frau im Bademantel, die sich angesichts des Spektakels zitternd am Eisengitter des Fahrstuhls festhielt und dann wortlos wieder verschwand. Unter uns bummerte ein Mieter von innen gegen seine Tür, um kurz darauf (im Schlafanzug) herauszutreten. Marie-Madeleine und ich, die beiden Korsettfrauen, sahen ihn beim Richtungswechsel von der Treppe aus, und er sah uns auch. Seine Blicke versuchten sich zurechtzufinden zwischen Traum und Wirklichkeit. „Was geht hier vor", rief der betagte Mann. A. lehnte sich über das Treppengeländer hinunter, um hochgradig begeistert zu antworteten: „Wir drehen einen Film, mein Herr, für das Museum der modernen Kunst. Das dauert nur 3 oder 4 Minuten, Sie können gerne mitmachen!" – „Na", antwortete der Alte, „hoffentlich haben Sie recht, und der Spuk ist bald zu Ende."

Der Alte hatte unsere Hatz unterbrochen. G.C. mit der Stoppuhr signalisierte, daß die Drehzeit noch nicht abgelaufen sei. Da sah ich den Alten wie hypnotisiert, somnambulisch die Treppe heraufsteigen. Ich ermunterte ihn: „Kommen Sie", sagte ich. Aber genau da war das Cinématon zu Ende. „Zu spät", erklärte A. Der Alte verzog sich, und wir schlüpften zurück in A.s Appartement.

G.C. baute die Scheinwerfer ab. Alle waren außer Atem. In der Küche traf ich R., der genau wie ich ein Glas Wasser wollte. Marie-Madeleine kümmerte sich wieder um die Koreanerin, die sich nicht beruhigen konnte. Ich landete mit R. und A. auf dem Bett am Ende der Welt. A. klappte meinen Edelsteinbalkon von den Brüsten herunter. Und teilte sie mit R., wie damals am Ufer der Seine mit dem Maler M: Jeder küßte eine Titte. Dann legte A. mich übers Knie. „Du mußt sie schlagen", sagte er zu R., der sich das nicht zweimal sagen ließ und kräftig zulangte. Genauso wie die Peitschenhiebe von G.C. im Treppenhaus, empfand ich die Schläge von R. als zu heftig.

Ganz allmählich ging alles zu Ende. G.C. übernahm die Koreanerin, R. Marie-Madeleine zum nach Hausebringen. A. und ich räumten noch ein wenig auf, krochen ins Bett und lachten uns kaputt über den alten Nachbarn von unten. „Wir haben seine Phantasie entzündet, heute Nacht wird er Lust auf seine Frau bekommen, er kann sich bei uns bedanken", so gingen die Überlegungen von A. Ich lag in seinen Armen und dachte über die Schläge und Hiebe seiner Freunde nach.

Am nächsten Morgen, er läßt es sich nicht nehmen, Tee und Kaffee zu bereiten, versuchte ich, ihm meine neue, gravierende Erkenntnis verständlich zu machen.

Schläge, die nicht aus der Liebe kommen, tun weh. Schläge, die aus der Liebe kommen, tun auch weh, aber sie haben genau die Zärtlichkeit, die dem Leiden am Leben entspricht. Sie machen keine Angst, im Gegenteil, sie beschützen vor der Angst zu sterben. Und wenn sie eines Tages wirklich zu hart ausfallen sollten und mich umbringen, dann hätte ich doch keine Angst mehr vor dem Tod. Im Geliebtsein sterben ist vielleicht einfacher, als das Geliebtsein leben. Aber wer sollte das verstehen können?

Beim nächsten Treffen schlug A. in seiner Weise auf mich ein. Ich landete am Boden und hatte Angst, daß mir die Knochen unter seinen Fußtritten zerbrechen. „Bleib da liegen", befahl er mir, und es dauerte eine Weile, wie damals im Hotel am Montmartre, bis er mir erlaubte, zu ihm aufs Bett zu kommen. Dort umarmte er mich zärtlich mit den Worten „Sag, was du willst, sag, was ich mit dir machen soll, brauchst du neue Ohrfeigen?" - „Nein, suce-moi un peu", brachte ich hervor, widme deine „langue française" (deine französische Zungc) cin wcnig meiner Chatte... Er gehorchte. Und nach dem langen, langen, langen Warten auf seine Bereitschaft, mir Plaisir zu machen, konnte ich ihm entgegenkommen, ich brauchte nicht allzulange, mußte ihn nicht allzu sehr quälen, um zum Erfolg zu kommen.

A. mon amour.

Und ich habe bemerkt, wie sehr ihn mein Jouieren erfreut hat. Es war, als ob er sich entschuldigen wollte, daß er mich nicht genug bedient hat, in der letzten Zeit. Am frühen Morgen danach legte er in seinem Arbeitszimmer die Arme um mich, unerwarteterweise. Er kam von hinten, vom Fenster mit dem Blick auf die Kaminschornstein-Skyline, packte mich bei den Schultern, küßte meinen Hals und sagte zärtlich: „ma chérie."

Ich hielt meinen kleinen Silberkoffer, meinen „baise-en-ville" in der Hand, bereit zum Abflug in meinen kalten Wald, in das Versteck, tief unten im See. Zum Abschied gab es eine sehr warme Umarmung, und ich fühlte, daß er genau so gern wieder allein sein wollte wie ich.

Am nächsten Wochenende fiel unsere geplante Nacht am Ende der Welt ins Wasser. Seine Tochter war überraschenderweise eingekehrt. Er rief mich an, um mir abzusagen. Ob man es glaubt oder nicht, mit gefalteten Händen fiel ich auf die Knie, um mich bei den Sternen am Himmelszelt zu bedanken für das unerwartete Geschenk eines ungestörten Abends und den vollständigen nächsten Tag, der ganz allein mir gehören würde.

Aber ich hatte mich zu früh gefreut, es ging nicht ganz so gut aus: Kurz darauf rief er noch einmal an, und schlug für den nächsten Morgen ein Treffen am Musée d'Art Moderne vor, um 10 Uhr, Avenue Président-Wilson, und natürlich konnte ich nicht Nein sagen.

Gerade zuvor hatte Copine K. mich am Telefon fertiggemacht. Ihr würde ich immerzu absagen und mir gleichzeitig für „andere Leute" andauernd Zeit nehmen. Ob ich denn glauben würde, daß sie die Pest hätte? Und sie verglich mein Verhalten mit dem ihres autistischen Geliebten. Copine K, der ich täglich mindestens 2 Stunden am Telefon widme, mehr als allen Menschen, die ich kenne... deren Vorwürfe gegen ihren Freund ich mir lang und breit in wörtlicher Rede seit eineinhalb Jahren geduldig angehört habe, Copine K. bedrohte mich mit dem Dolch für meinen „Liebesentzug". Dabei würde ich ihr doch niemals soviel Zeit widmen, wenn ich sie nicht sehr gern hätte und sie wirklich schätzen würde. Ich kann ihr Problem nicht lösen, aber das will sie auch gar nicht. Was will sie von mir? Ich glaube, sie erwartet noch viel weniger als Verständnis. Sie braucht nur irgendeine Gegenwart. Wie sollte ich dafür die Richtige sein, die ich ständig im Fahrstuhl zwischen der Realität und dem Packeis sitze.

So gern ich in Gesellschaft von Freunden bin, so sehr holt mich der Verfolgungswahn ein. Mein innerer Schrei „Laßt mich allein!" kämpft ständig gegen meine ewige Rolle der treuen, braven Dienerin, die sich um das Wohl aller leidenden Menschen sorgen muß. Es macht mir viel Mühe, die Kraft aufzubringen, mein eigenes Wohl im Auge zu behalten.

Ich fuhr mit dem Taxi zum Musée d'Art Moderne an diesem nebligen, feuchten Sonntagmorgen. Das Wetter war fast wie im Hamburger November. A. war noch nicht da. Ich sah ihn den Boulevard heraufkommen. Nein, „Président-Wilson" rangiert nicht unter Boulevard, sondern unter „Avenue". Bedeutet das so einen Unterschied wie zwischen den ein-, zwei-, drei- oder vierfachen Wangenküssen? Who knows? *Je ne sais pas*. Ich ging A. entgegen. Immer wieder vermischen sich meine Wünsche nach Ruhe, Rückzug ins Alleinsein, mit denen nach dem Vergnügen zu zweit, denn ich weiß ja schon, wie wohl mir das tut, wenn ich es mal dazu kommen lasse. Zur Begrüßung umarmte mich A. sehr vertraulich. Vertrautheit fällt mir immer besonders auf, weil ich sie so schätze. Gleichzeitig fühle ich mich ihr niemals gewachsen.

Das alles tue ich für dich, nicht für mich. Wirst du das erkennen und mir dafür danken können? So oder ähnlich schweiften meine Gedanken weg von der Realität einer harmlos physikalischen Begegnung. Ich will nicht deklamieren: „Das tat ich für dich, was tust du für mich." Ich tue, was ich will. Und ich tue eigentlich nichts, um etwas dafür zu bekommen. Aber ich lasse mich gern von Geschenken überraschen.

In der Giacometti -Ausstellung machte A. nur ätzende Bemerkungen. „Das ist KZ-Ästhetik", und „sag *du* doch mal was dazu". Was sollte ich sagen? Wie könnte ich A. meine Erfahrungen an der Kunsthochschule aus der Bildhauerzeit verständlich machen? Wenn ich so gut in Französisch wäre wie die Copine K., hätte ich vielleicht über die Bedeutung der Werke von Giacometti für meine Arbeit reden können. Jeder, der einmal mit Ton modelliert hat, kennt das, was Giacometti's Qualität ausmacht. Aber ich blieb stumm, was A. auf die „Palme" brachte.

In einem winzigen Nebenraum, niemand war da, wollte er suciert werden und knöpfte sich bereits den Hosenstall auf. „Nein", sagte ich diesmal. Seine Kommentare im Musée d'Art Moderne mußte ich erstmal auf Gültigkeit untersuchen, auf Übereinstimmung mit meiner persönlichen Einschätzung der Gültigkeit von Giacometti. Sie erreichte nicht 100 Prozent. Manchmal verdamme ich meine Insider-Ansichten über Kunst. Wie oft stehe ich vor dem Problem von „des Kaisers neuen Kleidern" – Der hat ja gar nichts an! – Andererseits gebietet die Berufsehre: „Einen Kollegen schlachtet man nicht."

Was soll das alles, was will ich von A.? Was will ich von den Männern und Frauen? Daß sie mich verstehen? Immer wieder will ich NICHTS. Ich bete um die Ruhe. Niemals tritt sie ein.

Im Musée d'Art Moderne gab es noch eine andere Ausstellung zeitgenössischer Künstler. Die war wirklich deprimierend. Ich hüllte mich weiterhin in Schweigen. Wir kamen in einen Raum, in dessen Mitte ein hohler Babypuppenkopf und daneben zwei abgeschnittene Puppenbeine, alles aus Glas, auf dem Fußboden so einfach proportional hindrapiert lagen, daß man die „ganze" Puppe leicht ergänzen konnte. A. schrie auf: „Das ist wirklich stark, das ist der Gipfel der Lächerlichkeit, der Zumutung, das kann doch wohl nicht wahr sein!" In diesem Fall zerfiel mein Schweigen, ich mußte schallend lachen. Übereinstimmung: 100%. Beim Verlassen des Raumes sprach A. die hübsche Aufsichtsperson an: „Ist dieser Raum für die Präsentation der schlechten Beispiele reserviert?" -„Nein, nein, ganz und gar nicht", beteuerte die Brave und fügte heldenhaft hinzu, „jeder hat das Recht, sich auszudrücken, chacun à son tour" (jeder wie er will).

A. und ich gingen weiter. Und er machte eine sehr wichtige Bemerkung: „Weißt du, das wäre ja alles ganz egal, wenn die Bedeutung einer Ausstellung im Musée d'Art Moderne nicht so viele Folgen hätte. Und wenn seine Arbeit noch so schlecht ist, wird der Künstler danach von vielen anderen Museen kritiklos übernommen." Meine Zustimmung überschritt in diesem Fall die 100%-Übereinstimmungs-Grenze, sie war global.

Wir verließen das Musée d'Art Moderne und wanderten zu Fuß durch die feuchte Kälte des Morgens zum Petit Palais, wo wir uns nur die Sammlung, aber nicht die Sonderausstellung des Dürerzeitgenossen Schongauer ansahen.

Ich liebe das Petit Palais sehr. Es ist ein unpopuläres, verstaubtes Museum mit sehr beeindruckenden Bildern aus den letzten Jahrhunderten, theatralische Riesen-Schinken von Gustave Doré, Delacroix, Bonnard, ein oder zwei Ingres, neben Porzellanraritäten in schöner Architektur untergebracht. Hier ist es nie voll.

„Weißt du", sagte A., „es gibt viel weniger Liebhaber der Kunst, als man denkt. Die Menschenmengen in der Giacometti-Ausstellung deuten auf nichts anderes hin als auf ein Mode-Verhalten. Man muß dort gewesen sein, um mitreden zu können. Der Genuß an der Schönheit von Bildern, die Achtung und das Staunen vor den Werken von Künstlern, die uns nach so langer Zeit faszinieren können, ist nicht ihr Motiv für den Besuch. Da werden Sensationen abgegrast von Wesen, die sich als Kulturwesen darstellen wollen. Das sind alles arme Arschlöcher, und wie du siehst, hier ist es ganz leer."

Wir wanderten durch die Sammlung. A. erinnerte sich an seine Kindheit, in der die Großmutter ihn jeden Sonntag hergeschleppt hatte. Zwischen den Porzellantellern des 18. Jahrhunderts stöhnte er auf, „warum bin ich nicht in dieser Epoche zur Welt gekommen, warum muß ich jetzt, in dieser häßlichen, unkultivierten Gegenwart leben!" Er wandte sich zu mir, mit Tränen in den Augen ging er mir an den Kragen. „Und all das ist deine Schuld", schluchzte er. Im gleichen Moment verwandelten sich sein Anfall und mein entsetztes Erstaunen in die 100%-ige Übereinstimmung im Humor: Über seinen völlig verrückten Gefühlsausbruch mußten wir beide ganz furchtbar lachen.

Mit der Mêtro fuhren wir dann in die Nähe meiner Behausung. Es war mittlerweile Mittagszeit, wir gingen ins Restaurant „Le Dauphin", Rue St.-Honoré, wo wir schon einmal gegessen hatten.. Danach war ich auch mit Ex-Mari B. dort eingekehrt. Dieselbe Servierin bediente uns. B. hatte sie als „Nord-Französin" eingestuft: „Die hat was, sie ist zwar nicht hübsch, aber ihre Art ist schön, die Arme, mit denen sie die Teller lanciert, sind beschützend. Sie haben die Grazie einer un-eiligen Mutter. Sie ist groß und gerade gewachsen, nicht kokett. Sie *pflegt* die Phantasie der Männer, ohne sie zu bedrohen."

Auch A.s Phantasien hatte sie entzündet: „Stell' sie dir doch mal im Hüfthalter mit Strümpfen vor", sagte er, „du wirst sehen, sie ist booooonne." Als die sorgsame Nordfranzösin mit der angeborenen Grazie voll Ruhe und Beruhigung die Teller abräumte und fragte, ob das Essen nach unserem Wunsch gewesen sei, antwortete A.: „Aber Madame, sehen Sie sich den Glanz in den Zügen meiner Freundin an, sie ist glücklich!" Ich kann es gar nicht beschreiben und werde nie vergessen, wie ihr strenges, großnäsiges Gesicht in Wohlwollen zerfloß, ihre Augen, vom Lächeln verändert, verschlitzt, listig verschmitzt, mich in ihren Bann aufnahmen. La douce France...

A. und ich gingen nach dem Essen nicht direkt zu mir, sondern zur Bushaltestelle, denn ich hatte keine Zigaretten mehr. Er wußte von einem Drugstore neben der Opéra, wo man auch am Sonntag Tabak kaufen kann. Der Weg war nicht sehr weit, aber A. hatte nach dem guten Essen und Trinken keine Lust zum Laufen. In dem glasgeschützten Unterstand der Haltestelle saß eine ältere Dame auf der Bank. A. und ich standen am Pfeiler. Am hellichten Tag, mitten im brandenden Verkehrsgewühl der Avenue de l'Opéra haute er mir kräftig „eins hintendrauf", drehte sich um und wandte sich an die unfreiwillige Zeugin: „Sie liebt das, wissen Sie!" Die arme Dame machte gute

Miene, „Seien Sie nicht zu hart mit ihr", war ihre Antwort. A. schlug weiter auf mein Mantel-geschütztes Hinterteil ein. Sein Syndrom, daß er „es" am liebsten vor Publikum macht, hatte ihn durch Wein und Essen eingeholt. Er wandte sich wieder an die Dame: „Sie hat es verdient!", und ich sagte vermittelnd „Wie alle Frauen!". Sie nickte mir freundlich zu. „Madame, hätten Sie nicht auch Lust, sie zu schlagen", erkühnte sich A. „Aber nein", antwortete sie lächelnd und unerwarteterweise verständnisvoll, „dazu fehlt mir der Mut." Das wäre in Deutschland nicht möglich gewesen.

Dann kam der Bus. Am Drugstore stiegen wir aus, ich kaufte eine Cartouche, eine ganze Stange Zigaretten, und A. erstand eine Zigarre. Zu Fuß gingen wir zu meinem Appartement. „Du gibst also 109 Franken aus, um dich zu vergiften", lachte er zynisch. Aber ja, aber ja..., selbstverständlich! Ich weiß, daß er sich die Zigarre nur deshalb gekauft hat, weil mein Rauchen ihn ansteckt. Vielleicht bin ich eine größere Verführerin für Tabakgenuß als für die Liebe..-

Nichtsdestotrotz fiel A. in meiner kleinen Mansarde über mich her. Mit den Worten „ich habe Lust, dich zu bestrafen" riß er mir den Rock herunter und löste seinen Gürtel. Er steigerte sich in Rage und hieb wie rasend mit dem Gürtel auf mich ein, gab mir Fußtritte, schlug mich wie wild ins Gesicht, riß an meinen Haaren, warf mich aufs Gästebett und würgte mich ganz fürchterlich. „Du wirst sterben", schrie er dabei. In der Domination verändert sich sein Gesichtsausdruck, so als ob er nicht mehr im Gegenüber wäre, sondern in einer anderen Realität. Mein Wimmern erregte ihn, „Dein Plaisir ist mir völlig gleichgültig", keuchte er und spuckte heftig auf meine geschlagenen Wangen, und dann kam es ihm. Dabei brüllte er so laut wie nie zuvor. Sein Erguß vermischte sich mit der Spucke und meinem Schweiß. Dann streckte er sich völlig erschöpft neben mir aus und schloß mich fest in die Arme. Langsam kam er wieder zu sich und bediente mich nach allen Regeln der Kunst. Ohne die geringste Spur von Gleichgültigkeit. Noch bebend von meiner Erschütterung, preßte ich mich an ihn. Er küßte mir das feuchte Gesicht voller Zuneigung und tiefer Verbundenheit. Mit seiner schönen, weichen Stimme sagte er sein: „C'est fini, mon amour, calme-toi, c'est fini."

Am nächsten Tag rief er mich an. Er redete mit mir und machte plötzlich eine Pause. Ich hörte ihn wispern: „Suce-moi un peu", und dann herrschte Stille am Telefon. Ich sagte „Hallo", und nochmal „Hallo", bis er Antwort gab. Wir redeten noch ein Weilchen miteinander. Als das Telefonat beendet war, drang mir ein schreckliches Bild ins Bewußtsein. Ich sah eine andere Frau, mit der er die Nacht an *meinem* Ende der Welt verbracht hatte. Ich sah sie vor ihm knien, während er mit mir telefonierte, sah sie seinen Befehlen folgen.

Wie immer brauchte ich eine Weile, um meine Wahrnehmung zu begreifen. Ich rief zurück, A. war nicht mehr zu Hause. Auf den Anrufbeantworter sagte ich: „Was geht da vor sich, du läßt dich sucieren, während du mit mir sprichst?" und weinte 24 Stunden lang. Mein Telefon hatte ich ausgehängt.

Am nächsten Tag rief er an. Was denn mit mir los sei, ich sollte mich einliefern lassen, ob ich ihm wirklich eine solche Boshaftigkeit zutrauen würde? Er sei ein treuer und völlig unschuldiger Mensch. „Aber meine Ohren", sagte ich, „ich habe doch alles gehört!" – „Hast du denn nicht bemerkt, daß ich manchmal Selbstgespräche führe?" Doch, genau so wie sein lautloses Lachen kenne ich seine sprachlosen Mundbewegungen. Aber die geben keinen Ton ab. „Laß uns bitte nicht mit solchen Geschichten anfangen", sagte er eindringlich. Niemand auf der Welt will das weniger als ich.

Als wir uns zwei oder drei Tage später wiedertrafen, am Ende der Welt, hatte ich immer noch Angst vor ihm. Angst davor, daß er „Etwas Besseres" gefunden hätte. Tatsächlich nörgelte er nur an mir herum: „Hast du denn vergessen, wie man suciert? Marie-Madeleine, die kann das 1000 mal besser als du! Bist du dir überhaupt klar darüber, wieviel Mühe ich mir mit dir gebe?" Er würgte mich. „Tu vas mourir!" (du wirst sterben). Ich wollte aber nicht sterben. Mein Tod soll nicht aus dem Ärger kommen. Aber A. war wirklich ärgerlich. Ich entfernte mich, soweit ich nur konnte, flüchtete in meinen kalten Wald, tief unter mein Eis. A. war erregt und versuchte, mich zum Jouieren zu bringen. Aus meiner Entfernung brauchte ich diesmal krankhaft lange. Er sah auf die Uhr, der Realist, und schimpfte: „Wenn du dein Plaisir nicht in den nächsten 3 Minuten erreichst, hol' ich das große Messer aus der Küche und bring dich um!" Wie sollte ich unter diesem Druck mein Vergnügen finden????

Ich fand es, nachdem die drei Minuten um waren und A. seine Drohung längst aufgegeben hatte. Dieses Vergnügen war das härteste meines Lebens, und in Zukunft möchte ich lieber darauf verzichten als soetwas noch einmal zu wiederholen.

Meine Verbindung zu A. hatte unter all diesen Ereignissen gelitten. Ich machte mir Vorwürfe: Seitdem ich damit begonnen habe, drüber nachzudenken, wie ich „Die Geschichte mit A." zu einem „Ende" bringen kann, ist er mir schon nur noch lästig....

Ich rief G. in Berlin an, konnte ihr mein Problem aber nicht vermitteln. Die Copine K. war auch nicht aufnahmefähig, weil ihr das eigene bis zum Halse stand. Also blieb ich ganz allein vergraben in meiner verkrachten Existenz. Nach einer Weile fand ich zu meiner Ruhe, tief unten im See, zurück. Und konnte, eine Woche später, zu A. zurückkehren, an mein Ende der Welt. Er forderte nichts von mir. Nach einem schönen, leichten Essen zeigte er mir 2 Videofilme, die wir, wie immer, vom Bett aus ansahen.

In der Nacht begegnete ich seinem Körper. Nie zuvor bin ich zärtlicher berührt worden. Gegen morgen, beim Aufwachen, in dem Fahrstuhl zwischen Traum und Wirklichkeit, spürte ich seine weichen Lippen an meinem Schulterflügel. Seine kenntnisreiche Hand fuhr über meine Rippen, die Taille, die Hüfte, wie über die Traumstraße der Welt. Im Halbschlaf wisperte er mir die Worte zu, die er vielleicht selbst einmal gehört hat, in seiner Kindheit, von seinem liebsten Menschen. Das war die Großmutter. „Du bist doch ein netter, kleiner Bengel..." Mein noch unwirklicher Körper unter den 7 qm Haut, meine zertanzten Gedanken, noch war es nicht Tag geworden, durch mein transparentes Eis kam er ganz nah an mich heran.

A., mon amour.

Und dann, nach zwei Tagen, lud er mich nochmals ein, weil ich wieder nach Hamburg fahren mußte. Er wollte mich vor der kleinen Ewigkeit von 14 Tagen unbedingt noch einmal sehen. Ich ihn auch. Mein Reisefieber hatte sich aber bereits in Gang gesetzt: A. ist immer pünktlich und ich auch. Zu dieser Einladung ans Ende der Welt kam ich fast eine Viertelstunde zu spät.

A. öffnete mir die Tür, „drückte" mich in das Zimmer seiner Tochter, in dem ich immer meine Sachen ablege. „Mets-toi à poil pour le cul" (zieh dich aus fürs Hinterteil), heischte er mich an, „ich hoffe, du trägst dein hübsches Korsett!" Noch außer Atem wegen der Verspätung, entledigte ich mich der Hüllen, die mich in der U-Bahn beschützen. Trotzdem wunderte es bereits in meinem Kopf herum, warum er mich völlig angezogen empfing. Wenn er etwas mit mir vorhat, verbirgt er sich immer nackt oder in Boxershorts hinter dem Winkel der geöffneten Eingangstür. Nach unserer letzten, zauberhaften Begegnung auf dem nächtlichen Lager am Ende der Welt hatte ich mich auf den Besuch bei ihm gefreut, also hatte ich nichts dagegen, die bürgerlichen Häute abzustreifen.

„Komm", sagte er und stieß mich nicht ins Schlafgemach, sondern den Flur entlang in Richtung Arbeitszimmer. Plötzlich kam mir die Eingebung: Da wird jemand sein, in seinem Arbeitszimmer, dem er mich vorführen will. Und wie immer begriff ich nicht sofort, was ich schon wußte. In der Bücherregalecke saß ein Fremder in A.s englischem Sessel. Ich weiß nicht, wer entsetzter war, der Fremde oder ich. Ob ich „Guten Abend" oder „entschuldigen Sie bitte" gesagt habe, weiß ich nicht mehr. Ich bedeckte meine Chatte so hektisch wie der prüde Schwede, damals in der Partouze, schrie A. an, „tu es terrible", (du bist schrecklich), und floh zurück zu meinen Kleidern. A. hinter mir her... „Aber das ist ein guter Freund", säuselte er beschwichtigend, dabei konnte der Überraschungsspezialist seine Begeisterung darüber, mich richtig „reingelegt" zu haben, nicht verhehlen.

Ich griff nach meinem Slip und dem Rock. Mit ziemlich roten Wangen ließ ich mich an den Tisch zu dem Fremden zurückführen, und A. stellte uns vor. „Filmer A. M. sucht nach einer Hauptdarstellerin", sagte er und zog ein Buch aus dem Regal, eine Dokumentation über seine Arbeit. „Il est un beau garçon, n'est-ce pas?" (Er ist doch ein hübscher Junge, im deutschen Jargon würde man sagen, ein Spitzentyp, nicht wahr?).

„Aber ja", antwortete ich höflich, woher sollte ich wissen, was, wie, wer der fremde A. M. war, ob er mir gefallen würde, hob er sich doch kaum ab von der Bücherwand. A. hörte aber nicht auf, mich unter Druck zu setzen. „Parle, parle, tu es la maîtresse de la maison..." (rede, sag etwas, du bist die Hausherrin, und mußt die Gäste unterhalten). Aber nein, ich bin nicht die Hausherrin an der Porte de Vanves, an meinem Ende der Welt bin ich selbst nur zu Gast...

„Jedenfalls hab ich dich an ihn verkauft, für immerhin 20 tausend Franken. Du bekommst aber nur Tausend." Ich weiß zwar nie, wo die Grenze zwischen Traum und Wirklichkeit ist, aber ich spiel immer gern mit. Also antwortete mein noch hochroter Kopf, „das geht aber nicht, unsere Abmachung war doch immer 50 zu 50!" A. holte Champagner. Der Filmemacher guckte sich auf mich ein, die ich da immer noch hastig, irritiert und natürlich auch amüsiert am Tisch saß. A. nahm die Schreibmaschine vom marmorisierten Stuhl und setzte sich. Da der Fremde genauso wenig wie ich wußte, was er sagen sollte, erklärte A. alles. Erst lobte er seine Filme, dann lobte er mich. Ich sei zwar eine „boche", eine Sauerkraut-Deutsche, aber ich würde die Franzosen lieben und ein Buch genau darüber schreiben.

Nach dem Champagner verabschiedete sich der fremde Gast A.M. „Aber du wirst doch nicht gehen, ohne sie geküßt zu haben!" Der Fremde umarmte mich, im Hintergrund sah ich A. Vielleicht ist es ganz gut, wenn ich nicht versuche, hinter A.s Geheimnis zu kommen. Was soll ich dort, hinter den Kulissen? Diesmal mußte A. zusehen, wie sich sein Freund an mir zu schaffen machte.

„Hat er dir einen anständigen Zungenkuß gerollt?" wollte er wissen, als der Gast gegangen war. Ich bejahte seine Frage, und als überlegener Regisseur fügte er hinzu „trotzdem, bei dem hast du keine Chance, der bevorzugt Farbige." Dabei wollte ich doch gar nichts von dem Fremden. Vor anderen lobt er mich hoch wie der Vater im Märchen „Rumpelstilzchen" seine Tochter preist: „Sie kann Stroh zu Gold spinnen"... Aber wenn wir allein sind, dann hält er mir vor, was alles fehlt. Mal kann ich nicht genug reden, mal nicht richtig gut sucieren, nicht dominieren, und jetzt fehlt mir auch noch die begehrenswerte Hautfarbe? Was habe ich denn eigentlich zu bieten? Was schätzt er an mir? „Du siehst mehr in den Dingen als andere", hat er geantwortet.

Bevor ich nach Hamburg abgeflogen bin, rief er mich noch einmal an. Sein Freund wäre begeistert gewesen, hätte in einer Gesellschaft von der „Überraschung" geschwärmt und damit die anwesenden Frauen schockiert. A. behauptete, gerade die Frauen, die sich so nachdrücklich distanzieren (sowas würde ich mir nie gefallen lassen), hätten am meisten Lust darauf. Ob er damit Recht hat? *Je ne sais pas.*

Viel zu früh war ich am Flughafen. Das Reisefieber rüttelte an allen Nerven. Ich konnte nichts dagegensetzen. Alles an mir vibrierte. Für alle Getränke, Fruchtsäfte und Mineralwasser, bat ich um einen Strohhalm, wäre ich doch nicht in der Lage gewesen, mit den zittrigen Händen ein Glas ganz normal an die Lippen zu heben...Das Flugzeug braucht von Paris nach Hamburg eine Stunde und fünfzehn Minuten. Diesmal zitterte es genau so wie ich, in meinem Sitz in der letzten Reihe zum Gang hin. Die zwei Plätze neben mir blieben frei. Air France servierte einen Salat mit abgezählten sechs Krabben. Mit der weißen Plastikgabel fischte ich sie aus der rosa Mayonnaise. Aber das Wackeln des Flugzeugs, die „Turbulenzen" (wie die Menschen doch schlau sind, ein gültiges Wort zu erfinden, damit man sich daran festhalten kann), und mein eigener Zitterpappelzustand erlaubten mir nicht, mehr als drei Krabben zu genießen, die anderen huschten in den Gang, auf den Nebensitz und ins Haar des schräg vor mir sitzenden Passagiers. „Oh, pardon!"

Schließlich gelandet in Hamburg-Fuhlsbüttel, Fuhlsbüttel wird immer „fools"-büttel bleiben, wollte man mein Gepäck durchsuchen. Am Zoll-Ausgang schaffte der Beamte eine Frage, die mir nicht mehr als ein einziges Wort zur Antwort erlaubte. Ich kann gar nicht rekonstruieren, wie er das gemacht hat. Das Ziel seiner Frage war, woher ich gekommen sei. Und ich konnte nur das eine, einzige Wort „Paris" sagen, noch nicht einmal „ich komme aus Paris". Er wühlte alles durch, die Plastiktüte vom Duty-Free-Shop, entwürdigte den Silberkoffer, meinen „baise-en-ville", behauptete, ich würde lügen, und hatte dann doch keine Lust, sich meinem großen Koffer zu widmen. Der Koffer gehört A. Meiner wurde bei dem Einbruch ins Pariser Appartement zum Abtransportieren der Wertsachen mitgenommen....A., der glaubt, ich könnte nicht genug reden, Paris, die harte Stadt, die zarte Stadt, la douce France: ein Blumenstrauß gegen den kalten Deutschen Stahl. Na, das fängt ja gut an, dachte ich.

In meiner untervermieteten Wohnung angekommen, rief ich als erstes A. an. Und dann mußte ich arbeiten. Noch nie in meinem ganzen Leben bin ich so müde gewesen wie in diesen 14 Tagen. Natürlich sah ich Heinrich Herz. Und es war schön mit ihm. Mit ihm fühle ich mich nicht als die 7 qm Haut, sondern als plastisches Volumen. Aber er steckt noch viel tiefer im Packeis als ich. Mein Lebensweg, mein Schicksal hat mich nicht zur Psychotherapeutin werden lassen. Ob ich eine „gute" (une boooone) geworden wäre, steht nicht mehr zur Debatte. Ich erzählte Heinrich Herz das Wesentliche über meine Beziehung zu A. in Paris. „Zu spät", sagte er, „ich weiß doch schon alles." Woher, habe ich versäumt zu klären.

Jedesmal, wenn ich zurück nach Paris komme, habe ich das Gefühl, daß ich jemand anderes bin. Jetzt bin ich schon eine Woche lang wieder da, und von Hamburg aus habe ich öfter mit A. telefoniert als von hier aus. Das erste Mal, als ich ihn wiedersah, war ich noch nicht ganz da. Das zweite Mal gab es Gäste. Die waren sehr seriös.

Ich wollte ihm beim Abwaschen helfen und zerbrach eins seiner geerbten, kostbaren Weingläser. Das traf ihn tief, und mir tat es wirklich schrecklich leid. In der Nacht turnte ich wieder aus dem Bett an die Kamin-Skyline ins Arbeitszimmer. Als ich zurück ins Bett gekrochen kam, wachte er aus der Halbschlaf-Anschmiegsamkeit auf, und mitten in der Nacht, es ging schon eher auf den frühen Morgen zu, fielen wir noch einmal übereinander her wie Süchtige. Unsere Körper hörten einander zu, was nicht immer der Fall war. Danach schliefen wir, ein wenig länger als sonst.

Am Morgen bei Tee (für mich) und Kaffee (für ihn) fragte er, was ich beim nächsten Treffen am Samstag bevorzugen würde. Eine Nacht zu dritt mit Marie-Madeleine („oder bist du eifersüchtig, wenn ich es mit ihr vor deinen Augen treibe"), Züchtigung durch eine gemietete Domina („das wird aber hart für dich") oder einen Besuch im Dix Bis, dem Partouze-Lokal. Ich konnte mich nicht so schnell entscheiden, und er sagte: „Ruf mich an, wenn du weißt, was du willst."

Ich dachte an Marie-Madeleine und daran, daß ich natürlich eifersüchtig auf ihr problemloses Jouieren bin. Vor den Partouzen habe ich keine Angst mehr, da kenne ich mich ja mittlerweile aus. Eine heftige Domina? Das wäre etwas Neues. Und ich dachte an A. Was würde ihm am besten gefallen? Da ich weiß, daß er im Moment eher nicht so viel Geld zum Verschwenden hat, das Dix Bis und die fremde Domina aber eine gute Stange Geld kosten, rief ich ihn an, um zu sagen „Lade doch bitte Marie-Madeleine ein", obwohl ich mich dann plötzlich fragen mußte, ob er auch ihr Geld für so eine Nacht gibt. A. jedenfalls war's zufrieden. Am Telefon wütete er noch ein wenig über irgend einen Verlust von „20%", der ihm mächtig zu schaffen machte. „Weißt du", sagte er, „ich bin ein ruhiger, versöhnlicher Mensch, aber das geht zu weit, irgendwann werde ich explodieren!"

Das Telefonat war am Donnerstag. Am Freitag vor dem verabredeten Samstag verließ ich gegen Abend mein kleines Versteck unter dem Dach, um noch etwas einzukaufen. Ich öffnete den Briefkasten, der unten im Hof angebracht ist. Drei Briefe waren darin. Zwei aus Hamburg und der dritte von A. aus Paris. Er schickt mir ab und zu Listen von den Filmen, die wir gesehen haben, besorgt um meine cineastischen Unkenntnisse.

Auf der Straße riß ich seinen Umschlag auf. Aber da kam keine Film-Liste zum Vorschein. Ich traute meinen Augen nicht, er hatte mir einen Brief geschrieben. Das war das Erste, was ich begriff, und während ich noch darüber staunte, versuchte ich, seine Handschrift zu entziffern. Das ist nicht allzuschwer, denn er hat eine sehr schöne Schrift. Ich konnte nicht fassen, was ich da las:

Liebe D.,

ich fühle mich gezwungen, eine schwerwiegende Entscheidung zu treffen, und du wirst es mir nicht übelnehmen, daß ich sie dir per Brief mitteile.

Wir gehen sehr viel zu weit in unserer Beziehung, was du weißt, und mein psychisches Gleichgewicht spürt die Folgen.

Ich möchte gerne, daß wir uns für eine Weile nicht mehr sehen, damit ich meine mentale Stabilität wiedererlangen kann.

Ich bin mir klar über die brutale Plötzlichkeit meiner Entscheidung, aber du mußt meine Entscheidung respektieren, die nichts anderes als die Frucht einer tiefen Verwirrung ist.

Es wäre liebenswürdig, nicht zu versuchen, mich anzurufen

Affectueusement („herzlichst" oder vielleicht auch „zärtlichst")

A.

Zwischen dem Gemüsecremer und dem Fischladen, nur wenige Schritte von meinem schützenden Zuhause entfernt, fühlte ich mich vom Blitz getroffen, vom Donner gerührt, mitten auf der Straße blieb ich stehen. Ich kann nicht weitergehen, dachte ich, A. hat mir ein Ende gesetzt.

Man kann nicht denken in so einem Moment. Da gibt es einen Wasserrohrbruch, eine „Panne im Kopf". Szenen der Erinnerung, Zweifel, Fragen, Auflehnung gegen die Verletzung, eine wahre Überschwemmung.

Ich schleppte mich zurück unter mein schräges Dach. Das war schwer, denn der Brief hatte wenigstens eine eindeutige Folge: Jetzt ist auch mein seelisches Gleichgewicht, meine Stabilität dahin. Das Schwanken. Zwischen Verzweiflung und Erleichterung. Ich selbst hatte meine Bedenken gegenüber dieser furchtbaren Nähe. Ich selbst wollte doch gerade darüber nachdenken, ob meine Unterwerfung im erotischen Spiel nicht zu weit in meine Psyche hinüberrankte, mich lähmte, „klein" machte.

A. ist mir mit seiner Angst zuvorgekommen. Er hat wiedermal recht.

Ich nahm einen Briefbogen und schrieb mit der Hand eine Antwort. Ob er diesen Brief jemals liest, weiß ich nicht. Ich schrieb ihm, daß ich seine Entscheidung respektiere, daß sie aber nichts daran ändern kann, daß A. „mon amour" bleibt, ob er es so will oder nicht. Ich weiß gar nicht mehr, was ich noch geschrieben habe, nur eins: „Es ist, als ob ich verstehe, was ich nicht verstehen kann", und „niemals möchte ich, daß du durch mich Probleme bekommst" und „ich kann ja in die Erinnerungen abtauchen."

Und das tue ich. Die Porte de Vanves mit der Schornstein-Sky-line, die Litzentischdecke auf dem antiken Holztisch, der englische Sessel, in dem ich geradesitzen konnte, seine Bücher, seine Bilder, seine zierlichen Finger, die mühelos das komplizierte Digitalsystem für die CD-Platten maitrisierten, die winzigen Knöpfe, für japanische Finger. Elvis Presley, Jerry Lee Lewis, Pretty woman. Und an unserem letzten Abend die Beatles: „Something in the way she walks, attracts me like no other lover, something in the way, she moves me... and all I have to do, is think of her... don't want to leave her now... You're asking me, will my love grow, I don't know, I don't know...

Und jetzt kann ich noch nicht einmal mehr sagen: *„je ne sais pas"*.

Zur Autorin

Dagmar Fedderke, *1948, Künstlerin, lebt in Paris. Studium Psychologie, dann Kunst an der Hochschule für Bildende Künste Hamburg, später Computerstudium, seitdem Computerkunst. Wichtige Ausstellungen: Eva und die Zukunft, Hamburger Kunsthalle 1986 -- Computer Painted Photographs, Hess. Landesmuseum Darmstadt 1989, Goetheinstitut Paris 1990, Staatsgalerie/Bratislawa, Tschechoslowakei 1992. Wandmalereien in Hamburg, Bühnenbild für Gripstheater Berlin, diverse Förderungen und Stipendien für Computeranimation. Dies ist ihre erste literarische Veröffentlichung.

Claude Alexandre: **Gewalt und Zärtlichkeit**
Fotografien aus dem Liebes-Leben von Paris. Ca. 160 Seiten, Format 24 x 22 cm, ca. 140 Bilder in den Kapiteln: Paare, homosexuelle Männer, lesbische Frauen, Transsexuelle, Huren, Grenzerfahrungen, Körper... ca DM 39,80.

Mein heimliches Auge. Das Jahrbuch der Erotik, bisher erschienen Nr. I-VII. Je 224 Seiten, ca. 300 großteils farbige bislang unveröffentlichte Fotografien, Gemälde, Zeichnungen, Essays, Erzählungen, Lyrik u. Gespräche, je DM 29,80.

Marlon Shy & Carla Subito: **Fetisch Park**
Die innige Verbundenheit Siamesicher Zwillinge
Fotografien und Texte der Künstlergruppe FETISCH PARK.
Buchmesse 1992, 224 Seiten, Großformat, fast alle Bildserien coloriert, Gebunden, DM 49,80.
Außergewöhnliche erotische Szenarien. Hochsensibel, emotional und konsequent. Sehnsucht nach Auflösung im anderen, Sehnsucht nach seltsamen Ritualen, Bereitschaft zur Hingabe – vieles, was mit Liebe zu tun hat, spiegelt sich in diesen strengen Bildern von manchmal erschütternder Radikalität. Es ist schwer, sich dem spröden Charme, der sperrigen Sanftmut, dem hinterhältigen Zauber dieser Fotografien zu entziehen. Erotik ist eine Sache der Seele.

Krista Beinstein: **Gewaltige Obsessionen**
Fotografisch perfekt inszenierte Frauenphantasien – sexuelle Abenteuergeschichten in Sümpfen, Tunneln,

Häfen, zwischen Realität und Fiktion, zwischen Gut und Böse, die erotischen Räume spielen eine große Rolle – und bewegende Bilder authentischer Frauenlust.
Teils in Farbe, DM 34,80.

Brigitte Maria Mayer: **perfect sister –**
Ästhetisch-erotische (Selbst-) Inszenierungen in den Kapiteln Mädchenbilder, perfect sister, Freunde der Revolution – numeriert und signiert, DM 58,– statt früher DM 78,–.
Mit 12 einzeln hinter einem Seidenblatt eingehefteten Lichtdrucken.

Karin Rick: **Sex, Sehnsucht & Sirenen**
„Aufregende Geschichten um Frauen mit Lust: Die Erzählungen von Karin Rick stecken voll überraschender erotischer Phantasien und Erfindungen" (Neues Deutschland)
Frauen und Frauen, Frauen und Männer, bissige, äußerst unanständige Erzählungen. Nah an der Ambivalenz des Alltags. Mit Illustrationen, DM 19,80.

Yoko Tawada: **Das Bad**
Gedruckt auf Bildern wie ein Hauch, ein Traum in Haut hinter dem Text. Eine Mädchenfrau. Abenteuer um eine Zunge. „Eine flirrige Delikatesse" (Süddeutsche Zeitung) DM 19,80.